被茶浸润的时光

BEI CHA JINRUN DE SHIGUANG

徐张然 著

合肥工业大学出版社

图书在版编目(CIP)数据

被茶浸润的时光/徐张然著．—合肥:合肥工业大学出版社,2018. 4
ISBN 978 - 7 - 5650 - 3905 - 8

Ⅰ. ①被…　Ⅱ. ①徐…　Ⅲ. ①散文集—中国—当代　Ⅳ. ①I267

中国版本图书馆 CIP 数据核字(2018)第 067687 号

被茶浸润的时光

徐张然　著　　　　责任编辑　朱移山　王钱超

出　版	合肥工业大学出版社	版　次	2018 年 4 月第 1 版
地　址	合肥市屯溪路 193 号	印　次	2018 年 5 月第 1 次印刷
邮　编	230009	开　本	710 毫米×1010 毫米　1/16
电　话	人文编辑部:0551 - 62903310	印　张	19. 5
	市场营销部:0551 - 62903198	字　数	314 千字
网　址	www. hfutpress. com. cn	印　刷	安徽联众印刷有限公司
E-mail	hfutpress@ 163. com	发　行	全国新华书店

ISBN 978 - 7 - 5650 - 3905 - 8　　　　定价: 35. 00 元

如果有影响阅读的印装质量问题,请与出版社市场营销部联系调换。

序《独秀文丛》

丁酉年是我的本命年。年初，我即作出一个决定：暂别京城回故乡。沈从文说：一个士兵不是战死沙场，便是回到故乡。我不是士兵，北京之于我也算不得战场，但我现在需要回到故乡。父母业已离去，故乡即是家园。我在安庆的江畔购置了一处房产，三楼是工作区域，有书房和画室，有阳光房和茶室。每日在这里写写画画，闲暇南望，眼前大江一横，水天一色，江南峰峦一带，江上帆樯几点——颇有点张陶庵《湖心亭看雪》的意思。而我这里，叫“泊心堂望江”——泊心堂是我的斋号。岁末迁入新居之际，适逢朱移山出差到此，顺便给我捎来了两件宣纸。那天来的朋友很多，济济一堂。茶过三巡，朱移山即给我出了题目，说怀宁有五位中青年作家，将在他供职的出版社集中出一套散文集，名号‘独秀文丛”，希望我能写个序言。我未作踌躇当即答应，对家乡涌现出来的这些比我年轻很多的写作者，我是高兴的，尽管这是件多余的事。

对于一个写作者，都会面临这样一个不是问题的问题，即：为什么需要写作？诚然，写作的动机因人而异。去年安徽文艺出版社出版“潘军小说典藏”，在序言中对此我有如下阐述——

我是个自由散漫的人。换言之，我毕生都在追求自由散漫。当初选择写作，看中的正是这一职业高度蕴含着我的诉求。通过文字进行天马行空的想象与自由表达，以此建筑自己的理想王国。这种苦中作乐的美好与舒适，只有写作者亲历才可体味。

这是我写作的动机。但不是全部。随着时间的推移，我意识到，我的写作动机其实还包括对写作本身的迷恋，或者说是对文字叙述的迷恋。我们习惯把好的散文称作美文，这美，在我这里主要是语言文字之美。语言文字其实也不仅是载体，同时也应是被载的一部分，如同喝红酒，总会向往一只高脚酒杯，尽管用瓷缸来喝丝毫不改变酒的味道，但会让你感到一种莫名的缺憾。文字之美的发现与领悟，是需要历练的，年轻时容易会被华丽、冷僻甚至艰涩的辞藻所迷惑，以为这样才是与众不同的高深，其实不然。后来就会觉得，准确平白的文字更耐人寻味，朴素的美终是大美。然而这种朴素的文字之美往往是不易察觉的，比如“一株是枣树，另一株也是枣树。”（鲁迅《野草·秋夜》）鲁迅没有直说“我的后园有两株枣树”，当你第一次读时，你或许会放过这样的句子与表述，甚至会觉得啰嗦。可能某一天，你再与这样的句子邂逅时，你会怦然心动，你会发觉这其中大有意味。至少，我会觉得这样的表述有语气上徐缓，有形式上的映照，有视角上的转换。1993 年，我在海口与前辈作家汪曾祺先生有过一次关于小说语言的谈话，他说很多人说他的小说像散文，他说自己也分不清小说与散文的界限在哪里。但他认为：某种意义上，写小说就是写语言。这句话给我印象极深，我想对于每一位写作者都应该是很好的启迪。

我与散文的写作没有多少经验，写得也不多。在我浏览过五位作者的若干篇什之后，我更多的是被他们写作的姿态所打动。一个时代总会拥有她的写作者，如今的文学，早已远离了喜庆的年月，失去了热闹，倒是意外获得了一份安静。这种源自心灵的安静，正是一个真正的写作者需要恪守的。就散文创作而言，在我这里，现当代散文的高度，依然是周氏兄弟。他们的散文，我每年都会读。有时候我会想，我的这种偏爱究竟是何缘故？是钦佩鲁迅的思想深度，还是欣赏周作人的冲淡文风？最后我发现，我喜爱的是他们的文字。白话文写作，始于胡适，终于鲁迅。如果说胡适开启了白话文写作的局面，那么，最终由鲁迅呈现出辉煌。我甚至认为，只有深爱文字的人才能写出好的散文。

怀宁是一块文化的土地。近现代史上出现过陈独秀这样划时代的新文化运动领袖，当代史上出现过海子这样的浪漫诗人——今天，是海子的诞辰，也是他的忌日。1989年的这一天，我在芜湖，突然接到他离世的消息，悲从天降，盘踞心头久不散去。二十九年后的今天，我为他作了一幅画，以寄托我的哀思：一片苍茫的雪原，一株瘦弱的树，一个渺小远去的背影，给我们留下一派广袤的寂寥。我想以圣洁代替惨烈。所以当我写这篇文字时，心情是沉重而复杂的。我只想告诉几位比我年轻的朋友，写作的路只会越走越窄，但是，也会越走越远。

是为序。

潘　军

2018年3月26日，于安庆

自序：诗意生活，温润如茶

我在“作者简介”中经常这样介绍自己：酷爱阅读，偶尔写作。阅读和写作已成为我生活的一种内容，一种方式。

这些年，我读过一些书，也零零散散地写过一些文章，存放在电脑里，没料到最初的文稿在一次修理电脑时忘记备份而全部消失，连同消失的还有许多珍贵的照片，我为此惋惜懊恼了好一段时间。有了教训，近些年来写的文稿，我小心翼翼地保存好，虽不是什么鸿篇巨制，但每个文字都凝结着我的心血。今年暑假，正好利用这难得的空暇，将储存的习作拿出来修改、整理，选出一部分结集出版，也了却了自己多年的心愿。

为什么读书？为什么写作？这当然因人而异。在这个兴趣爱好多元化的社会，在物质利益至上和拜金主义盛行的当下，读书的人越来越少，即便读，也多是一些新闻八卦之类的快餐文章；写作更不必说，更是被认为不解和不值的事。我想起诗人海子说过的一句话：“天空一无所有，却为何给我安慰?”读书和写作，对我来说，大约与海子所说的天空相似，是用来安慰的。

一次，我有幸聆听北师大一位教授的讲座，他主张每个人的内心都应该拥有一份诗意的世界，这对于漫长而又短暂的一生是十分重要的。我马上联想到行吟诗人王小波也说过类似的话：“一个人只拥有今生今世是不够的，他还应拥有诗意的世界。”还有，音乐创作人高晓松也说过：“生活不只是眼前的苟且，还有诗与远方。”既然这些思想的独立者和前卫者都极力主张诗意的生活，想必它对于我们平常日复一日枯燥乏味的生活非常重要！

可诗意生活从哪来呢？纵观我们周围，闲适的灵魂太少，忙碌的身躯太多。每个人都忙忙碌碌，生活的劳累和压力自不言说，还要遭遇这样那样的烦恼，以至于造成内心的仓惶、纷乱、痛苦、不安。仔细一想，世上的事情，似乎件件都藏着委屈。人人都渴望宁静美好的生活，可打不破内心的烦恼，又哪来的清风朗月呢？

这个世界，最能使我们心灵安宁的唯有大自然和艺术之美，懂得欣赏，我们就能为心灵找到永远的憩园。江山风月，本无常主，闲者便是主人。我们要学会忙里偷闲，让自己的肉身和心灵都闲下来，追求一种物质简单、精神富足的生活。

人，为什么活着？说到底是为了体验生命，就像王小波说的，“我活在世上，无非想要明白些道理，遇见些有趣的事”，只这句话，我就特别欣赏王小波！他是个说话直率、思想深刻、文笔犀利的作家，只可惜英年早逝，好在他文字的寿命无疆，现在王小波的思想越来越被人们认同、欣赏。从这个意义上说，王小波并没有死，他永远熠熠生辉地活在世上，活在人们的心里。

自古以来，一切圣贤都主张过一种简朴的生活，不以物喜，不以己悲，保持精神的独立与自由。宋朝大文豪苏东坡，在忙碌了一天后，本想躺下睡觉，见月光悄悄地进了门，顿起闲情雅致，可惜无人同乐，他便到寺院寻找他的朋友张怀民，正巧张怀民也没睡，于是他们一同来到院子里赏月。明月皎皎，洒落庭院，似一汪潭水清澈空明，竹柏影子如水中摇曳的青草，恍恍惚惚如同仙境一般。苏东坡对他的朋友感叹：“蜗角虚名，蝇头微利，算来着甚干忙，事皆前定，谁弱又谁强。且趁闲身未老，须放我，些子疏狂。百年里，浑教是醉，三万六千场。”苏东坡不愧为千古名士，如此丰盈的格局，几人能真正拥有？一个内心有格局的人，才是真正的富者！

对于一个思想者和写作者来说，什么是不朽的？是凝结着深刻思想美的文字，是潜藏在人心底温柔的诗意，并能适时地将这种诗意上升为哲理。而阅读这些文字，何尝不是我们找到诗意生活的钥匙？好的书籍，记录的都是那些平凡生命中稍纵即逝又意味深远的瞬间。好书从来都是一轮明月，它以盈盈光辉滋养着人类的灵魂。无论何时何地，当阅读成为我们日常生活的一种需要，那就是诗意栖居的一种召唤，也是幸福人生的一种见证。清风明月一壶茶，心静如水数卷书，人生，夫复何求?

而写作，其实只是一种记录，就像拍照一样，让过去和现在的模样定格下来，留给未来。我们可以写自己，写他人，写四季，写万物，写这纷繁世间的欢喜与辛酸……当拿起笔书写的时候，那是一种本能的歌唱。似乎想挽留什么，似乎想追忆什么，写着写着，让自己快乐，也让自己难过，但无论是快乐或是难过，都是一种精神释放。当生命有了文字的浸润，人的心灵之门就会打开，人生的格局就会提高，就算命运无情地打扰我们，我们仍然对这个世界深怀爱意。如果我们书写的文字能带给自己或他人一些意义或收获，那么写作岂不是找到诗意生活的另一把钥匙吗?

作家有两种，一种是解释自己，另一种则关注世界。由于阅历有限，每天过着从家到学校两点一线的单调生活，我的写作更多的只属于前者。我力争拓阔视野，多写一些超越“小我”的文字。在这本文集里，我个人比较倾向于《且行且吟》和《哲思感悟》两部分，这是我思想的结晶。回过头来，看以前写的东西，也许稚嫩，但不管如何，它是我生活的记录，是我成长的印记，不忍删除，在此真心奉献给读者，也希望得到您的真诚相待。不足之处，请海涵、笑纳、批评和指正。

读书，喝茶，写作，我认为这是生活的三大乐事。

“偷得浮生半日闲，可抵尘世十年梦。”再忙，我也要“偷”一份闲暇，喝一杯茶，翻几页书，抑或写几个字，品味人生的美好。我想将忙碌的生活与清静的禅意融为一体，活出诗意的人生。

诗意生活，温润如茶。

以此为序。

2017年8月1日于家中

目　录

第一辑　闲庭漫步

第二辑　且行且吟

第三辑 哲思感悟

第四辑　往事如风

第五辑　故土亲情

第六辑 书评序跋

第一辑　闲庭漫步

我与文字之缘

我与文字的缘分，应该从童年开始。

那时我才八九岁。仲夏毒辣的太阳照着一望无际的稻田，正是农村的“双抢”时节。我们姐妹三人由哥哥带领，正经受“面朝黄泥背朝天”的辛苦。一天，当我们割完一田的稻谷，已是夕阳西下，晚霞染红了西边的天空。我们累得腰酸背痛，汗流浃背，哥哥带我们来到田埂上的一棵大树下休息。为缓解疲劳，哥哥随口为我们唱起了一支歌，直到现在我还依稀记得那首歌的歌词。

黄昏的乡村道上，洒落一地细碎的残阳，稻草也披件柔软的金黄绸衫，远处有蛙鸣悠扬，枝头是蝉儿歌唱，炊烟也随风袅绕，随着晚风轻飘散……

在哥哥优美、动听的旋律里，我忘记了炎热，忘却了疲劳。第一次，在我幼小的心田里，文字播种下一种东西——美。

还记得一个灰蒙蒙的飘着细雨的日子，我们一家人为上南京大学的哥哥送行，那时要步行十几里才能搭乘到车，我们只好在家门口目送哥哥。哥哥背着大小行囊，也不时地回头望着我们。母亲流着泪，我们姐妹更是舍不得离开与我们朝夕相处、最亲最爱的哥哥。我们站在村口的大树下，看哥哥的身影渐行渐远，在蒙蒙的雨雾中模糊、变小以至看不见了……那时我还不知道用“惆怅”“落寞”这些词语来形容离别，只觉得心里一片空荡，一如远处灰色的、无边的天空。后来，我长大一些，喜欢读一些诗词，读到马致远的《秋思》："枯藤老树昏鸦，小桥流水人家，古道西风瘦马，夕阳西下，断肠人在天涯。"心头一惊，诗歌中那哀愁、幽美的意境仿佛唤醒了我遥远的记忆，我猛地想起了那个飘着细雨的下午，泪水模糊了眼眶，又一次，在我的心田，文字播种下另一种东西——情。

这是童年留给我的两个记忆深刻的片段，也是这两个片段最初唤起我对文字的痴迷与热爱，知道文字是一个"魔"，它能让人的心灵为之起伏，为之震撼，为之思索，为之欢笑，为之流泪……

我爱上了文字，执着、彻底、义无反顾地爱上了。

我敢断言，对文字的忠诚与热爱，我会用一辈子的时光去兑现。我无法想象，没有文字的滋润，我的生命将是怎样的无力与苍白！灵魂将是怎样的空虚与乏味！

感谢我有一双明亮的眼睛，让我一生能与挚爱的文字相识、相爱到相守。一本好书拿到手，是我最幸福的时刻。阅读它，不仅是品读某个字、词、句、段的精彩，而是解读并结识一个个鲜活而丰富的生命，思索着人生及人性的光辉与意义。

夜阑人静，一间小屋，灯光融融，我成了自己的主角、书的主角，生命便在静寂中复活了……

我已将文字当作我永远的至爱，心甘情愿为它付出余生的岁月。我觉得衣食住行可以清简，繁华娱乐可以不要，但不能没有书读。人活在世上很辛苦，即是活在一系列的债务之中：职业债务、义务债务、学习债务、人情债务、情感债务等等，我们劳于各种琐碎，没有自由的时间直面自己的性灵，没有自由的空间让我们的心灵自由驰骋，只有文字还能让我找到感觉。三毛曾说：如果阅读，让我失去实惠，失去人情，失去礼貌，我宁愿，而且无悔。我亦同感。

平日里也曾听人夸我气质好，不免窃喜，我从不会化妆，尚且如此，应感谢文字，读书是我最好的化妆，精神的化妆，生命的化妆；而且，最精致的化妆，不在表象，而是内在的改革与创造。

当我徜徉于别人文字里享受的时候，也曾想让自己的文字能带给别人享受，甚至有过奢想：什么时候，我也能写下不朽的文字，留在世上，散发着永恒的芳香呢？这姑且作为梦想，总是不敢轻易动笔写出梦想中的大著，是因为视文字太神圣，一不小心怕玷污了它；就像一名男子面对十分珍爱的姑娘，只愿欣赏而不敢轻易乱动一下，诚惶诚恐。

但是，梦想的种子一直没有在我的心里泯灭，我从来没有停止过对文字的思考、热爱与追求。感谢文字带给人类生命的丰饶——这是上帝赐给万物之灵的最高享受。思考、阅读、独处、艺术享受、精神创造——这些心灵的欢乐，我又如何能辜负上天的赐予？

不知哪位作家在他的墓志铭上写道：“爱过了。写过了。活过了。”多么完美的总结！多么无憾的人生！

倘若我一生卑微，无所作为，亲爱的朋友，请原谅我！我总算也有世间最爱——文字。要想知道我与它的此生情缘，还是借几句经典歌词来表达：

记得我骄傲地说，
这世界我曾经来过。
不要问我永恒是什么，
我在最灿烂的瞬间毁灭……

美丽的瞬间

好多年前，我还是一个孩子，跟随大人乘坐一艘大轮。大轮在江上行驶了一天一夜，我们都很疲惫。第二天一早，我们到船甲板上呼吸一下新鲜的空气，清晨的江面微风习习，朝霞已染红了东边的天空，万丈霞光倾斜在船舱上。这时，一个红衣少女端坐在船头，她的毛衣鲜红鲜红的，和朝霞浑然一色，她正捧着一本书读得出神，乌黑发亮的头发齐整地披在肩头，衬托着她天使般的美丽脸庞，她整个神韵都倾注在书中，完全没在意我正在专注地看着她，她的身上有一种说不出的美，震慑着我的心灵……以至于好多年过去了，我依然记得那个少女优美娴静的模样，她和那个美丽的早晨已在我的记忆中定格成一幅美丽的油画。

几年前，杂志的一篇文章里有一幅插图也深深地吸引了我，那幅插图拍摄的是一个西方国家的一位中年女性的生活写真照片，她的名字我记不得了，可她的形象一直在我的脑海里挥之不去。她四十多岁，这个年龄理应不是一个女人的旺季了，可她看上去是那么熠熠生辉。她微笑着，春风满面，她侧身向前的步态是那么轻盈、自如，风吹起她金栗色的头发，一袭黑色的装束恰到好处地呈现出她身体的曲线，她的身上焕发出一种勃勃生机，这种生机使她看上去健康、妩媚、活力、风情，她仿佛是一个活动着的艺术画廊，不住地吸引着人们的眼球。

还有一位七十多岁的老太太也同样让我欣赏不已。我原先认为，人老了，所有风景便消失，尤其是女人，花谢便不会再开，直到看到这位老太太，我曾经偏执的观点发生了变化。这位老太太是一本健康杂志的封面人物，老太太的头发白成一头银丝，一丝不乱地梳在耳后，清秀的面庞上绽放着灿烂而又美丽的笑容，泛着少女般的红晕。老太太站在原野里，站在金黄色的麦穗之中。她的一只手捋着耳边的发丝，另一只手抱着一大把已割下的麦穗。夕阳的光芒洒在她身上，她手腕上的银手镯也发着光。她灿烂地笑着，仿佛正在品尝着丰收的喜悦。在黄昏里，老太太似乎成了一道亮丽的风景：那么健康，那么从容，那么美丽，让人们感觉“夕阳无限好”，却绝不会发出“只是近黄昏”的感慨。老太太恰是黄昏中最优美的一幅画，是人生中最粲然的一页。

由此看来，女人的美是没有年龄界限的，无论是乌丝还是白发，都会焕发出不同的生机、不同的美。而且，真正的美，是瞬间也是永恒，是那么特别、那么新奇，以至于当时人们忘记了那是一种美，待回味起来，却那么摄人心魄，久久不忘……

我的房子，我的阳台

刘禹锡说：山不在高，有仙则名；水不在深，有龙则灵。那我加上一句：房子不在华贵，有好阳台则行。我认为：一个好的阳台是一座房子的点睛之笔，不，它就是一座房子的“眼睛”，它能带给主人好的兴致和心情。

我成家后，经历过三次房子变动，因此也有了三次不同的阳台“经历”。

第一次住的是单位分的小单元房，仅六十多平方米，面积较小，且带一个单身教师住在其中。那时房子紧张，条件简陋，令我高兴的是那座房子有一个可心的小阳台。阳台不大，却是名副其实的，不像现在每家每户的阳台都用防盗网严严实实地罩着，远远望去，像个鸟笼，方方正正的，如果把里面住的人通过想象加进去，便成了“囚”字。那个小阳台坦坦荡荡的，向大自然敞开着，阳光直射，风雨光临，都没关系。每当夜阑人静，我最喜欢的事就是来到阳台上，舒展一下筋骨，抖擞一下精神，让疲惫的眼睛尽情远眺，没有什么能挡住我的视线、我的思想。阳台，一个温馨的小小站台，将我身后的厅屋与眼前的偌大空间隔成两个截然不同的世界——身后小屋的灯光让我安全、温暖，眼前空旷的世界更令我想象无穷……

那时我养了一对鹁鸪，我用纸箱为它们做了一个舒适的家，安在阳台一角。开始它们还很拘谨，没过多长时间，这一对小家伙和我渐渐地熟了，后来竟成了我亲密的伙伴。它们和家人一样，在客厅和阳台之间无拘无束地进进出出。我每次从外面回来，它们一听到开门声，就从阳台上跑出来迎接我。闲暇时，我搬出一张小椅，在阳台上看书或打毛衣，它们就绕在我的脚边，或安静地晒太阳，或叽叽喳喳地走动、轻语，那时，我总会感到无比的安适、舒畅。在人与鸟的世界里，正如冯骥才先生所说：信赖，往往创造出美好的境界。

第二次的房子属福利房，单位搞房改，我们家能拥有一套一百多平方米且属于自己的房子，房型是一楼一底，后配一个小院，理应称心如意。但这座房子却给我留下了深深的遗憾，原因是没有我想要的阳台。我们十户人家连成一排，房型结构与整体安排必须一致。房子的建筑包工头征求十家户主意见，是否需要阳台？若要，一则减少临近阳台那间房的面积，二则每户多加建筑费二千五百元。除我以外，其他人一致说不要。这下，可坑苦了我，一座房子没有阳台对我来说简直是件要命的事！我努力地争取着、力辩着，真想能杀出一个“帮手”帮我说情，可是没有！我苦口婆心地解释：有了阳台，可随时站在上面眺望远处，他们异口同声地问我，到底需要望什么？我张口结舌，无言以对，最终一个巴掌拍不响，我的阳台梦彻底地破灭了。

本来，我的房子朝向非常好，前面就是池塘，再过去是树木、田野，我原设想：等房子装修好，黄昏、夜晚或闲暇时，我可以搬出一张藤椅，坐在阳台上，或闭目静思，或观望四季。田野、树木、青山、绿水都是我的，都是我双眸的“常客”，它们会常来取悦于我，可是，我失望了，真的失望了，我无力改变现状，只得心不甘情不愿地放弃初衷，委曲求全。

怀着对第二套房子无限的遗憾，我倾其所有，在县城环境最好的一所小区又购买了一套新房。这幢小区的前面是公园，后面是体育馆，可谓居家的理想场所。我想，这回总该有如意的阳台了吧？偏偏事与愿违，因为阳台，我与家人的意见又发生了分歧：我要买小区最前排的房子，而且楼层要高，无遮无挡，站在阳台上，可以登高远眺，公园景色尽收眼底。我讨厌推窗而望，前面除了房子还是房子，那种感觉叫人窒息。可家里人却认为，前排有公路，来往车辆多，吵，灰尘又多。他们说得也有道理，我既要视野，又要安静，真是鱼和熊掌不可兼得呀。在我取舍两难的时候，家里采取少数服从多数的政策，在小区的中间二楼买了一套，当时这栋最贵，因为前面有个中心休闲场所，为的是照顾我视野的需要，眼睛总有一个去处。尽管如此，站在阳台上，映入眼帘的还是一排排房子，我终究又落下了一大遗憾，那种感觉就像一户农家，倾其所有，却娶回了一个不太称心的儿媳，心里总是不太对劲，但又不好再为难家人，只好作罢。大概完美主义者总难得完美吧？

“求索得不到的，得到不求索的”，难道买一所房子也要遭遇如此尴尬？真希望有朝一日，建筑商突发奇想，将房子也造成自由的，底下有轮子，可自由随人行走，于海边、于山林……可自由升降，于高空、于大地……这样的房子应是供不应求，那样，“苔痕上阶绿，草色入帘青”或“面朝大海，春暖花开”可能就不会只是梦了。

从今天起，关心粮食和蔬菜

也不知道有多长时间没有过饥饿的感受了，食物对于温饱的我们似乎缺乏了往日的诱惑力。然而，今天我却真真实实地感受了一番“饥饿”的滋味。

一大早，家人有事都外出了，家里只剩下我一个人，又是周末，我几乎高兴得手舞足蹈，终于有一整天的时间可以由我自由支配了。于是我窝在电脑前，看电影、浏览网页，早、中两餐都是几块面包将就而过了。直到晚上，我的肚子终于饿得受不了了，唱着“空城计”，我不得不关闭电脑下楼做饭，在冰箱找了半天，找出了两个鸡蛋，一碗剩饭和几棵青菜，将青菜洗净切好，我一股脑地将它们放在一起，做成了“鸡蛋炒青菜炒饭”。由于饿极了，青菜鸡蛋饭发着诱人的香味，此时它成了我眼中的美味佳肴，不一会工夫，两碗炒饭便被我一扫而光，我好长时间都没有感觉到饭有这么香甜、这么好吃，都是拜“饥饿”所赐！

我这才联想到母亲平时常说的话：人是铁，饭是钢；不吃饭，软囊囊。七十多岁的母亲十分爱惜粮食，她一生节俭，尽管现在家里生活条件好了，却仍然舍不得浪费一点东西。母亲有个习惯，收拾饭桌时若有饭粒，她总是习惯性地捡进嘴里，为此她没少挨我们责备，好在她并不生气，总是笑眯眯地解释道：“一粒米，九斤四两力，浪费掉多可惜呀！”

这时，母亲总顺势向我们进行一番忆苦思甜的教育，讲一些关于饥饿的往事，大致叫我们不能忘本。特别说起大哥的一段经历时，母亲总要眼红流泪。大哥十几岁便只身外出闯荡江湖，他只会一点裁缝手艺，人家见他小，不放心将衣服交给他做，可怜大哥连续几天找不到活干，没有活干哪有饭吃，身上又没钱，饿得两眼发昏晕倒在路旁，被一位好心的大妈发现，她把大哥带回了家，给他下了一锅面条，没想到饥肠辘辘的大哥竟将一锅面一次全吃下去了。为了感谢那位大妈，大哥给她家缝补了好几天旧衣物。

原来，母亲给我们讲这些，我只是一听而过。今天自己有了饥饿的经历，才明白当年大哥小小年纪闯荡江湖的艰难，才明白母亲为什么对食物如此珍惜。

我又想到弘一法师和他的尊师印光大法师都十分珍爱粮食，他们的衣、食、住、行皆简单粗劣，力斥精美。弘一法师哪怕只是一碗稀饭就着几根咸菜也吃得津津有味。印光大师每日早晨，食粥一碗，无菜，食毕，以舌舔碗，至极净为止，再用开水注入碗中，涤荡余汁，喝下，唯恐轻弃一点残余饭粒。他们如此珍惜食物，是因为他们真正懂得食物对于人的重要。

只有经历，才会懂得！今天的饥饿让我明白了许多，更加懂得了食物的珍贵，正所谓“一粥一饭当思来之不易，一丝一缕恒念物力维艰”。

海子的诗句中写道：“从明天起，关心粮食和蔬菜。”我顿悟，该从今天起，关心粮食和蔬菜了。

跑步，散步

喜欢跑步，源于学生时代哥哥写给我的一封信。信中写有三句话（即古希腊的格言）：“你想聪明就跑步！你想美丽就跑步！你想健康就跑步！”那时，我体质较差，动不动就感冒、咳嗽，哥哥得知后，建议我一定要跑步。我也许是受了那三句话的“诱惑”，真的开始跑步了，一开始跑得很慢，很吃力，每每想放弃，只要想到哥哥勉励我的那三句话，就咬紧牙关接着跑。功夫不负有心人，一学期坚持下来，我的体质强多了，气色红润了，身心舒畅了，脚步也变得轻快有力了。我慢慢地喜欢上跑步，也喜欢当初“诱惑”我的那三句话。

跑步不仅锻炼身体，增强体质，还有一种特殊的功能，即能帮人解除烦恼。有一段时间，我的心情很糟，过得很消沉，不喜欢与人说话，于是便到操场上跑步。我和朝霞起得一样早，我迎着它一匿一圈地跑步，跑着、跑着，烦恼也就悄悄地抛之脑后了，心里的痛与泪慢慢地倾泻出来，眼前照样见日出日落，久而久之，心里反而变得空明清朗了。

后来，读林清玄先生的一篇文章，他说他的外祖母去世了，他无法排遣内心的悲伤，就在操场上一圈一圈地跑，跑累了，趴在草坪上痛哭……

读到他的这段话，我仿佛遇到知己，用跑步排遣忧伤，我们的方法竟如此相同。

跑步，既能锻炼，又能轻心，何乐而不为？

散步，我也十分喜好。

记得读师范时暑假回家，夏天的黄昏总是很长，每当夕阳西下，晚霞染红了西边的天空，我和妹妹总喜欢到村后小树林里去散步，那段清纯如水的日子里，我们都爱穿一身白色的长裙，一边漫步一边聊天，像两只快活的小鸟。有天路遇一个熟人，他告诉我们，最喜欢看到我们姐妹俩的身影，然后夸张地惊羡着，多像一对仙女啊！说得我们心里美极了！散步的时光，便更加美好。

多年来，我一直坚持散步。散步时，我喜欢清静，人多热闹的地方，我是懒得去的。还好，我现在居住的校园环境很好，校园里有一个偌大的操场，晚上很安静，我喜欢一个人或两个人到那里走走，没有噪音，没有喧哗，静静的操场，自由地走着，什么都可以想，什么都可以不想，便是自由的人了。偶尔飘来一缕清新的花草的气息，沁人心脾，只觉得周围分外的美好。

在城区，我有一套房子，却很少去住。好友常诧异地问我为何不去住？答案我如果说出来，她肯定会不解：不为别的，我喜欢这儿散步的环境，那里没有，那里人多。

喜欢读朱自清先生的《荷塘月色》，读着、读着，仿佛自己也变成静夜里的一朵荷花，人与物语，悄然无声，只听得风吹荷叶的声音。在那个铺满月色的晚上，朱先生悄悄地带上门出去，漫步到这一池荷塘，只有这宁静的荷塘容纳着他心里的不宁静，悠悠思绪，惆怅婉转，于是诞生了如此脍炙人口的美文。

“夏虫也为我沉默，沉默是今晚的康桥”，徐志摩先生的诗句也同样令我倾倒。这座康桥魅力几许，我无从知晓，我只能从诗人的诗句中领略它的华彩，诗人可能无数次地漫步于康桥，在某个宁静的夜晚，他满腹的话语涨满心头，无人说起，只好倾诉于他依恋的康桥；只有在这里，他的体魄与性灵、与自然，才能同在一个脉搏里跳动、同在一个音符里起伏、同在一个神奇的空间世界里自得，于是便诞生了这样美到绝境的诗句。

散步，既可身心休憩，又能思绪联翩，多么美妙啊！

相逢是首歌

自池州师范学校毕业后，到现在一晃二十年了。这些年间，我从未回归母校。“问春从此去，几日到秦原？凭寄还乡梦，殷勤入故园”。这次，池州那边的几位同学热情组织，搞了一次别开生面的聚会，以纪念令我们感慨万千的二十周年。得到这一消息，我着实兴奋了好一阵子。二十年，对于人生来说，毕竟不是一个小数字。

记得当年，我们都还是十几岁的黄毛丫头（我们学的是幼师，全是女生），远离家乡来到池州师范学校这一古老的学府求学。而今，我们都是年近不惑之年，都已为人妻为人母，其间变化有多大呀。岁月漂去了我们曾经的青涩，漂去了我们如诗如画的年华，将一个个天真无邪的少女雕琢成经风历雨的成熟女人，面对生活，我们早就学会了从容和淡定。

我们从四面八方聚拢而来，陆续赶到，在预订的宾馆下榻。大家都热情相拥，见面没有过多的客套，所能有的是那些如歌岁月的自然浮现，一句句曾经开心不已的话语，一个个生活的小小片段，如司诗一样在我们心头跳跃。相拥再相拥，微笑再微笑，笑中有泪，那是激动的泪花，那是幸福的泪花。有的快不认识了，慢慢回忆，熟悉的面孔便又找回来了，变胖的，变瘦的，变得更漂亮的，变得更有风韵的……我们欢笑着，说着彼此的变化，就连不善言谈的人，此时也像快乐的鸟雀一样叽叽喳喳，我们仿佛又变成了当年的疯丫头，除了快乐还是快乐。

在师生座谈的大会上，班长的开场致辞激情洋溢，接着大屏幕展示我们当年生活的一幅幅图片和同学们当年的照片，在音乐的旋律中，我们观看着，欣赏着，回忆着，往事一幕幕又出现在眼前，仿佛过去又回来了，青春又回来了……大家都屏息凝神，激动不语，热泪在眼里闪烁，有的同学情不自禁地当场哭了。接下来，主持人邀请我们每个师生即兴发言。大家按照座位次序，畅所欲言，轮到我时，我一时激动得几度哽咽，一番自我调整后，干脆以“激动得说不出话来”为开头，慢慢将心中翻腾的情感倒出来，激动的话语就像瓶中的水，一旦倒出，便汩汩流淌……我的话一说完，老师和同学们都报以热烈的掌声，大家都纷纷夸我讲得精彩。其实，我觉得每个人都讲得好，都说出了心中最真实、最久违的心声。

我们乘车去游玩的途中，导游让我们唱歌，不知谁带头唱起了我们学生时代的那些经典老歌，先是一两个人跟着唱，最后大家不约而同地一起唱起来，一首接一首，《恋曲 1990》《大约在冬季》《读你》《昨夜星辰》……久违的歌声、熟悉的旋律，撞击着我们每个人的心灵，我们仿佛又回到了往日的岁月，回到了那色彩斑斓的青春时代……

最难忘的是回母校参观，我们当年的班主任吕老师带着我们来到母校，遗憾的是，由于合并迁址，母校已是面目全非了，我们再也找不到曾经的教学楼、舞蹈室、琴房、操场……取而代之的是一些新的建筑，大家遗憾着，唏嘘着，多么希望池州师范学校这座古老的学府还在，一切都保持原状，好让我们这些学子有个永远回归的怀抱。可惜，一切都变了，再也回不到从前了，如同我们回不去的青春年华……偌大校园里，我们发现了曾经的一个“半月池”还在，我们多少次在这里漫步、畅想。后来我们又发现了一个教师宿舍区的老院落，大家如获至宝，纷纷拿出相机拍照，仿佛留住了一丁点什么，终于可以带回去了。

在师生联欢会上，我们和老师一起 K 歌，一起跳舞，好不热闹！我们亮开歌喉，展开舞姿，无拘无束，一张张灿烂的笑脸仿佛回到了当年，尤其是班主任带着我们跳当年她教给我们的舞曲，奇怪的是，我们跳得一点不错、一点不乱，那么整齐、那么投入，在绚丽的灯光下，在美妙的音乐中，我们无忧无虑，再度温习着青春的歌……可惜，相聚的时光是短暂的！我们相见的时候，热情洋溢在心头，这情景，还没看够，又要分手……

“怎能忘记旧日朋友，心中能不怀想？旧日朋友岂能相忘，友谊地久天长”，这支苏格兰民歌《友谊地久天长》在分别的前夜被我们反复地吟唱……相逢恰如一首歌，我想，这首相逢的歌，伴随着这几天短暂而快乐的时光，将永远在我们心中，来回地、不变地唱……

也到枫桥听钟声

这次集体旅游，有两条路线可供选择，景观风格各有千秋，各有魅力，但因寒山寺的缘故，我还是毫不犹豫地选择了“苏沪之行”，“聆听寒山寺的钟声”是这条路线的游览内容之一，倒是我向往已久的事了。

还未出游之前，我就根据《枫桥夜泊》的意境在脑海里想象：一叶扁舟行驶在江南水乡的江面上，夜晚来临，江边的枫树、渔船上的灯火，让游船上的我们举目远眺；更待夜阑俱寂，寒山寺的钟声自远处传来，一声声，敲击我们的心扉，闭目静听，乌啼钟鸣，人与景浑然一体，尽情感受着水乡夜晚的幽寂静美以及诗人张继当年卧在客船上的寂寥心情。

可惜并未如愿，我们旅游团的游览日程安排在白天，寒山寺是当天的第一景点。我们怀着期待的心情在导游的带领下到达此地，尽管周围的景象与我想象中大相径庭，但我还是不禁心潮澎湃，踏上了这块我向往已久的圣土。

寒山寺并不大，围墙内一座古塔高高耸立，寺院前面是一条河，河面较窄，河水源远流长，静卧在寺院面前，仿佛在诉说着千年往事，导游说唐朝诗人张继当年就是在这条河上的一艘客船上写下了脍炙人口的《枫桥夜泊》。站在围墙外，首先映入眼帘的是“江枫桥”三个红色的大字，原来“江枫”并非我臆想中的江边枫树，而是江桥和枫桥的合称。可我，只求别破坏我头脑中的原始画面——无月的夜晚，江边古老的枫树在渔火的映衬下若隐若现，诗人深夜未眠，万千愁绪在隐约的枫树和闪烁的渔火间飘忽不定，只听着寒山寺的钟声飘到了江上的客船……

据导游介绍，当时诗人张继两度考试都没有中榜，他从长安回家经过苏州，没有钱住客栈，只能留宿在一艘客船上，夜深了，寒山寺的钟声响起，于是满腹愁思的潦倒才子，写出了《枫桥夜泊》这首千古绝唱。任何事情，真是得失难辨，真庆幸诗人当年没有中榜，庆幸他囊中羞涩，庆幸他失意落魄，否则，怎会有如此千古绝唱的诞生？与它比起来，一世功名又算得了什么？早已是尘埃一粒，烟消云散，不复存在；而这首千古绝唱却永远伴着寒山寺的钟声飘荡在姑苏城的上空，吸引着多少中外游客驻足聆听，魂牵梦萦，感慨万千……

当我登上寺塔，再次聆听寒山寺的钟声，不由吟唱起现代版的歌曲——

月落乌啼总是千年的风霜，涛声依旧不见当初的夜晚……

画一样的村庄，诗一般的田园

漫长的暑假，酷热的天气，慵懒地宅在家里，总觉得日子有些空荡荡的。忽接到师兄何老师的电话，他邀请几个好朋友一起外出郊游、垂钓、观赏风光，问我有没有兴趣？这真是个好主意，不亚于暑热天吹来的一股凉风，我欣然答应了！

一清早，我们就出发了！天公还真是作美，晴转多云，并伴有凉爽的风。车在林荫马路上行驶了一个多小时，便到达目的地，我们此行要去的地方是本县的平山镇，这里我还是第一次来，当地的两个朋友热情地迎接了我们。他们引领我们先来到赤湖。

赤湖很大，湖内有稻田、沟渠、荷花塘。正是夏季，碧绿的荷叶铺满水面，挨挨挤挤，连成一片，偶尔钻出几朵粉红的荷花，在一片绿叶丛中显得羞答答，煞是好看。我不禁吟起杨万里的诗句："毕竟西湖六月中，风光不与四时同。接天莲叶无穷碧，映日荷花别样红。"这里虽不是西湖，但因为满塘的荷叶荷花而拥有同样的风景和美丽。荷塘里有人在摘莲蓬，不时向岸上抛来几个让客人品尝。这时，有人赏花，有人垂钓，平静的赤湖顿时热闹起来。湖边有个低矮的小屋，据说是当地承包水田和水域的人临时居所，也可以是来观光、垂钓者的休息地，小屋里有锅台锅灶，灶下有木柴，我们的午餐就在这里解决，相当于野炊。菜有何老师家里带来的，有他妹妹买来的，也有塘里生产的菱角、藕，还有朋友们钓着的活蹦乱跳的新鲜鱼，定是一顿原汁原味的丰盛午餐！看，那边的小屋已冒出了炊烟，袅袅炊烟随风飘来，飘散在湖光水色里，别有一番情致和风味。

几个朋友在专心地持竿垂钓，我们几位没有钓鱼的人则由当地的两位朋友带领，参观他们的村庄。我们被带到了平山镇的司山村，朋友向我们介绍这是他们镇的一个最美的村庄，我以前也听说过，这一见，果然名不虚传！村庄共有三百来户人家，许多人家傍水而居，整个村庄看起来既整齐美观，又各具特色，每户人家都建成风格各异的别墅，楼台、院落大气漂亮，无论是墙上的砖、壁上的窗，还是院子的门、院外的景，设计都堪称匠心独运，别具特色！有玲珑别致的，有金碧辉煌的，有独树一帜的，看得人眼花缭乱。屋外的水泥路宽敞干净，户户之间的路既相连交错，又规划齐整，看上去非常舒服。有些小院设计得更是别出心裁。一路走着，我看到几户人家故意让墙角的植物顺着院子向上爬，远远看去是一堵绿墙，有的倒映在水里，为院落增添了无限的情趣。朋友向我们介绍说，这样的别墅，这样的院落设计，恐怕在农村不多见。也有一旁的老农向我们介绍说，他们这里的每户人家不但勤劳致富，而且齐心协力，大家既考虑自家，更为大局着想，尊重总体的安排布局，才把整个村庄建设得这样漂亮。我们都“啧啧”地称赞着，一抬头，只见路旁的标语上写着一行醒目的大字“美丽村庄是我家，农村不比城里差”，对此，我深有体会，在这个依然叫作村庄的地方，我看见了居民休闲活动中心，小型的花园分布在村子的多个地方，有下水道，有水冲厕所，跟城里比，实在没有多大的差距了，这才叫真正的“和谐家园”呢！我不禁羡慕起当地的这两个朋友，能在这充满诗情画意的村庄生活和教书，真是一种福气！

走出村口，那里立着一块高石头，上面刻有“天道酬勤”四个字，我们站在这美丽的村庄面前，站在这苍劲有力的四个字面前，不禁凝视，久久思索。

下午，朋友还带我参观了一个叫作“胜天圩”的圩区，朋友向我解释说这个名字的寓意是“人定胜天”，我点头会意，我不知道这里曾经的样子，但现在的风景恐怕只有在油画上才能欣赏到，站在桥上放眼四望，一条河蜿蜒流向远方，两旁的田野一望无际，像深绿的毯子，一阵微风吹过，“绿浪”一层一层地荡漾过来，像绿色的海，我不禁惊呼：“太美了！”朋友笑着说：“这是夏季的景观，到了秋天，这一片碧绿将换成一片金黄，那又是一番盛景！”说得我心痒痒的，只盼秋天到来，我会再来欣赏这大自然和人的智慧合作出来的最美的“杰作”！还有数不清的桥梁、花木，整齐的路，成群的鸭子，绿叶中的白鹭，河里的鸬鹚，都是绝美的风景！我不禁想到一首歌“我从垄上走过，垄上一片秋色，田间稻穗飘香，农夫忙收割，微笑在脸上闪烁……”

快乐的时光总是短暂的，一天就这样不知不觉地过去了。感谢这画一样的村庄、诗一般的田园，带给我的是满眼的舒适、满心的愉悦，与平日的慵懒倦态相比，这一天多么充实丰盈啊！

望春花，让我们在春天相约

草长莺飞二月天，我随二十几位文朋诗友趁着二月春风，来到开满望春花的石镜乡邓林村，踏青、观光、赏花。

去时的路上，我们一行人欢愉之情都写在脸上，可能是很久没有亲近大自然了。天气乍暖还寒，可我们一点儿也不觉得冷，大家都在议论着望春花开到什么程度了，是否已是漫山遍野？我的脑际渐渐浮现出杜甫诗句中所描绘的“千朵万朵压枝低”的情景。

望春花，又叫辛夷、玉兰花，每年春寒料峭时，众芳还在闺房沉睡，她却悄然绽放，就如性急的女子，不见春天的脚步，她干脆自个儿走过去。它的花瓣如勺，颜色乳白和绯红，尤其是圣洁的白花点缀在青山绿树之间，使人仿佛置身于禅境之中。听说，每年春天，海螺冲的万株望春花竞相开放之时，各地游客会慕名而至，在此游览，流连忘返，感受着春的气息。

路不算长，驱车两个小时便到了，邓林村出现在我们的眼前。漫步村庄，有些人家房前屋后的望春花已开了，使人眼前一亮——亭亭玉立如仙子，姿态万千动心魄。花香随着清风飘逸开来，沁人心脾。遗憾的是，大部分人家都大门紧锁，看样子好久没住人了，我忽然心生了几分感慨，委屈了这些可爱的花儿。偶遇一位慈祥的老人，与她攀谈得知，村里现在留下的人并不多，有的去县城安家，有的出去营生，留下的只有老人和孩子。

再往前走就是海螺冲，视野开阔了起来，一扫刚在村庄所感受的落寞情绪。山对面的花儿已次第开放，一大块一大块的，镶嵌在红瓦白墙的农舍之间；远处梯田里的油菜花已显金黄，像一块块金色的地毯；被春天唤醒的花草树木葱葱茏茏，色彩斑斓，远远望去，仿佛是一幅春天的油画。置身其间，犹在画中，令人心旷神怡，不得不感叹：大自然竟是如此美妙，如此神奇！她有着无数的天然美景，向生灵播撒着无限的享受……

我们兴致勃勃，行走在春天的山涧中，一路观赏，一路拍照，恨不得将眼前的美景拍尽。只见一股清泉自山涧流下，我们顺着泉水的方向往山顶爬，溪水清澈，潺潺流淌，如同我们心头清亮的欢乐。我们跨过溪水，在一块石块前合影留念，一对浓情蜜意的小夫妻爬到石头顶上，亲密偎依，为我们的照片添上最生动的一幕。

风光无限好，只觉看不够。我将当天游览的照片发到朋友圈，一位此次未去的朋友给我留言：“春色这样美，还是外出走走好，看你们大家，一个个笑得那样开心！”她说得没错，美丽的望春花让我们相约于此，面对这良辰美景，谁能不开心、不沉醉呢？

另一个朋友抛出了她的设想：“既然这么多人慕名来看望春花，何不在海螺冲打造一个农家乐，让游客游览观光后，有吃有住，岂不更好吗？”这个主意真不错，希望她的设想成真，若能将周边的环境进一步改造，为游人打造出一条龙服务，那海螺望春花基地真的成了旅游胜地啦！

如今，农村生活发生了翻天覆地的变化，物质生活日益丰富，可富裕了的乡村人却很少留在家里，人们都愿意去城里发展营生，挣回钱又愿意去县城买房落户。我在想，若干年后，人们的生活理念定会发生转变，人们不愿待在拥挤喧闹的城市，更渴望自由和闲适的乡村生活，更向往陶渊明笔下的“采菊东篱下，悠然见南山”。陶渊明真是个仙人，他在《归去来兮辞》中所倡导的——不想让心灵为形体所役使，让身体寄托在天地之间，何等洒脱逍遥！孔子的学生曾皙阐述他的理想：到了暮春时节，穿上新做的春装，在大地开化、万物复苏的季节，去沂水中洗涤干净，然后沐着春风，与天地一起迎来一个蓬勃的时节，进行一场心灵的洗礼。

我想，再过五年、十年，待邓林村海螺望春花基地真正开发打造出来，借助得天独厚的自然环境，这里也许就是人们向往的“世外桃源”——芳草萋萋，落英缤纷，阡陌相连，鸡犬相闻。原先逃离这里的人们定又愿意回来安家落户了。这里风景优美，游客不断，游人可以利用节假日到这里小住，放松身心，享受田园生活，让疲惫的灵魂得以休憩。借着海螺冲的灵山秀水，感知日月，感知自然。这岂不是最惬意、最幸福的事吗？

望春花，让我们在春天相约！

陪伴母亲的周末

父亲走后，母亲形单影只，像只孤独的雁。

我们怕母亲寂寞，都要接母亲和我们住在一起，可母亲总不同意，她恋着她的老巢，恋着她的故土，舍不得离开。

我们兄妹五人都工作在外，母亲的两个儿子即我的两个哥哥远在他乡，姐妹三人中数我离母亲家路最近。因此，每个周末我都要回去陪母亲，和她老人家同宿一晚。

这大概是母亲最高兴、最期盼的时刻吧！每周五放学后，我便骑上电动车朝母亲家赶，还没到家，远远就看见她家的大门、院子门都敞开着。母亲胆小，平时一个人在家时总关着院门，担心坏人进门。只有我回来时，母亲才敞开着门，好让我的电动车直接推进。母亲的耳朵总是很灵，一听到我的车铃声，就早早地跑出来迎接，她微笑着，忙不迭的双手擦着围裙，一条常年陪伴母亲的小狗“花子”也高兴地站在母亲身旁摇着尾巴，迎接我回来。

我们高兴地进屋，母亲又关上了院子门。堂屋的灯拉亮了，平时冷清的屋子有了我和母亲的谈笑声，顿时有了生机。母亲王在为我做晚饭，我连忙系上围裙，也给母亲帮忙。母亲喜欢烧锅台，我也喜欢。我在锅台上主持，让她向锅灶塞柴火，火苗旺旺的，照着母亲的脸，我朝锅灶看下去，母亲显得分外慈祥，分外满足。

最喜欢入冬的日子，我和母亲吃完饭，洗漱完毕，便搬个火桶来到母亲的卧室，我们围坐在火桶边，母亲爱看电视，我也陪着母亲看，和她评论着电视的剧情，广告期间，我或看书或打着毛衣，有一搭没一搭地和母亲说着话，她向我说一些村子里的事情，我也向她谈一些我的见闻。每每这时，母亲多么开心！

灯光下，母亲的白发格外显眼，然而，浑浊的眼里却流露着幸福的光芒。“多陪陪母亲吧！”我在心里对自己说，“有母亲的日子多好！”

记得台湾怪才作家李敖曾说过一句很生动的话，大意是：父母健在的时候，总觉得自己离上帝很远，是因为父母站在中间，替我们挡着。

感谢我的母亲，依然用她柔弱而又坚强的身躯，挡在我们和上帝之间，愿她健康长寿，为我们多挡些日子。

（注：写此文时，母亲尚健在，多么怀念陪伴母亲的日子……）

孩子，只要你快乐

明天，女儿即将去参加今年的中国科学技术大学的少年班招生考试。对她这次参加考试，我本不赞成，女儿仅仅十五周岁，小小年龄，面临着一场又一场的竞赛、考试，学习压力够大，又要参加这次考试，岂不是累上加累？但女儿说她想去尝试一下，姑且只当作尝试，她爸赞成，我也只好顺了她。

女儿是个早产儿，七个月出生的。当年我的一场感冒引起了百日咳，由于不敢乱用药，咳嗽愈来愈严重，最终导致女儿的早产。为此，我常常懊恼，又无法补过，先天不足，只寄希望于后天的养育了。

由于早产，女儿刚出生时特别小，瘦得像只可怜的小猫，甚至有些好心人担心她能否养活。谢天谢地，女儿在我和她外婆的精心照料下，慢慢地跟上了正常的孩子，尽管她小的时候经历了不少磕磕绊绊，但总算日渐健康，慢慢成长起来了。每每望着摇篮中女儿楚楚可怜的小脸蛋，身为母亲的我，不图别的，只希望女儿健健康康，因此，给她取名时，我毫不犹豫地取了个极简单又饱含着我的心愿的名字——健健。

小时候的女儿，受我的影响，唱歌、跳舞、弹琴、书法样样爱好，我惊喜地发现女儿小小的心灵里有一种艺术的慧根。她看我弹琴，竟能慢慢地学着摸索，很快便能弹简单的曲子。有次我在家排练一个舞蹈节目《东方之珠》，那是一支很优美的舞蹈，女儿在一旁一边欣赏，一边提了些有益的建议，别看她是个孩子，还真的提在点上，她也爱在一旁自练自舞，跳得还真棒！女儿身上除了有慧根，还有一股执着劲儿，无论是学习什么，她都热爱、投入，像模像样。由于她长得清秀可人，乖巧听话，加上能歌善舞，所以特别招人喜爱。

女儿是个小书虫，她小学五年级时，“五一”放七天长假，在家闲着没事，便向隔壁的小哥哥借来六年级的书看，看了一遍后，她跟我说：“妈妈，六年级的课程太简单了，我好像都能做呢！”女儿的话我相信，她平时功底较好，阅读量大，理解力也较强。我顺手勾画出几题让她做，她居然全部做出来了。

于是，我萌生了一个想法：让她跳级，随即参加小学毕业会考。我的这一想法遭到了家人的一致反对，他们认为孩子年龄太小，何必拔苗助长；我当时只是一时兴趣，想让女儿去考考到底如何，不行就返回再念六年级。

女儿真的参加了考试，出乎大家意料的是，女儿的成绩竟在全镇十几个学校的学生中名列榜首。这下，连我自己也感到惊讶，不免为女儿的实力暗自高兴。

女儿就这样跳了一级，名正言顺地进了初中。在初中，她的成绩仍一路领先，名列前茅。在别人惊讶于女儿的聪明时，只有我知道，女儿是非常勤奋、非常用功的。随着学习任务逐渐加重，女儿的性格也在慢慢地发生变化，不再像小学阶段那样活泼了，而变得文静了、沉着了。

三年后，女儿以优异的成绩考上了重点中学。接着重点中学又在全县前三百名学生中进行第二轮考试，录取前四十名进入实验班。女儿说她想去尝试，我的父母，即孩子的外公、外婆强烈反对，他们反对也不是没有理由，孩子在他们身边长大，他们担心孩子压力太大受不了。我和她爸总是支持女儿，心想尝试一下也不是什么坏事，于是偷偷地帮她报了名，参加了第二次考试，没想到女儿竟然又被录取了。

说真的，她被录取了，我心里反而不安，她外公外婆的担心转移到了我的身上。我知道进入实验班的学习压力肯定很大，女儿年龄小，体质又不强，我不想让她负荷太重。可考取了，也只得进去吧。

在实验班，人人出类拔萃，强手如林，女儿的学习压力果然日益加重，成绩也不像以前那样总是遥遥领先了。若哪次考试失利了，谦虚谨慎的女儿就有些失去自信，甚至有些自卑。我知道孩子在这时候最需要开导，我说：“孩子，人生有无数个竞技场，暂时的失利又有什么关系？要看淡得失成败！一个人，最重要的不是去赢别人，而是有勇气做最好的自己，战胜并超越自己的人才是真正的赢家！”

我嘴上劝说着女儿，心里却也有许多困惑：每次去看女儿，看到她总是背着沉重的书包，总是有做不完的作业，一道道习题，一张张试卷，几乎霸占了女儿的所有课余时间，一次次考试的成败影响着她的心情，侵蚀着她的快乐。我一方面劝说女儿放开，多休息；另一方面我又责备自己净说一些冠冕堂皇的话，那么重的学习任务，那么激烈的竞争，女儿又不是天才，不努力能行吗？我开始反思：是否不该让她跳级？是否不该让她报考实验班？不该让本属于她的快乐年华过早地被沉重的学业塞得一无缝隙？我甚至怀疑当前的这种考试制度是否是选择人才的最佳方式？

女儿，你即将又考试了，接受新一轮的挑战，我知道这次竞争更激烈、更残酷。你既然有资格参考，尝试一下也未尝不可，但请你一定放下包袱，别强求成功。在你考试之前，按常理，妈妈应该祝你金榜题名，但这次妈妈不愿这样祝福，而是真心地对你说：孩子，不题名又有什么关系？只要你是乐于参与，并获得了其中的快乐，就行了！真的，妈妈真的这样想，快乐的前提不一定是成功，你看那些开得各色各样的花儿，它们很快乐，难道它们开之前需要自己很耀眼、很名贵吗？不，绝对不是，盛开的过程就是快乐，即便是普通的花，它们照样快乐，有意义。妈妈只是让你懂得：不要太在意结果，过程比结果美，只要努力了，就行！

你曾稚气地问：“妈妈，如果我考不好，不给你丢脸吗？”我对你的问题报之一笑，我说：“傻孩子，别那样想，妈妈生下你，又不是要你来赚面子？你是个独立的生命个体，你的快乐、你的成长才是最重要的。生活、学习、思考、尝试，这些都有着许多的快乐，妈妈只想你能拥有一颗快乐的心！”

女儿，你肯定又要说：妈妈，你为什么总和别人的想法不一样呢？是的，我想的可能和别人不一样，别人首先要的是孩子的前程；而我首先要的是你的快乐——人生真正的快乐！

（注：本文写于女儿高中二年级参加中国科学技术大学少年班考试前夕）

陪伴女儿高考前夕

又是一年高考至，“十年寒窗，决一雌雄”，一年一度的高考牵动着多少考生与家长的心啊！想起去年的这个时候，正是我陪伴女儿参加高考的前夕，那辛苦而又有意义的日日夜夜是多么令人难忘啊！

谁都知道，高考前的最后冲刺取决于身体状态和心理状态，身体为第一要素，偏偏我的女儿体质较差，为了加强女儿的营养，一向不爱做饭的我亲自下厨，动脑筋变着花样做出各种不同口味的饭菜。其实那时我关节疼痛，双手不能下冷水，但我坚持带着反手套洗菜做饭，力争女儿回家能吃到热腾腾的可口饭菜。我心疼女儿，总是将好菜夹到她的碗里，说：“孩子，多吃点，身体需要营养！”懂事的女儿也向我说着同样的话，虽然辛苦，只要女儿能多吃点，我乐此不疲。

离高考的日子越来越近，学校也由月考，到周考，最后到日考，每天面临这样那样的考试，习题和试卷压得考生们喘不过气。女儿读的是重点中学的实验班，人人优秀，强手如林，竞争的压力更不消说。成绩的起伏直接影响着女儿的心情，当考得不好时，女儿总是背着我悄悄地落泪，她怕我担心，其实我都看在眼里，但我装作若无其事，趁给她削个苹果或泡杯牛奶之际，来到她的书桌边，和她聊聊天，告诉女儿不要有任何压力，高考无非也是一次练习，放下包袱，才能开动机器。有时我借用《意林》《读者》上的小故事来开导她，有时也不乏和她说点笑话，逗她开心，等她心态轻松了，我就安静地走开，我们各做各的事。

临近高考两周，女儿突然头晕得厉害，严重时还要打点滴，我知道这是过重的课业负担和压力所致，晚上我不再让她挑灯夜战，而是让她尽快休息，向她说列宁的名言“休息比学习更重要”。早读课时，我坚持陪她到操场上去锻炼，傍晚陪她散步，以缓解脑部的压力。我尽量和女儿有说有笑，根本不把高考前的紧张说在嘴上、挂在脸上，聪明懂事的女儿怕我担心，还不住地安慰我：“妈，您放心，我会坚持到底的！”其实，每每站在阳台上，目送着女儿单薄的背影，泪水不觉潮湿了双眼，我十分担心女儿的身体在高考时出现问题，我不知道，高考前的阳台上站着多少像我这样心碎的母亲？

终于迎来了高考，女儿凭着扎实的功底，沉着应战，顺利地考完了每一科。待分数揭晓，她竟获得了高出重点大学分数线七十多分的优异成绩，为高中三年的奋斗画上了漂亮的句号。在别人纷纷夸赞时，女儿却说：“应该感谢我妈妈，是她，给了我许多力量！”

其实，在陪伴女儿高考的日子里，女儿的勤奋，执着、善良、懂事无不给了我无穷的力量！那段辛苦的日子，现在都变成了甜蜜的回忆。

我为高考监考

一年一度的高考又吹响了集结号，我与同事们被抽聘参加今年的高考监考工作，我欣然接受任务，但心里又担负着重大的责任，因为高考毕竟不同寻常，它涉及千家万户，是全社会共同关注的一件大事，关系到广大考生和家长的切身利益。

没有参加过高考（我中考后直接读师范），应该说是我此生的一大憾事，我的人生似乎就缺了那么一截。这回，我可要零距离接触高考了，我将分享考生们的成功和喜悦，也用心灵分担他们的压力和愁思，这是他们向人生所发起的一次冲锋，每个人的面前将会出现不同的风景。

能为高考出点力，我很乐意。高考前一天，我们所有的监考人员都参加考前的培训和布置考场工作，这一天又恰巧是一年一度的端午节，往年的这个时间我已回娘家陪母亲过节。当我将高考监考之事告诉母亲并请她老人家谅解时，母亲毫不犹豫地催促我道："去忙你的吧！高考是大事！不要想着陪我！"连她老人家都知道高考之事如此重大！母亲不仅理解，还乐呵呵地对我说："去吧！对那些孩子们要有耐心！"母亲的叮嘱让我有些感动。

6 月 7 日一早，我也起了一个早，憨厚的先生笑着说："平时不是喜欢赖床嘛？""今天任务重大，岂敢怠慢！"我也笑着回敬他。天下着小雨，我穿着雨衣，骑着电动车，奔赴离家十几里路的考点。考点前，跟我想象的一样，挤满了送考的人们和车辆，醒目的标语和衣着整齐的警务人员，显示着这个日子的非同寻常。校园上空飘着激昂的音乐，总会看到一些家长对着还没有进入考场的考生在说着什么，是那样的语重心长，又是那样的苦口婆心。考点大门口，交警、门卫各司其职，在维持着秩序，我们必须出示监考证方可进入校门，整个气氛令人肃然起敬。

走进考场，面对一个个前来参加考试的莘莘学子，我在心里默默地为他们祝福，祝愿他们能发挥出最佳的水平，考出最棒的成绩，回报家长和老师。考试前，考生只要有要求，我都热情周到地为他们服务，有个考生的凳子特高，我立马为他换了一个矮的。临窗的座位阳光强烈，我为坐在那里的考生拉好窗帘。每个考场都安有监控器，考场的纪律非常好。

紧张时刻在悄悄地来临，静谧的考场只听见沙沙写字的声音，向下看去，仿佛只能看见乌黑的湖泊。渐渐地，有人扬起了他们的脸，眉毛与眉毛之间，拧出了一个个问号；有人的脸上，掠过一丝不易察觉的笑容，那笑容虽然是转瞬即逝，可是却像一股清泉一样流淌到了我的心田，我也高兴起来。时间在一分一秒地流逝，静悄悄的考场有了点涟漪，溅起那些水花当然是纸张翻动所发出的声响，还有考生们轻微的叹息声。三个监考员，可能是不忍打破这儿的平静，没有谁走动一下，没有谁拿出手机看看时间，庄严的时刻，我们都不知不觉地被庄严的气氛感染了。我甚至想，平时松松散散惯了的人，最好到考场来感受感受，人生原来是这样的严谨，严谨到不能容许有丝毫的错误出现。

为期两天的监考结束了，大家都以高度负责的态度、一丝不苟的精神，周到、细致、圆满地完成了任务，这才松了口气，原来做好一名监考员，也很不容易！但与这些认真地书写着自己人生的考生们零距离地接触，我自己无疑也在进行着一场心灵的考试。

期待春晚

春晚——年三十晚上的一道精神大餐，早已在我的期待之中。

如果说过年是一首诗，那春晚则是这首诗中最点睛的一笔；如果过年没有了春晚，那年的趣味自会减少一半——至少我这么认为。

我爱看春晚，一直喜爱。记得刚结婚那年，我和先生回老家过年，老家那时还没有彩电。为了让我在彩色屏幕上欣赏到精彩纷呈的春晚节目，先生下定决心，将我家的电视机装在纸箱里，然后绑在自行车上，硬是将体态庞大的电视机搬回十几里路远的老家。那时候路没修，坑坑洼洼，为防止电视机跌倒摔坏，他几乎是推着自行车、扶着电视机步行到家的。功夫不负有心人，电视机到家时完好无损，一想到晚上就可以看到向往已久的春晚了，我高兴得像个孩子，我问先生累不累，他憨厚地笑着说："只要让你过足看春晚的瘾，累一点，值！"我感动无语，心里真感谢先生，感谢春晚！

喜欢春晚，不仅是因为好看的节目，更喜欢春晚带给千家万户的那种安乐祥和的热闹气氛。一吃完年夜饭，我便早早地守候在电视机旁，等待春晚的来临。我摆放好瓜子、糕点、板凳，等待全家人和陆续来串门的左邻右舍一同欣赏春晚。节目开始了，屋子里坐满了人，大家谈笑风生，看今年的春晚由谁主持，猜测有哪些明星大腕会出现，往年的某某节目好看，等等。大家对节目的喜好也各有不同，有的爱看歌舞，有的爱看魔术，有的喜欢这个，有的爱看那个，但小品是大家共同喜欢的节目，幽默搞笑的部分常常逗得大家笑得前俯后仰。窗外的烟花一束束在空中绚丽地绽放，偶尔响起的爆竹声夹杂着孩子们的嬉闹声，一阵阵传来，屋里是看春晚的欢声笑语，这一切将过年的热闹气氛推向了高潮。

待客人慢慢散去，春晚仍在继续。我们全家受我的影响，都仍围在电视机旁，等待着更好看的节目，就连七十多岁的公公，不等到本山大哥的小品，决不去睡觉。我们一直守候到新年的钟声敲起。

又快过年了，每每听到电视里的广告词“我要上春晚”，我就用一种俏皮的口吻改为“我要看春晚”，女儿看到我的滑稽样，笑着说：“妈妈真是个春晚迷!”

是呀，我这个春晚迷，正眼巴巴地等待着春晚的来临呢!

我用贺卡寄真情

元旦将至，学校给每位教师发了八张免费的新年贺卡，以便寄给亲朋好友。许多老师都丢进了抽屉，认为邮寄贺卡已是那些少男少女们热衷的事情，似乎与我们这个年龄无关了。也是，现在通信发达，节日问候，一条信息发过去，几秒钟即可到达，方便快捷，犯得着那么麻烦吗？

然而，我却不这么认为，我觉得贺卡有它的特殊意义，它毕竟是为祝贺新年而设计的，淡淡的油墨清香和象征着喜庆吉祥的红色封面无不令我喜欢，发给我的贺卡算是派上大用场啦！

我的第一张贺卡该寄给谁呢？当然是我那最爱的女儿了！乖巧的女儿从小到大都非常懂事、优秀，她一直是我的骄傲！去年她考进了理想的大学，从此不在我身边，对她的思念之情不言而喻，我何不借这张贺卡来表达一下？我思考了一番，然后在卡片上认真地写道：

亲爱的女儿，新年好！新年的到来总给人一种崭新的惊喜，而你，就如同新年的第一缕阳光，照进房舍，照进窗棂，也照进爸妈的生命里。这么多年来，谢谢你带给我们那么多精神的温暖、愉悦和满足！是你，赋予了我们生命的意义！新年来了，妈妈祝你新年快乐，并祝福你在新的一年里平安、健康、幸福！

第二张贺卡自然是寄给最令我牵挂和揪心的学生海军。从教二十年了，教过的学生一届又一届，他们中有出色的，也有平凡的，但在我的心中，都是珍贵的，可爱的。海军是我走上工作岗位后的第一届学生，当年我是他的三年级语文老师兼班主任。后来我工作调动换了学校，听说他到处打听我的消息，他说我是他最喜欢的老师。分别许多年后，我才知道其间发生了许多意想不到的事情：原来，海军的爸爸在他五年级时就去世了，妈妈带着他远嫁他乡，继父对他很凶暴，以致后来他逃学不愿回家，自暴自弃，跟随坏人走上了邪路，现在正在狱中服刑。当我得知这些情况，我的内心是多么的痛苦和不安，想尽办法联系上了他，现在我成了他最信赖和最愿倾诉的亲人。其实，海军非常聪明，在音乐、书画、雕刻等方面都有一定的天赋，只可惜……我要借这张贺卡来鼓励他忘掉过去，重新振作，我给他这样写道：

海军，新年好！太阳落了，第二天依然升起；路走错了，改变方向，依然有阳光大道。过去的一页，无论是旧的、皱的、脏的、破的，翻过去，开始崭新的一页！老师希望你无论在怎样的境遇下，都不能放弃人生的信念，希望你的思想、人格和行为都朝着人生的真、善、美而行进！冬天过后，就是春天；严冬很冷，希望你在心中先放一枚春天的种子！生活是美好的，只要你相信美好！一切都会过去，一切都会好起来的，新年快乐！

再一想，第三张贺卡该寄给一位朋友. 朋友是个美丽而脆弱的女子，当她得知她深爱的丈夫在外有了第三者而背叛了她，她一时痛不欲生，想到了自尽。我花了好多心思才让她慢慢平静下来，度过了艰难期。现在，她的丈夫迷途知返，恳请她的原谅，可她依然为此事耿耿于怀，生活得不快乐。这下，我干脆借普希金的诗来安慰一下她：

假如生活欺骗了你，朋友，别伤心，也别生气，不顺心的日子总会过去，相信吧，快乐的日子在等待着你！新年快乐！

八张贺卡很快被我写完，明天一早，我将它们邮寄出去，它们将载着我的真情伴着我的祝福，送到远方人的手中、心中……

我的教师之家

近来身体不适，暂时离开讲台，同事们先后来看我，带来了特殊的问候。我的那些幼小的学生居然也在牵挂着我，这让我倍受感动。他们才八九岁的年龄，竟然将亲手做的小礼物通过大人带给我。那时，我在心里特别想念他们，巴不得早早地好起来，重返课堂，看着孩子们的笑脸。世上还有比这更开心的事情吗？

我忽然感到我从事的这份工作的神圣和崇高，进而想到我这个特殊的家庭——我们五兄妹全都是教师，都从事太阳底下最光辉的事业。一股暖流顿时在我的心中汩汩流淌。

大哥出生在那个人妖颠倒的年代，因为我们家成分不好，大哥读到五年级就辍学务农。大哥这半生就是一部传奇，你不会想到一个小学生是怎样走进大学，并成为一名大学教师的，凭的就是一种不向命运低头的毅力。一边打工，一边坚持自学，命运不给他机会，他硬是从命运的缝隙中顽强地挤出一条路，最终成为一名成功者。由于他特殊的经历和阅历，他是一位令学生喜爱和崇敬的老师。

二哥如今在一所大学主持一个学院的工作，在学术界，他已是知名学者，而在他弟子的心目中，他是一名德才兼备的教授和院长。他本来可以放下现在的工作，担任人人仰慕的高官，面临抉择的时候，他还是舍不下教书育人工作。三尺讲台展风流，不让年华虚度过。这就是二哥的心声。

我和二妹在同一年考取江南一所师范学校。在当时填报志愿时，我们的两位哥哥为我们把舵，他们一致认为，身为女性的我们两姐妹，在三尺讲台上更有作为。毕业回乡，大哥送我一句话：好好干，行行都能干出名堂来！二哥对我们说：人生有限，看准目标前进，有限的人生会风光无限！我们谨记两位哥哥的教诲，不敢有丝毫的怠慢。我们两姐妹辛勤工作，一次次地得到肯定。面对荣誉，我们发现还做得不够。

小妹大学毕业后，又走上教育工作岗位。

这还不够，身为教师的我们，在找对象的时候，又都将自己未来的伴侣定位为教师，这样，我们一家成了地地道道的教师之家。共同的语言，总令我们有交流不尽的话题，人生的景象是那样的平和，不追求身外的荣华富贵，平和中怡情养性。

兄妹五个，一门教师，我喜欢这样的实在的家庭。

寻找回来的春天

早就许诺孩子们，要在春光明媚、鸟语花香的三月带他们外出春游，我的“通知”尚未正式发出，不知哪个调皮鬼私下走漏了风声，在班上传开了，孩子们为这一消息欢呼雀跃。

这天一大早，我们出发了，孩子们快活得像笼子里飞出的一只只小鸟，围着我叽叽喳喳，有的干脆唱起了歌儿“小鸟在前面带路，风儿吹向我们……”看着他们灿烂如三月桃花的笑脸，我也是“孩子”了，喜悦在心里跳跃着。这时，我看见班里的小胜同学一直走在队伍的最后面，低垂着头，一副闷闷不乐的样子。同学们三五成群，谈笑风生，唯有他像只离群的落雁，失落落的。“是大家冷落了他，还是他不合群?”我暗自纳闷地想，小胜同学是班里的一个问题学生，迟到、旷课、不做作业是常有的事，前不久，还撬开了他的同桌班长的桌子，拿走了十元钱和一本书。为他，我没少煞费苦心，也想好好地和他交流，可他就是金口难开，沉默寡言，难以找到一把钥匙，打开他心灵的锁。这个孩子，也不知到底什么原因，似乎失去了同龄人应有的快乐和天真。我故意放慢脚步，和他并排走，找着话茬儿与他搭话，可他只有点头或者摇头以示回答。

休息间，我们找了一个大草坪坐了下来，孩子们围着我，纷纷拿出吃的、喝的，有的客气地递给我。我偷偷地瞟了小胜同学，只有他没有，我趁机招呼小胜坐到我身边，微笑着说：“小胜，你看同学们给了我这么多吃的，我哪吃得了，我们一起吃，好吗?”他低着头，接过我递给他的东西，望了我一眼，目光里有羞怯，也有感激。接下来，大家开始做派对游戏，孩子们很快找到了自己的派对伙伴，又只有小胜一人呆呆地坐在那里，我问他为何不参加，他说不想做游戏，我拉起他的手说："来，我们一起做，谁输了罚唱一首歌。"他的脸上终于挤出了一丝笑意，高兴地答应了。同学们见我们俩做游戏，都纷纷围了过来，为了让大家感兴趣，我故意输给了他，孩子们缠着要我唱歌，我清了清嗓子，说："这样吧，今天我想唱一首歌送给小胜同学。不知大家发现没有，小胜同学有着许多美好的品质，比如他心地善良，乐于助人，去年我们班汪洋同学病在医院里，是他天天去看他；刚才有的同学的行李，也是小胜同学帮着拿的。如果大家一起帮助小胜同学改掉缺点，那他就是个非常优秀的孩子……"我的话还没说完，孩子们鼓起了掌。我接着深情地唱起了一首《妈妈的吻》，孩子们静静地听着，我看见泪光在小胜的眼里闪烁，我走上前，拥抱着他，唱得更动情了……此时，金黄金黄的油菜花无尽地向远方铺展着、盛开着，在我们面前呈现出一片金色的世界，春风和暖，无论是一棵大树还是一根小草都在这迷人的春天里吐露着浓浓的绿意。

回来的路上，有一个浅水沟挡住了我们的去路，孩子们穿着郊游鞋，基本上能踩着泥巴过去，这不，小胜又犯愁了，只有他穿着一双布鞋，我问他昨天不是已经布置要穿郊游鞋吗？这时，几个调皮鬼插进话来，责备他："就你不听话！"我用眼睛示意他们不要说，只见小胜红着脸解释："对不起，老师，我不是故意的，我没有郊游鞋，我脱鞋能光脚过去。"我相信他的话，想到自己艰苦的童年不也是常年只有一双布鞋嘛！我弯下腰，说："别脱鞋，我来背你！"说着不容分说地背起了他。尽管他很沉，路很滑，但我乐意，我感觉我已经走近他了，也察觉到，一种从未有过的紧张、激动、羞愧和感激写满了他的脸，一种被人尊重和宠爱的快乐洋溢在他很少舒展的眉宇间……

第二天批改作业，小胜写的日记深深撞击了我的心灵，他给我写了一封信（也可以说，这是他最好的一篇习作）。他这样写道：

亲爱的老师：

您好！你知道吗？今天是我最难忘的一次春游，也是我最快乐最幸福的一天。老师，我以为你也像别人一样讨厌我，弃（歧）视我，因为我做尽了坏事。可我发现你和别人不一样。我想跟你说说心里话，你可要替我保密哟！我生长在一个一点也不幸福的家庭，去年，妈妈和爸爸吵架后，她带走家里的钱跟别人跑了，爸爸四处寻找也没找着，爸爸常常怄气喝酒，拿我和弟弟当出气筒，我做错了事，他不是骂我就是打我。在学校里，同学们也常常欺负我，嘲笑我，我想我完了，反正没人喜欢我了，干脆就坏人做到底吧，我无所谓了，所以我犯下了许多错误。直到今天，我才发现您是那么爱我，那么和爱（蔼）可亲，处处让我高兴，尤其当您不让我脱鞋而让我趴在您背上的时候，我差点哭了出来。以前妈妈也像您这样背过我，可她为什么要狠心地抛下我和弟弟？老师，我多么想一直趴在您的背上，享受着您的关心、您的爱，那一刻，我多么幸福！我喜欢闻你的头发清香的气味，是您让我觉得春天多么美好！老师，我向您保证，以后我一定不做坏事了，一定好好读书，认真完成您布置的作业，以优异的成绩报答您！

读着读着，泪水早已盈满了我的眼眶，打落在他的日记本上。可怜的孩子，我原来只知道责备你的不是，可我哪里知道你小小的心灵竟承受如此的凄苦！好在，现在知道并不晚，我拿起笔，在他的日记后面认真地写道：

小胜同学，我亲爱的孩子，谢谢你对我的信任，告诉我你这么多心里话。真的，我太感动了，我没想到你小小的心灵经历了那么多的创伤，你居然挺过来了，你真是个了不起的孩子！别悲伤，别难过，战胜困难，战胜自己——阳光总在风雨后！老师永远爱你！

走出门外，我凝望夜空思绪万千，空气里飘来春天的缕缕花香，我陶醉，伤感……真庆幸有了这次春游，让我又找回了一个春天。

（注：本文原是我的一篇日记，后参加由安庆市教育局、新安晚报社联合举办的“移动杯震撼心灵的教育故事”征文大赛，荣获全市一等奖，并赴市做演讲报告。该文收集在《阳光的吟唱》一书中。）

阿　莲

这个端午节，好久没有联系过的阿莲突然给我发来了节日祝福信息，我一阵惊喜。读着她信息中亲切而又俏皮的话语，我知道阿莲一定生活得幸福如意。

阿莲是我读师范时的好朋友，她性格文静，有点内向，但心地善良，为人诚实，做事稳重，在班上有极好的人缘。她长得很匀称，皮肤偏黑，一双大大的眼睛总透着清澈的光。如果说“物以类聚，人以群分”的话，我和阿莲不知怎么划到了同类项中，我们成了非常要好的朋友。我们在一起时，内向的她又似乎并不内向，她的许多话总愿意和我说起。

在和她的交谈中，我知道阿莲生长在一个家境不富裕的农家，父亲常年有病，家里有两个女孩：她和她妹。并且我知道了一个一直埋在阿莲心里很苦的秘密：阿莲的父母因为阿莲没有兄弟怕家里断了香火，已在她的家乡为阿莲物色了一个小伙子，说等阿莲一毕业，就让那个小伙子上门成亲。小伙子倒是勤快，又在当地工作，讨得她父母的欢心。可阿莲说她一点感觉也没有，她说父母一谈到这件事她就痛苦，为了此事，一向温顺的阿莲差点和父母闹翻了。其实那时，阿莲的心中已有了意中男孩。

阿莲在跟我倾吐这些苦水时，似乎有些“对牛弹琴”，也许我那时年龄较小的缘故，在那些事情方面，只是懵懵懂懂地听着，不知拿什么话来劝说可怜的阿莲。

快到毕业了，校园里的气氛不同寻常，由于大家要各奔东西，有人哭，有人笑，用各自喜欢的方式尽情地宣泄着青春的狂热和不舍。阿莲和我都属于安静型的，我们的友谊在安静中似乎更执着。我先离校，是晚上的船，阿莲送我去码头。在候船室里，我们默默无语，阿莲唱歌好听，我央求她为我唱支歌，阿莲竟爽快地点头，清了清嗓子，随即唱了起来：

我匆匆地走入森林中，森林它一丛丛，
我找不到他的行踪，只看到树摇风。
南屏晚钟，随风飘送，
它好像敲呀敲在我心坎中，
……

夜空中，她的歌声静静地流淌着，如倾如诉，好有磁性。我望着阿莲，月光照在她的脸上，风吹着她额前的刘海，我从来没发现阿莲有那晚那么美，我突然想起阿莲给我倾诉的苦水，心想：这么好的阿莲实在不该和她不喜欢的人在一起。

一曲唱完，我完全陶醉了，我追问阿莲这是什么歌名，她说《南屏晚钟》。从此，码头上的那晚、那支歌以及唱歌的阿莲都深深地烙印在我的脑海中。

后来，我们工作两地，各自忙碌，交往也慢慢地稀疏了。但我一直牵挂着阿莲，怕她拗不过父母的执意，委曲求全了。中间我特地去看望过阿莲，看到了阿莲已有了自己的如意郎君，并有了可爱的女儿，我心里才踏实，高兴。

今天，突然收到阿莲的信息，读着读着，如烟往事历历在目，是啊，多少时光不再，多少情怀更改，但我对阿莲的记忆永不褪色。我随即打开电脑，搜索出阿莲当年为我唱的《南屏晚钟》，慵懒地卧坐在椅子里，一遍一遍地听着……

电话铃，响三下

每次从母亲家回来，母亲出门送我们时总要叮嘱一句话："到了家，打个电话来！"接着又习惯性地补充道，"响三下，就挂掉，我就放心啦！"

这已成了我们和母亲的约定了。母亲恋老巢，平时都是她一个人住在老家，我们回去时她满心欢喜，但来回路上的安全又成了她心头的牵挂。所以我们不管到哪儿，不管路途远近，到达了必须要打电话报个平安，母亲才会放下心来。这不能怪母亲爱操心，有一次妹妹一家从母亲家回去，路上突然下起了暴雨，风雨交加，电闪雷鸣，这可吓坏了母亲，她不断地打他们的手机，可天气恶劣他们的手机信号不好，电话总是打不通，母亲吓得没办法，只得跪下来向老天祈祷，祈求妹妹一家平安到家。等到妹妹他们冒着风雨雷电赶到家，他们连忙用家中座机拨通了母亲的电话向她报平安，还跪在地上的母亲兴奋不已，赶紧爬起来冲向电话机，不料动作太快，母亲一头栽倒在地，头上也磕了一个大包，好在没有什么危险。从那以后，我们与母亲便有了一个不变的约定：到了家，打电话！电话铃，响三下！母亲就懂了。

我以为这只是我们和母亲之间使用的秘方。殊不知，有一次，我们一行人旅游回来，晚上包一辆出租车回家，出租车司机每隔一小时便掏出手机，打通电话后，也不说话，就默默挂掉。我们很好奇，问原因。原来这是他与老婆之间的约定，他晚上在外跑长途时，老婆最担心，他必须隔一小时打个电话给老婆，老婆不用接，电话铃响三下，她便明白他是平安的！哦，我们释然了，顿时被这对夫妻的真情和默契所打动。

曾经，我读过琼瑶的一篇文章，叫作《敲三下，我爱你》，那是一对真情浓得化不开的恋人使用的一种表达爱的方式，在公共场合，他不便说时，只用眨三下眼睛或敲三下桌子、喷三口烟、拍三下肩膀……都表示在说：我爱你！她便幸福地接受了他的爱！当时读时，真的很感动，觉得这对恋人示爱的方式多么奇特、浪漫和美妙！

现在，母亲和出租车司机竟然也会使用这种“专利”——很奇妙也很实用的方法——“电话铃，响三下！”就能向对方传递平安。原来，不管是亲情，还是爱情，只要有一种神秘的默契，对方便会慢慢地感知……

听完“再见”再挂机

这学期，我任一个新的年级的班主任。昨天有一个学生家长从外地打来电话，询问她孩子的学习生活情况，开始我真诚而又耐心地与她交谈，谁知她的话匣子一打开，就没完没了。这时，恰逢我的家里来客了，我便提醒她我有事，当手机从我耳边拿开的时候，我听到那边传来了“再见”二字，我本想也回应一声“再见”，可手机已被我按键结束了通话。

放下电话，我为自己刚才的匆忙挂机而不安，感觉很没礼貌，也不知电话那边的人有何感受？作为家长，远离家乡，对孩子总有无尽的牵挂，难得和老师通一次话，总想多聊一些，也是可理解的。她会不会认为我不耐烦，或者不通人情，甚至认为这个老师很势利，等等，我越想越不安，越想越纠结，想再打个电话去解释一下，却又感到唐突。小小的一件事情，着实让我纠结了好一会儿。

并非我小题大做，记得有一次，我也有过如此“冷遇”。我求人帮忙一件事，平时我最怕求人，恨不得“万事不求人”才好，本是硬着头皮打电话过去，等我说完了正事，再说些感谢一类的话时，对方显然有些不耐烦了，见他态度不热情，我便知趣地准备结束电话，谁知我的“再见”刚说出口，就听到那头电话的“嘟嘟”声，显然他挂机了，只留下我热情而又谦卑的“再见”二字尴尬地冷却在风中。当时，我的心里特不是滋味，觉得自尊心受到了极大的挫伤，为此失落了好一阵子。

没想到这一次我自己也变成了一个无礼之人，一个小小的细节失礼会不会也伤害了别人的自尊？如果是那样，我是多么不情愿呀，因为我从来没有有意地伤害过人，也不愿无意地让他人受到伤害。从这件事我吸取了一个教训，以后无论和谁打电话，都要真诚地听完别人的“再见”再挂机，这是最基本也是应有的做人之礼！

节日的礼物

今天是第 25 个教师节。对于一年一度节日的到来，我们虽不像孩子般兴奋，但气氛还是不同寻常的，每个老师的脸上都洋溢着笑意，这毕竟是我们的节日嘛！

昨天就听人说，节日当天，我们可以凭教师证到县城的永丰超市领取一份礼物。一大早，我也来到永丰超市，待递上教师证，工作人员笑盈盈地拿给我一个精致的玻璃茶杯，并热情地说："节日快乐！"尽管领到的只是一个茶杯，但我满心欢喜，也算是社会"尊师重教"的一种体现吧！

早读课时，我轻快地步入教室，嗬，讲台上已经摆放了一大束鲜花了！别看孩子们平时淘气，还真是生活的有心人呢！我走到讲台前，孩子们异口同声地说道："老师，节日快乐！"我也客气地回应着："谢谢同学们！今天尽管是老师的节日，老师祝你们也同样快乐哦！"看着他们一个个可爱的、天真的笑脸，我被感动了，虽没说什么，心里却有一股暖流在流淌……

下课时，打开手机，哇，收件箱里挤满了祝贺信息，我一条条地读着，感动无语，感谢节日给我带来的额外的快乐！在这些信息中，最让我快乐的还是我曾经的学生的来信。我想：这不仅是我，为人师者都是如此吧，哪个老师看到自己的学生长大懂事不感到幸福呢？有个叫汪凯的同学这样写道："徐老师，我为曾经是您的学生而感到荣幸！感到骄傲！今天是教师节，万语千言，汇成一句话——真心地祝您节日快乐！身体健康！永远年轻！"汪凯念小学时，是个腼腆的小男孩，读着信息上的语句，想象着他当年的模样，我真的很激动。接着读到的是江曼的信息：“亲爱的老师，您好！您还记得我们小学毕业那天的情景吗？还记得您给我们说过的话吗？您教导过我们的许多话我都记在本子上，我一定按您说的去做——‘清清白白做人，认认真真读书！’今天是您的节日，学生衷心地祝您节日快乐！永远快乐！”……还有好些学生的问候和祝福的信息，或短或长，发自肺腑，亲切暖心，读着读着，无不感动！

下午放学回来，我在楼上看书，楼下传来敲门声，我循声下楼，只见我去年的学生张睿捧着礼物正站在门口，她是个非常有个性有创意的女孩，刚进初中。我连忙招呼她进屋，她羞怯地拿出礼物说：“老师，今天是您的节日，我买了礼物，祝你节日快乐！你打开看看吧！”我高兴地打开礼物，原来是个粉红色的精致的风铃，“叮当叮当……”地响着，我嗔怪她：“很贵吧，干吗要花钱？”张睿说：“老师，我刚进中学，就被评为‘校园之星’，我应该感谢您！我平时舍不得买零食，省下钱给你买份礼物，我觉得有意义！我们都知道老师爱浪漫，所以我买了个风铃，而且是粉红色的。”她兴致勃勃地介绍着风铃，接着说的话更出人所料，她笑眯眯地说：“这只是小的礼物，等我长大了，我要带你到处旅游呢！”我听着她的话，鬼精灵一个！我，一个大人，倒被她一个天真孩子感动得无语了……

如果说今天是一首诗，那么，今天我所收到的节日礼物——茶杯、鲜花、信息、风铃，便是这首诗的所有内容，而我的学生们的一颗颗纯真、美好的心所给予我的饱满的、晶莹剔透的爱，不正是诗中最精彩的诗句吗？

同样骄傲

按照惯例，学校期中考试之后，要给全校每班前三名的学生颁发奖状，颁奖仪式在校园的操场上举行。

我陪同孩子们领奖后回到教室，发现今天教室里的气氛不同寻常，有几个孩子趴在桌上哭，旁边有一些人围观。问其故，得知：原来这几个孩子是因为没得到奖状而伤心哭泣。我一边安抚着哭泣的孩子，一边让围观的孩子们回到各自的座位。

我站在讲台前，正好利用这个机会给孩子们开一次班会。

我放弃了说教的方法，我知道这时候讲一些大道理是没有用的，我微笑着问道："同学们，想不想听一听老师小时候考试后的经历？"

"想！"孩子们异口同声地答道，连刚才还在哭泣的孩子也连忙止住了哭声。

我清了清嗓子，说道："老师像你们这么大的时候，也有你们今天的经历。那时候的我，也像你们现在一样，多么渴望那红艳艳的奖状呀！当看到邻居家小孩的红奖状贴上他家的墙壁的时候，我那小小的心呀，简直五味杂陈，有对奖状的渴望，有对获奖同学的羡慕，有对自己没有获奖的失落，甚至有些自卑情绪……记得有一次放学后，我看到一个个得奖的孩子捧着奖状向各自的家走去，我看着他们欢快的背影发呆，直到他们的身影消失，我还站在原地，可见当时幼小的心灵对奖状有多渴望！我暗暗发誓下一次也一定捧回一张奖状，可愿望一次次落空。五年级时好不容易考了一次第一名，可那次学校没有颁发奖状。可以说，我整个小学阶段没有得到过一张奖状。小时候特难过，后来想通了：全班那么多同学，而奖状只有那么区区几张，得不到是很正常的。再说，得不到又有什么关系？只要自己付出了努力就行！老师还不是照样健康地长大成人，并成了你们的老师！我希望同学们对待得失成败要淡然，得到了当然高兴，得不到呢，也没什么大不了的，大不了从头再来！”

我的话刚讲完，教室里就响起了热烈的掌声，刚才哭泣的几个孩子脸上也露出了会心的笑容。

我抓住机会，想将班会的话题再度拓展延伸，于是围绕本周学生写的周记，给孩子们更深度地引导。我刚布置他们在周记里谈谈自己的理想，许多同学的理想很远大，很宏伟，有当科学家的，有当歌星的，有当明星的……只有张博同学，他的理想是长大后当个出色的农民，把农村荒废的土地再种上庄稼，让农村变成人人向往的美丽家园。我非常热情地鼓励并赞扬了张博同学的理想。我说：“人有理想是好事！但理想不一定要多宏大，不一定要光鲜亮丽，不一定要出人头地，不一定要人云亦云。即便很小的理想，只要切合实际，只要做得有意义，有乐趣，像张博同学的理想，老师认为非常棒！”接着，我当着全班同学饱含深情地读了张博同学的周记，读完后，我带头鼓掌，孩子们也跟着鼓掌，同时都向张博同学投去赞赏的目光。

见孩子们正在兴奋之中，我接着给他们讲了一个小故事：美国第十六任总统林肯在当选总统时，他的母亲接受记者的采访，当谈到她为儿子林肯而骄傲时，这位母亲说：“我还有一个儿子，我同样为他感到骄傲！”记者马上问：“您的另一个儿子，他是干什么的？”林肯的母亲用手指向不远处的土地，说：“他是种土豆的，看，他正在那边认真地种土豆！”这个母亲，是林肯的继母，是位非常伟大的女性，林肯称她为“天使般的母亲”，并说他所有的成就都是来自他天使般的母亲。我也非常赞同林肯母亲的观点，无论是做总统，还是做农民，只要认真去做，做得出色，同样值得尊重，同样让人感到骄傲！

孩子们认真地听着我的话，眼里闪烁着光芒。我说：“同学们，你们每个人身上都有自己的优点，都有各自的长处，你们长大了要成为社会各种各样的角色，只要你们能脚踏实地，各尽其能，成为对社会有用的人，无论你们将来从事什么职业，老师都为你们感到骄傲！”

我的话再次赢来了孩子们热烈的掌声和会心的微笑……

向蚂蚁学习

刚接任一个新的班级，又是低年级的小朋友，一时不适应。这两天我一走进教室或一回到办公室，都有学生前来打小报告：不是张三惹了李四，就是李四打了张三，严重者甚至抓破了脸皮。班级人数较多，这学期又转来了一些新生，的确有些难以管理，加上许多孩子在家都是独生子女，以自我为中心，不懂得忍让，鸡毛蒜皮的小事都能引发一场“战争”。

得想个办法解决这些问题！一天晨会课上，我没有像往常那样将惹事的孩子叫到办公室说教，也没有让严重者到教室前面罚站，而是满面春风地走进教室，微笑着说：“上课之前，给大家讲个故事，好吗？”

“好！”热烈的回答不约而同！

“有一群小蚂蚁，它们生活在一个屋子里。有一天，屋里突然起了一场大火，眼看火苗越烧越旺，熊熊火焰弥漫了整个屋子，可怜这些小蚂蚁躲也没处躲，藏也没法藏，就要被大火活活地烧死了。同学们，你们猜猜，这时候怎么办呢？”

“赶快逃呀！”孩子们回答的语气很着急。

“错！它们一个也没有逃，大火封住了出口。小蚂蚁们很快地抱在了一起，一层又一层地抱着，迅速地抱成了一个大蚁团，只见大蚁团毫不犹豫地冒着大火往外滚，火苗中发出了‘嘶嘶’的声音。待蚁球完全逃离火海，大蚁团变小了。同学们，知道是为什么吗？”

“外面的蚂蚁被大火烧死了。”孩子们带着遗憾的表情回答，许多人发出了唏嘘声。

“对，大家说得没错，蚁团外面的蚂蚁都被烧死了，里面的蚂蚁都幸存了下来。外面的蚂蚁用自己的身躯保住了同伴们的生命，大家说这是什么精神?”

“团结的精神!”“奉献的精神!”孩子们抢着回答。

“对，同学们说得好极了！正是有了这种团结的精神、奉献的精神，小蚂蚁才会在最危险的时刻，拧成一股绳，哪怕用生命也要保住同伴的生命！那么，同学们，你们每天在一起，朝夕相处，该怎样对待自己的同伴呢?”

教室里鸦雀无声，我看到了几个惹事的调皮王低下了头。见“蛇”已打到了“七寸”上，效果到了，我赶忙收起话题，让他们思考、交流、讨论。

第二天的日记批阅，我发现全班大多同学都写到了这件事，所写内容精彩纷呈，但表达的主题只有一个：向蚂蚁学习！

母亲的小院

每次回家，轻轻地推开“咿呀”的院子门，便走进了母亲的小院，唤一声“妈”，就见母亲乐呵呵地从屋里迎了出来。

母亲的小院灰墙红门，非常漂亮。我喜欢这个小院，母亲也喜欢。她总是对我说：“你的父亲想得真周到啊！造房子时，非得要建这个院子。你看，现在他走了，丢下我一个人，有这个院子护着我，陪着我，我也就不孤单了。”

我的父亲应该说是个非常有品位的人，在我的记忆里，父亲一直幻想着建一座别致漂亮的院落，里面有树有花。无奈前些年家境一般，愿望一直没能实现，父亲只能将那优雅的愿望寄存在心灵的一角。但他从没放弃，只要时机成熟，父亲就会放手一搏。这一天终于到来，尽管那时父亲已过知天命之年，但被父亲勾画过无数次的小院连同房子一起，在我们的面前慢慢地撩开了面纱，一个有模有样的小院终于在父亲的设计中完成了。

父亲是这样设计的，院子在前，正屋在后，院子用纹理好看的方石砖砌成，抹上灰水泥，庄重又结实。院子前墙的正中，安上了红漆格子铁门，和正屋的大门相对应。中间一条水泥道直接通向大门，通向堂屋。道路两边，整齐地挺立着四棵大树，两边各有一棵梧桐和一棵青松，左右对称，四棵大树以水泥道为中界线，据说父亲早年种树时就为以后建造院子设计好了。梧桐遮天蔽日，在炎热的夏天，搬一把小凳子在树下乘凉，只觉得凉风习习，好不爽快。青松常年郁郁葱葱，挺拔而立，像看家护院的卫士。院子靠墙的两边分别砌有花圃，母亲在花圃里栽上了一些栀子花，整个小院美观有序。

院子里的两个花坛里除了几株栀子花，勤劳的母亲还在里面栽了南瓜、丝瓜和扁豆。时值初夏时节，这些植物铆足了劲儿舒藤展蔓，抬眼一望，满墙都是绿色，满院也是绿色。黄的、白的小花朵，这儿一朵、那儿一朵，点缀在绿叶之间，使小院充满了别样的生机，整个墙恰似一幅美丽的画卷了。母亲站在瓜架底下，顺藤摘瓜，忙碌的身影仿佛置身于画中……

小院终年被母亲打扫得干干净净，她每天起床后的第一件事就是清扫院子。父亲去世后，母亲最爱坐的地方就是小院，我常看母亲坐在小矮凳上，剥豆拣菜，她的爱犬“阿黄”卧在她的脚边。有时，左邻右舍也喜欢来到小院闲坐，陪母亲拉家常。

每逢春节，我们兄妹几家回家团聚，那是母亲最开心的日子。母亲将小桌、小椅全都搬到院子里。我们围桌而坐，喝着茶，吃着母亲刚炒的香喷喷的南瓜子，叙旧话新，好不热闹！这时，慈祥的母亲站在我们身边，双手擦着围裙，忙碌着，微笑着，说不出的快乐。

我更喜欢独自坐在母亲的小院里，欣赏院子里母亲的“杰作”，院子里到处弥漫着母亲的气息。某个清晨醒来，手捧一本闲书，坐在瓜架底下，或阅读，或遐想，听小鸟在树枝头“叽叽喳喳”，我的心头洋溢着清亮的欢乐，真切地感受着“种豆南山下”的意境。抑或明月当空的夜晚，圆月洒下的银辉装饰着整个院落，周围的一切美丽而宁静，似乎没有必要追问今夕到底是何年？此时，母亲的小院又成了我思绪的摇篮……

母亲的小院，我心中最美的风景，每当我们累了、倦了，回到这，倒真是返璞归真了。愿我的母亲永远健康，愿母亲的小院永远蓬勃，就如同那爬满院墙的绿色……

父亲最后的生日

父亲的生日是在秋天。

秋天的那一天，一大清早，父亲便支撑着要起床。起床这个简单的动作对父亲来说却很艰难，他的身体虚弱到了极点，连扣几粒纽扣都要吃力半天。待他摸索着下床后，便吩咐母亲搬一张藤椅到院子里，父亲拄着拐杖，一步一步艰难地挪移到院子里，在藤椅上坐下，问母亲：“今天我生日，娃们不知可晓得？”母亲说：“他们都忙，又不是星期天，不一定晓得。”父亲说：“不晓得也就算了，千万别打电话给他们，他们忙，别影响他们工作。”父亲嘴上这样说着，眼睛却痴痴地盯着院子的红铁栅门，不知坐了多长时间。到了天黑，他跟母亲说：“没指望了！”便又拄着拐杖一步一步地挪回屋子，和母亲冷清地吃了顿晚饭，算是过了个生日。

我不知道那天的天空可有太阳？若有之，父亲的希望肯定像那天的太阳一样，从早晨升起，慢慢升温，到午后，再逐渐降温，直至太阳落山，希望也跟着落山，最后，在暮色苍茫的黄昏里消失了……

这是父亲在世时的最后一个生日，那天的情景，我是后来从母亲的描述中得知的。世上什么药都有，可就是买不到后悔药。我痛恨自己，不知道那天我们到底都忙什么去了，竟将父亲的生日忘得一干二净？之后，我就将父亲的生日在墙上的挂历上画了圆圈做了记号，以待他的下一个生日好好弥补。

下一个生日终于到了，我们这次都没有忘记，都回到了家。院落被母亲打扫得干干净净，空荡而凄凉。院子里，父亲生前栽的那两棵高大的梧桐树，树冠已高过屋顶，枯黄的梧桐树叶从树上纷纷飘落，母亲消瘦的身影站在树下，等待我们的归来。再也没有见到藤椅和藤椅上坐着的另一位老人——我的父亲。上天也许计较着我们的大意和不孝，赶在我们想弥补追悔之前，就将父亲在世的日子全部结算清了。在母亲的沉默里，我们拿出了买来的纸、鞭炮，去山上祭奠父亲。秋风萧瑟，天空灰蒙，如我空茫茫的心……

有一次，我来父亲坟前小坐。一群拣蘑菇的孩子打破了我的沉默，他们高兴地惊呼着又发现了一个蘑菇，却突然捂着眼睛飞快地从父亲的坟前跑过，我猜测他们可能因为害怕而跑开。我想起小时候也是这样，最怕经过新坟边，总觉得那是恐怖的另一世界。我亲爱的父亲似乎还和生前一样在我眼前，慈眉善目，并未离去，可在这些孩子眼里，却已作古，成为另一世界人。真是人生一世、草木一秋啊！我望着远处的田野，父亲终生劳作的地方，田野里的庄稼一季又一季，收割了这一季又有下一季的蓬勃；可是，我含辛茹苦的父亲，一辈子在庄稼地里流着汗水的父亲，您怎不能像一株庄稼一样留下来呢？您怎么就化作泥土，叫我看不见也触不着了？

父亲在世时总是对我们说："孩子们，你们就是我人生的希望，就是我人生的意义！我再苦再累，只要你们有出息，我就知足了！"父亲的话让我联想到作家大仲马对他儿子小仲马说的一句话，他说："儿子，你就是父亲最好的作品！"仔细揣摩，总觉得这两句话的意思有那么一点类似。当然，父亲永远也说不出像大仲马那样有艺术技巧的话，父亲说的话像他种的庄稼那样，朴实得不能再朴实，然而，在我眼里，父亲已经很了不起了，他的追求不只是停留在小农式的个人享乐，而能懂得追求人生的希望、人生的意义——尽其所能培养儿女成才，我们的许多人生教诲都是从父亲那里获得的。

给父亲请完坟回来，坐在小院里，院落依旧，树木依旧，我望着父亲生前最后一个生日凝望过的铁栅门，不禁潸然泪下，我怕母亲看见，连忙擦拭。我走到母亲身边，又一次劝说母亲："妈，跟我们一起过吧！家里太冷清了！"母亲摇着头，她的理由永远那么执着："我哪儿也不去，你父亲的灵魂若是回来，见门锁着，咋办？"

听母亲喃喃自语地说着，我转过背，再一次泪眼朦胧，我心里清楚地知道：这只是母亲的自我慰藉；我的父亲，我那在苦难的土地上劳作了一辈子的父亲，已经像这秋天的落叶一般，飘零了……

儿的生日娘的难日

一大早，妹妹打来电话，问我是否记得今天是什么日子，这下我犯糊涂了，一时还真的记不起来，见我想不出，妹妹干脆开门见山："糊涂虫，忘了么，今天是我们的生日呀！"

经她一提醒，我这才想起。我和妹妹是孪生姐妹，我的生日也是她的生日。

"打算怎么过？去酒店订餐吗？"我问妹妹。

"我想好了，今年的生日哪儿也不去，回家陪老妈一起过！不是说'儿的生日娘的难日'吗？今晚我们应该回家过生日！"妹妹说。

"好主意！"我立马赞同妹妹的想法。

说起我们的生日，倒是一段辛酸的往事：母亲刚生完我和妹妹，就遭遇了她人生的一场劫难。我和妹妹是双胞胎，分娩之苦不用言说，而我们的姐姐——当时仅有四岁的小女孩，不幸掉进池塘里淹死了。那天非常冷，池塘里的冰冻得很厚，姐姐也不知怎么就滑进了塘里，待被人发现时，池塘面上只有姐姐小小的身躯打破的一个冰窟窿，母亲在噩耗中几度昏迷。据说我们的那个姐姐活泼可爱，异常聪明，长得也特别好看，人见人爱。可苍天无眼，硬是从母亲的生命里夺走了她。母亲说，那段时间，不知道是怎么熬过来的，她和父亲都无法承受失去姐姐的悲痛。接下来死去活来的日子里，好在我和妹妹的到来成了母亲最好的安慰，她将所有的心思花在我们身上，期待我们平安长大。由于悲伤过度，母亲没有了奶水，只好用米粥熬成糊，一口一口地喂养我和妹妹。在那个苦难的月子里，母亲说她从没有睡一个囫囵觉，夜里总要起来几次，不是喂米汤就是换尿布，她小心翼翼，生怕我和妹妹再有个闪失。由于辛劳过度，悲伤过度，母亲落下了许多月子病。

还好，我和妹妹不负母亲所望，都顺利地长大成人，且生活得很好。“谁言寸草心，报得三春晖”，现在，我们能做的就是尽其所能地报答带给我们生命和幸福的苦难母亲。

这样想着，我赶紧擦干泪水，上街定做了一个大大的蛋糕。今晚，我要把蛋糕亲自捧到母亲的手里，让我们的母亲在尝尽人生的悲苦之后，再品尝生活的甘甜……

最美的手

放学的铃声一响，学校的教学楼下已站了一批送饭的母亲。这是一所县城的重点中学，许多学生都来自周边的农村，有些母亲担心自己的孩子在学校吃不好，便隔三岔五地在家做好可口的饭菜，送到学校，给在校寄宿的孩子增加营养。

强强抬头一望，在人群中，他一眼就看到了自己的母亲，一个身材矮小、皮肤黝黑的中年妇女，和一些打扮入时的母亲站在一起，他的母亲总是显得格格不入。

强强连忙下楼，朝母亲走去，他下意识地皱了下眉头，他担心母亲又将饭送到教室来了，他怕母亲当着同学们的面随意地叫着他的乳名，更主要的是，他害怕母亲伸出的那双手——粗糙、干裂、布满皱痕。在同学们的注视中，母亲总是毫不遮掩地用那双粗糙无比的手取出保温桶里的饭菜，一边督促他趁热快吃，一边兴奋地说着她如何地急着赶路，生怕赶不上他放学的时间。母亲只顾着说话，从不在意同学们看她那双手时惊讶的眼神，每当这时，强强都觉得无地自容，恨不得找个地缝钻下去。

他多么羡慕他的同学凯。凯的母亲是个公务员，上次来看凯，哪像母亲这样老土式地送饭，她穿着入时的衣服、皮鞋，显得那么年轻美丽，人家一看就潇洒，她一来就把凯带到餐馆，一个招呼热饭好菜就端上了桌，上次连着他们几个要好的同学都跟着沾光，因为凯的母亲招呼将他们一同带上，强强也在其中。强强羡慕地望着凯的母亲，当她从大衣口袋里取出那双纤纤玉手，他更是惊羡了，那双手，和自己母亲的手比起来，简直有天壤之别——细腻、白皙、有光泽，不仅是他，其他几位同学也注意到了，都夸凯的母亲有气质。

正在想着，强强不觉就来到了母亲身边，喊声“妈”，母亲亲热地应着，用那双粗糙的手整理了一下强强的衣领，用征求的口吻问道：“儿子，外面风大，上你教室里去吃吧？”

“不，就在这儿吃吧！”他掩饰着自己的窘迫，他怕母亲一到教室又出洋相，而洋相又大都源于那双粗糙难看的手。

“那好，就在这儿吃吧！”母亲连忙顺从了他，从塑料袋里取出两个饭桶，“今天我在家没来得及吃了，就盛了饭来这和你一起吃！”

强强打开饭桶，一股香味扑鼻而来，原来母亲为他炖了他最爱吃的排骨汤，下了排骨面，他高兴地吃着，猛一抬头，发现母亲的饭桶里只是白菜炒饭。

“妈，怎么我们吃得不一样呢？”强强最反对母亲这种做法，每次吃点好东西，总没她自己的份。

“傻儿子，你是长身体的年龄，需要营养，妈吃饱饭就行了！”母亲用那双粗糙的手拨弄着两鬓的头发，望着强强开心地笑着。

强强看着母亲，他的心一颤，母亲明显苍老了，才四十岁，两鬓就有了许多白发。辛酸往事又爬上了强强的心头：十年前，强强的爸爸就离家外出，一去不归，一直杳无音信，丢下一家老小，家庭所有的重担都落在母亲的身上，一切里外活计全靠母亲这双手去完成。也就是这双手，养活全家，赡养了爷爷奶奶，抚养了他，把他从小学送到初中，再送到高中，紧接着又快送他上大学了；而自己，竟然还为这双手感到羞耻……想到这，强强鼻子一酸，泪差点掉了下来。

等强强吃完排骨面，母亲收拾好饭桶要走，强强叫母亲等一下，他飞快地跑到对面的小商店，为母亲买了一副手套。

“戴上，妈，回家手冷！”

“哎呀，儿子，买这干啥？嫌妈的手冻裂，在同学面前丢丑吗？”母亲到底是聪明的，她早猜透了强强的心思。

“不，妈！”强强红着脸解释，他羞愧难当，连忙握着妈妈的手，他说不出话，此时，只觉得这双粗糙、干裂、布满皱痕的手，是世上最美的手……

表姐的菜园

去找表姐，又扑了一个空。真是一个大忙人，准是又去她的菜园了。

表姐在一所学校供职，忙完工作，她就到菜园里侍弄她的各种各样的菜，不是牵藤搭架，就是松土施肥，忙着这些活儿，她好像有使不完的劲儿，并且唱着歌，哼着调，你是想象不出她有多么快乐。

菜园占地面积不小，四周用些杂木做起栅栏，留着一个很别致的园门。这块菜地，仿佛是表姐的乐园，菜地平整，地沟光滑，一看就是主人精心侍弄的。瞧瞧表姐整出的那些地，有棱有角，怪了，同样是土，经表姐一折腾，形状像刀子切出的豆腐，而颜色也不一样，黑油油的，莫不是将家中的黑芝麻粉都撒在地里了？每次进入园子来，无不感受到表姐那副“我的地盘我做主”的悠然自得的架势。忙到该回家的时候了，只见表姐小心地关好园门，还忍不住回头去望上几眼。

表姐的菜园更像个大花园。春来菜花开，衣着朴实的表姐无疑就是往返于花丛中的一只大蝴蝶。黄色的花，白色的花，真忙坏了前来采粉的蜜蜂了。黄瓜、扁豆上架时，里面搭起的架子整齐有序，开花的开花，结果的结果，尤其是冬瓜露出银白的肚皮之时，多像一个个胖娃娃，那份憨态，可爱极了。一年四季郁郁葱葱，品种之多不免使我不住地询问，什么芹菜、荠菜、菠菜啦，这我倒是认识。红红的辣椒像火炬，粉嫩的扁豆像面条，紫色的茄子像摇铃，葱茏的韭菜和那种深红的我实在叫不出名儿来的菜形成了巧妙的搭配，就别说吃的味道如何了，单是看，就叫人垂涎三尺。

表姐的菜园一年四季郁郁葱葱，品种众多，以表姐的话说，她家的菜园从没闹过“菜荒”，吃完这季菜，那一季又接上了。其实，她家也就她和表姐夫两个人过日子，孩子在外地。“种那么多菜，干吗?”我不禁问表姐。

“有时，闲着的功夫怪可惜的，闲着也是闲着，倒不如多种些菜，你没听说过锄头底下出黄金吗？人只要勤快，黄土地也知道回报的！你看，一年到头，能吃着新鲜的蔬菜，不用化肥，不用农药，干净、卫生又营养，多好！我家自然吃不了许多菜，我就分给左邻右舍，大家吃着我种的菜，都说好吃，都来谢我，我真是说不出的快乐！”表姐说着，开心地笑着。

此时已是月上柳梢头了，我想象得出表姐因为劳作那一脸的红晕，劳动使人更加有朝气，也使人更美。我多想也有一块自己的菜园。

“喏，愣着干啥？把这新鲜的蔬菜带回去吃吧！”表姐不知几时到了我跟前了，将一捆菜塞到我的手里。月光中的表姐真像个玉面人。

“阿黑”“阿白”两条狗

“阿黑”是婶婶养的最后一条狗。它性格憨厚，全身的毛乌黑发亮，像黑缎子，因此婶婶亲昵地叫它“阿黑”。

阿黑很漂亮，也很听话，尤其听婶婶的话。它总是恪守职责，整天待在家门口守护，偶尔外出撒欢，也会按时归来，从不留宿在外。

阿黑做妈妈了，一连生下了五条“小黑”，长得全像阿黑，可爱极了！阿黑从此变得更温顺了，目光里尽是母性的幸福和温柔。我们常常看到阿黑把它的孩子们搂在怀里，逗它们玩，用嘴舔着它们，搔痒或亲吻。

有一天，阿黑突然从外面汪汪地叫了回来，它一下子扑到我婶婶的脚边，身子颤抖着，一对前爪在地上使劲地抓土。婶婶吓坏了，赶紧去喊左邻右舍来看个究竟，等大家都来的时候，阿黑却恢复了正常，安静地躺着，任怀里的五条小黑争先恐后地喝奶。看到阿黑安详的样子，大家都退去了，婶婶也放心了。

天黑的时候，婶婶收工回来，发现阿黑一动不动地躺在地上，五条小黑中也有三条不动弹了，还有两条在一旁可怜地叫着。婶婶吓得再一次喊来了邻居，大家一看，才发现阿黑和它的三个孩子已经死了。婶婶泪流不止，这才明白原来阿黑不知在哪吃了毒老鼠的药．但它在生命的最后一刻，还没忘记做母亲的职责，最后一次回来给它的孩子们喂奶，母爱的伟大力量使它忍住了毒药带来的痛苦而显得那么安详——殊不知，奶水已经渗了毒，所以其中的三条小黑也陪它们的母亲一同命归黄泉。

婶婶忍着悲痛，埋葬了阿黑和三条小黑，其余的两条由于不忍心目睹，送给了别人，大概那两条太小，不好喂养，听说不久也死了。

从那以后，婶婶说她再也不养狗了。

“阿白”是熟人家养的一条狗，是一条漂亮的纯种白公狗，长得体大膘肥，它在草坪上玩耍时，总不乏几条母狗围在它身边，向它献媚卖娇。

阿白深得它主人的喜欢，主人无论到哪里，总不忘带上它，由于坐公交车次数太多，售票员已经认得它了，要求它的主人为它买月票。

不幸的是，阿白的主人生病了，病得很厉害，住进了医院，这下可不能带它一同去医院了。阿白只好成天守在主人家的门口，再也没有心思到草坪上“谈情说爱”了。只要有人路过它家门前，阿白总是抬头用乞求的目光望着别人，似乎在询问它的主人去了哪里？日子一天天过去。天有不测风云，阿白的主人竟在这场病中永远地丢下了阿白，离世了。可怜的阿白哪里知道，它还是一如既往地待在主人家的门口，还是用乞求的目光望着门前经过的人。直到有一天，阿白再也忍不住了，发疯地找它的主人，竟找到了主人生前的单位，阿白再次用乞求的目光询问着每一个人，可惜阿白不能使用语言，要不然早就开口说话了。人们发现阿白明显瘦了，不再有往日的神气，而变得无精打采了，但目光依然乞求地望着来来往往的每一个人，那种目光仿佛祥林嫂向人们叙述她的阿毛丢失了……

后来，人们常常看到阿白无力地趴在主人的门前，眼里蓄满了泪水……

不久，阿白也随主人去了。

把绿色披在身上

某天，一位朋友在信息中跟我开玩笑，她问我："想想，今天可有什么开心的事?"我想了想，忽地看到身上穿着的绿色的新衣裙，马上俏皮地回道："有哇，今天我把绿色披在了身上。"

我说的是真话，那天我穿了一件好看的绿裙子，而且我的快乐因它而起，只不过在回信息时，使用了诗意化的语言。

我喜欢许多种颜色，但在各种颜色中，对绿色情有独钟——因为，它是生命的颜色。

那一天，我去裁缝店做衣服，在各色各样、花花绿绿的布匹中，一道鲜活的绿色映入了我的眼帘，它绿得那么清新，那么和谐，有一种自然的鲜活的魅力，我捧着布匹，爱不释手，我对裁缝师傅说：‘我选定它了，给我做件连衣裙吧!"

师傅高兴地答应着，边量体边说："你穿这颜色肯定漂亮，符合你的气质。""是吗?"我愉快地回应着，为什么人的耳朵总喜欢听好听的话?怀着期待的心情，三天后去拿衣服，我试穿，在穿衣镜前，反复端详，甚是满意。这时进来个做衣服的顾客，见到我穿的新衣，随口夸道："哇，真漂亮！给我也做一件这样的吧!"师傅说布没了，刚好只够做我这一件。我听了，暗自庆幸那天选了这块绿布。

穿了新衣，遇到熟人，都是类似的话："刚做的?真漂亮!"本来我就很喜欢了，再听到别人的夸奖，对它更加宝贝了。

傍晚，穿了这身新绿裙，牵着女儿去散步，浑身上下，绿意盎然，只觉得自己全身笼罩在一片生动的“绿”里。正值初夏，小草、树木、田野，到处都是绿的，绿得那么葱茏，那么生机勃勃，这吐着芬芳、蓬勃的夏季啊，我只感到自己也是大自然中生动的一分子，与大自然融为一体，顿时，整个身心也盈盈地鲜活起来了……

我和女儿来到一块草坪上坐下，蝴蝶在我们周围飞舞，女儿惊呼道：“妈，草是绿的，你也是绿的，多好看呀！你看，连蝴蝶也把你当成草地了！”我和女儿都盈盈地笑着。

微风拂过，我环顾四周，世界依旧，所不同的是，今天我穿了一件绿色的衣裙，它装扮着我的身体，更装饰了我的心情——生命如此美丽！

吹葫芦丝的女人

晚上，随着广场上的舞曲渐息，跳舞的人陆续散去，偌大的广场，也渐渐安静下来。

我随着人流回家，走了一段路，忽听身后传来悠扬的葫芦丝声。这么晚了，谁在吹葫芦丝？我循声往回走。原来，在广场的一角，正站着一高一矮的两个女人，待我走近一看，她们各自手拿着一管葫芦丝，正在一板一眼地吹着呢！

看着她们吹得投入，我不便打搅，便站在离她们不远的地方，静静地看着、听着。这两个女人，四十岁左右，她们的衣着装束新鲜，看起来很显活力。为求得整齐，她们的节奏吹得缓慢，手指随着腮帮的一鼓一吸而在葫芦丝的管弦上来回移动，尽管吹得不算娴熟，但每吹完一曲的兴奋劲儿都溢于言表。她们吹了一曲又一曲，似乎忘却了周围的存在。

待她们吹完休息，我走到她们身边与之攀谈起来，原来她们常来广场，先跳舞，再练习吹葫芦丝。我佩服她们的雅兴，问她们是自学的吗？其中一位笑着说："哪里，跟老师学的，加入了学习班，每星期只有两个小时的培训，其余的全靠自己回来练习。我们想尽快学会，只有反复练习，在家里吹怕影响左邻右舍，所以跑到这儿来吹。你看，这么大的广场，想怎么吹就怎么吹，无拘无束，多开心！"她边说便开心地笑着，我看到她的明眸皓齿在月夜里闪着皎洁的光，好生羡慕！另一个见我这样，问道："你如果也感兴趣，下星期跟我们一起去学？"我摇摇头，抱歉地说没有时间。她们说时间是挤出来的，学一门乐器对自己有好处。

我惊慕地望着她们，四十岁的女人还开始学习乐器，而且学得这么投入，实在难得！我看过许多这般年龄的女人，她们不是沉迷于牌桌，就是沉迷于网络，腰围也随年龄一同增长，日渐爬上额头的皱纹里隐藏着生命的老态和生活的倦态。再看看眼前的这两个女人，哪像是处在这般年龄？她们为什么活得那么开心、自信和美丽？为什么能以这样新鲜的热情和孩提般的欢乐来对待平凡的生活？

回来的路上，我的眼前一直是她们灿烂的笑容，快乐似乎是她们自己创造生产的！而许多人的生活，不是生来就黯淡，也并非没有阳光，只是日渐黯淡的心扉将所有朝向阳光的窗户悄然关上。

其实，作为女人，心里应是既装得下柴米油盐，又装得下清风明月，生活才会如诗似画。

舞出生命的欢乐

“咚嚓嚓、咚嚓嚓……”每天傍晚，我们小镇街道上的舞曲便准时响起来，大家都知道马上开始跳舞了，不一会工夫，许多人都不约而同地聚集到“舞场”。

所谓“舞场”，并非正规的广场，它其实只是一家商店门前的一块比较大的空场而已。正式的文化广场只有县城才有，而我们的小镇距离县城十多里路，要想跳舞得骑车到十几里路外的县城，很是不便。夏天的县城广场，每天晚上灯火通明，音乐四起，看到城里人随着音乐翩翩起舞，可羡慕坏了我们这些乡镇的年轻女人。她们充满好奇，偶尔去几次，也不过是过下眼瘾，因为不可能每天晚上骑车去县城跳舞。

这不，办法总是人想的，就在前不久，在几个年轻女人的号召下，一个临时的“舞场”便形成了，即设在一家电器商店门前的场地，那家商店里电脑、音箱、投影仪什么都有，搬出来比较方便。商店的老板、老板娘都十分热情，积极配合。大家从电脑里下载了许多广场舞，然后跟着电脑一曲一曲地学习，从最简单的舞步学起，由浅入深，动作一个个分解，一步步到位。难怪说“兴趣是最好的老师”，大家都自觉地加入学习的队伍当中，且学得十分认真，十分投入。开始每晚学一支新舞，渐渐地，由两支到三支……会跳的舞逐渐地多起来，大家的兴致也日渐高涨，很快便学会并掌握了一支支舞。

“舞场”上，跳舞队伍也的在逐渐扩大，一开始仅仅是年轻人，接着是年龄不一的各色人群，大到五六十岁的中老年妇女，小到十几岁的小姑娘，大家每天都不约而同地来到“舞场”，你跟着我学，我跟着你学，年轻的教年老的，学得快的教学得慢的，有些难度较大的动作不时闹出一个个笑话，传出一阵阵欢快的笑声。没关系的，在笑闹声中，大家相互切磋，共同学习，一个动作也不马虎，直到整齐划一为止。

奇怪的是，随着舞场的队伍日益壮大，街上各家麻将室里几乎没有了女人的身影，她们基本都加入跳舞的队伍之中。现在生活条件好了，人们都把健康放在第一位，“生命在于运动”，大家都意识到这个道理。女人们都说跳舞比打麻将好得多，既不会输钱，又锻炼了身体，还获得了好体型，何乐而不为！她们的这一改变也赢得了她们的老公和孩子们的一致赞同！

舞场上，女人们纷纷交流着跳舞的好处。一个大姐说：“我原来待在家里，老是腰酸背痛，还经常头晕。自从跳舞，这不，毛病全没了！”另一个马上附和：“是呀，是呀，我原先也是常常头晕眼花的，自从跳舞后，整个人精神多了！奇怪，连颈椎病也不再犯了！”大家你一言我一语，都说跳舞的好处太多啦，简直是益处无穷！乐趣无穷！

“跳舞去啰！跳舞去啰！”这是小镇女人们晚饭后的口令号了，只要舞曲一响起，跳舞的队伍便齐刷刷地站好，在或悠扬或激昂的乐曲声中，女人们欢快地跳着、舞着，她们舞出了汗水，舞出了活力，舞出了生命的欢乐！

上帝不可能只青睐你一个人

在一次同学会上，我遇到了许多年未见的老同学，时隔数年，大家变化有大有小。倒是茵让我吃了一惊，不但没有变老，反而比学生时代不知漂亮多少倍。

记得我们同学的时候，茵是一个特内向的女孩子，她总爱低垂着头，稀疏的头发耷拉在有点发黄的脸上。她总是坐在教室的一角，很少与人交往，更谈不上说笑了。因此同学三年，我和她几乎没说过几次话。

这次重逢，茵是同学群里变化最大的一个，完全改变了往日模样，虽说她的性格还是文文静静的，但神韵多了许多生机，她爱说爱笑了，脸上泛着少妇的红晕，五官长得虽不尽完美，但在灿烂的笑容衬托下倒显得有几分妩媚呢！

恰巧，那天晚上，我们被安排在宾馆的同一个房间里。洗漱完毕，我们闲卧在床上，尽情地聊起天来，似乎要把同学三年没说的话弥补过来。相谈甚欢时，我问茵：“你比原来生机多了，也漂亮多了，能告诉我其中秘诀吗？”

在柔和的灯光下，茵向我娓娓说了起来。

原来，茵从小就生活在自卑的阴影里，她的母亲高龄产下她和姐姐，家里就只有她们姐妹两个孩子，姐姐长得非常漂亮，天生丽质，人见人爱；她呢，不但不漂亮，反而有些丑，左右脸天生显得有些不对称。无论走到哪里，姐姐都陶醉在一片喜爱和赞美声中，而她只是个被人冷落甚至遗忘的丑小鸭。在家里，姐姐也是父母的掌上明珠，相比于姐姐，她只是一个可有可无的角色。因此，她异常自卑，不喜欢出门，在姐姐活蹦乱跳地外出玩时，她只有把自己关在屋里发奋读书，想以好成绩来平衡她和姐姐的落差。尽管她凭着优异的成绩考取了师范学校，在当时农村的女孩中可以说是凤毛麟角，但小时候留下的自卑心理依然挥之不去。

直到后来，有个男孩向她求爱，尽管她的心中比别人更渴望爱和被爱，但骨子里的自卑心理让她怀疑男孩的心不是真诚的，她认为他看中的只是她有一份稳定的工作，而并非真爱她，她一再逃避、拒绝。愈是逃避，男孩追得愈紧，最后，他问："你不同意可以，但总要给我一个合理的理由吧？"她怕男孩受伤，不得不道出心里话："你不觉得我长得丑吗？"男孩听了哈哈一笑，说："傻丫头，原来是因为这个。在我眼里，你一点也不丑，而且很好看。你看，你身上有许多别人没有的东西，你性格文静，头脑聪慧，心地善良，待人又好。你笑起来很俏皮，很可爱。你有那么多优点，那么多迷人的地方，还嫌不够？难道上帝只青睐你一个人？"

她诧异地望着男友，原来她这么自卑的一个人，在男友看来，却是上帝的宠儿！他竟然觉得上帝青睐于她？在他眼里，她真的有那么多的好？爱情真是有着神奇的力量，它可以使死去的复活，活着的闪闪发光。在男友的爱恋里，她从此变了一个人，她乐观阳光地面对生活，她觉得只有活出勇气和美丽，才不负于男友的爱！两年后，她幸福地与男友牵手走进了婚姻的殿堂。

"上帝不可能只青睐你一个人！"仅一句话，改变了一个人，望着茵红晕的脸庞在柔和的灯光下泛着幸福的光，我心里也激动不已，我走到她身边，抚着她的肩头说："谢谢你，茵，谢谢你告诉我你这么精彩的经历！我要把这句话带回去，告诉许多人，许多像你一样需要这句话的人！"

爱的春天不会有天黑

如果不是命运的安排，他和她可能永远只是一对陌路人，如两条平行线在各自的人生轨道上行驶；谁也没有料到，这两条毫不相干的平行线却在生活的岔道中相交了。

在生活没有出现变故之前，他有一个幸福无比的家庭，她也是。

先说他吧，他是一名出色的高中语文教师，诗文书画，样样精通，吹唱弹奏，也不逊色，是大家公认的优秀教师。在家里，他同样是一位出色的丈夫和父亲，深得妻子和孩子们的喜爱。他的妻子也是一名教师，漂亮能干，夫妇俩恩爱有加、举案齐眉。三个孩子异常聪明，品学兼优。家庭虽算不上富裕，却幸福得令人眼红。然而，苍天妒人，偏偏不让这样幸福的家庭圆满，一个令人心寒的夜晚，他正值壮年的妻子因突发脑溢血抢救无效，撒手西天，丢下他们可怜的父子上天无路、入地无门，他整日整夜地悲痛，常常抱着妻子的遗像自言自语：“为什么要狠心地抛下我们不管?”痛苦时，他甚至捶打着自己的脑袋叩问苍天：“为什么要夺走我心爱的妻子?”苍天无语，命运就是这样地捉弄人!

再说她吧，命运也同样把不幸降临到她的身上。她本也有着非常幸福的家，丈夫和她都是黄梅戏剧团的演员，从小青梅竹马，感情笃厚，他们夫唱妇随，共育四个孩子。正在人生的鼎盛时期，丈夫却被无情的癌症夺去了宝贵的生命，丢下它们母子五人以泪洗面，艰难度日。因为苦苦思念丈夫，她曾一度神情恍惚，不知生活是否该继续下去?

耳闻这两个人共同的不幸，有好心人想从中撮合，让他们认识认识，从而走出生活的阴影。先去问他，他犹豫了：自己已有三个孩子，再加上四个，生活的重担可想而知；更重要的，许多重新组合的家庭矛盾重重，给孩子们的心灵布下了阴影。他一想到心爱的妻子，就愈发觉得自己的责任重大，若不把三个孩子带大带好，他怎能对得起九泉之下的妻子？这样想着，他拒绝了。再去问她，她的头摇得像拨浪鼓，三个字：不可能！尽管她柔弱的肩膀多么需要有一个人和她风雨同舟，但一想到她深爱的丈夫，她就觉得没有人能替代他在她心中的位置，她说她这辈子不可能再嫁了。

就这样，戏还没开始就结束了。生活仍在继续，在痛苦和泪水中慢慢地煎熬着……

一个偶然的机会，他在公园散步，见一妇人独自坐在湖边的长椅上泪水长流，可以猜测她的内心无比沉痛，同是天涯沦落人，他看不得别人流泪，因为自己的心也在流血。他不自觉地走到她跟前，问其故。妇人擦干泪水，说抱歉，一时伤感，控制不住。他安慰道：没关系，有什么苦就说出来吧，总比憋在心里好。在慢慢地交谈中，他惊愕地发现，面前的人竟是好心人给他介绍的那个女人，虽从未谋面，但相同的经历使两个苦命人毫无拘束尴尬之感，他们真实而又真诚地交谈起来。他仿佛是一个相知多年的故友，说着一些温暖熨帖她心灵的话。他毕竟是个男人，承担生活风霜的能力比她强一些，听着他暖心的安慰，一股暖流慢慢流进她早已枯涩的心田……他们聊着聊着，竟忘记了天黑，忘记了回家。一轮明月升起来，他送她回去，也是从那天起，她的心灵，慢慢地接受了这个男人的进入。

她开始答应与他接触，相同的命运让他们有说不完的话题和感受，他们在一起，谈得多的还是彼此的故去人，谈他们的好，谈对他们的思念，如同两个知己在倾诉衷肠，说着说着，他们都忘记了坐在一起的两个人到底是何种身份。

当他意识到自己已离不开她时，他下决心要娶她进门，他要与她牵手相伴，共度余生。再大的苦，再多的累，他也要与她风雨同舟。当他把心思坦诚地告诉她时，她还是摇头，她说她忘不了前夫，他说：没关系，你不答应也没关系，我会一直等你的！

自丈夫去世后，她没有再唱过戏了。为了调整她的情绪，他帮她把过去唱过的曲目拣出来，他鼓励她唱，他在一旁为她拉琴伴奏。原先在剧团里，她主唱的是黄梅戏《王小六打豆腐》，为了逗她开心，他们共唱此剧，他演王小六。之后，他对她说："嫁给我吧，放心，我绝对比王小六强！王小六好吃懒做，我勤劳吃苦，就这点我比他强多了吧！"他幽默的话语将她逗笑了，久违的笑容又浮现在她虽憔悴却依然美丽的脸上。

他们终于走到了一起，亲人为他们祝福，友人为他们祝福，七个孩子也为重新组建的家庭而高兴，欢声笑语又出现在他们的家里。他们视对方为生命，视对方的孩子为已出，孩子们也在新家里找到了久违的父爱和母爱。每个纪念日，他们带着孩子们给已故人上坟纪念，请他们在地下安息，他们会照顾好彼此，并把孩子们培养成人成才。

时间过得真快，孩子们都长大了，每当夕阳西下，人们总看到一对老人在牵手漫步，享受着晚饭后的悠闲时光。他们时而走着，时而也窃窃私语，每每这个时候，人们总看到老妇人的脸上洋溢着小女人的幸福，大概，每个女人，在爱人的面前都有返老还童的绝技吧！

庞龙的歌曲《两只蝴蝶》曾经风靡一时，其中一句经典歌词这样唱着："亲爱的，来跳个舞，爱的春天不会有天黑！"看，夕阳下走来的这两位老人，不正像一对蝴蝶，在他们爱的春天，翩翩起舞吗？

幽默创造快乐

在西方国家，男人的幽默同女人的漂亮一样重要，它是衡量一个男人是否具有魅力的因素之一。我也赞同这一观点，因为并不是每个人都能随时随地幽默一把的，幽默恰是一个人智慧的体现。而且，幽默能够创造快乐，哪怕在逆境中。这还得从我那爱幽默的大哥说起。

大哥是我们家的长子。由于特定的历史原因，在那动荡不安的年代，我家曾历尽磨难和打击，大哥自然成了那些磨难的第一继承人，许多事情都为他亲眼看见甚至亲身经历，但这些并没有将大哥的精神击毁。相反，在苦难的磨炼中，他变得愈加坚韧和乐观，他仗着歌唱不会犯法的原则，再苦再累的日子，总能听到他亮开嗓子高歌一曲。小时候，我常听大哥唱的歌曲是《牡丹之歌》——“啊，牡丹，百花丛中最鲜艳；啊，牡丹，众香国里最壮观！有人说你娇媚，娇媚的生命哪有这样丰满？有人说你富贵，哪知道你曾历尽贫寒！”这是他正儿八经地唱歌，可能这支歌是大哥心中最喜欢、最庄严的歌吧！平时，他不是这样唱歌，而是故意改动一些歌词，唱得笑料百出，逗得人捧腹大笑。在那贫乏的日子，大哥幽默的歌声带来的笑声恐怕也是大家的一道精神食粮吧！除了唱歌，大哥还会唱戏、吹笛子。戏无人教，他自学；笛子无钱买，他自制。反正他的戏唱得有板有眼，吹出的笛声悠扬悦耳，传遍村庄，以至于有人开玩笑说：村庄若没有大哥，会冷寂一半的。

大哥的幽默搞笑在他小时候就有体现，以前在农村，生活条件差，哪家来了客人，杀鸡是最高的待客礼遇。因我的母亲热情好客，鸡身上好的东西几乎全盛在客人的碗里，母亲将剩下的鸡头盛给大哥，并向人介绍说大哥喜欢吃鸡头，谁知，站在一旁的大哥却轻轻地自嘲道："哪里是喜欢吃鸡头，只摊得上一个鸡头罢了！"他那副无奈和滑稽的搞笑样子令善良的母亲哭笑不得，心疼不已，等到下次来客杀鸡，母亲破天荒地赏了大哥一个鸡腿。

改革开放初期，模特刚刚被人们知道，大哥就开始模仿了，他用的道具自然是一些旧雨衣、破草帽、零碎的布匹等，经他一组合，再加上像模像样的模特步伐，一驻足、一回首、一颦笑，演得活灵活现，我们被逗得泪都笑出了，大家都在大哥的滑稽剧中获得了无穷的快乐！

大哥书念得少，只小学五年级就被迫辍学了，但他一直渴望知识，渴望成才，后来他一边打工一边自学。有一次在图书馆看书看得太投入，刚发的打工得来的辛苦工资四十元全部被人偷了，生活费用全没了，大家以为大哥这下总该沮丧了，谁知他竟在房里唱起了歌，将丢钱之事编成了歌词歌曲，唱得头头是道，大致是说，有失必有得，丢了钱，必有另一番好运到！大家也笑着，摇着头说，真拿我的大哥没办法！

大哥对我们说，人最重要的是对自己充满信心，哪怕是夸张的自信。为此，他附加给我们讲了个笑话：有一位老爹爹一心盼望自己长寿，就请算命先生给他算命，算命先生抓住那位老爹的心理，就说："您老不是我吹，最低能活到一百八十岁！"这个老爹一下子乐坏了，就吩咐其儿媳说："快！快去杀鸡买酒招待这位算命先生！"儿媳见公公乐得胡须直翘，劝谏道："公公，算命先生是奉承您老的呀！"谁知老爹说："叫你招待就去招待！就算是奉承，奉承的一半总该有吧！"（也就是说九十岁是肯定能活到的）。后来，那位老爹竟凭着这种坚定的信念，真的活到了百岁高寿。笑话归笑话，喜欢搞笑的大哥不是要我们去效仿老爹的迷信和盲目，而是告诉我们：人，有了梦想，就会创造奇迹；有了梦想，就会变得了不起！

常言道：亲人眼里无英雄！可在我的心目中，大哥是一位生活的勇士，任何困难和挫折在他面前都算不了什么，凭着这种超拔的毅力和精神，凭着他任何时候都表现出来的乐观和幽默，大哥真的创造了奇迹：一个仅仅小学毕业的学生，完全通过自学，一路闯关，考取了硕士研究生，并成了一名大学教师。这在常人看来是不可思议的，这其间大哥所经历的艰难、坎坷、逆境、白眼也是常人难以想象的，但从不见一个"苦"字挂在他的嘴边，他总是说：“凭着乐观的精神，豪迈的气概，克服困难不也是一种享受嘛！”语气里满是幽默。

这就是我的大哥，一个随时随地都幽默的大哥，他的经历一下子说不完，他本身就是一本跌宕起伏、光怪陆离的大书，从这本书里，我读到了：幽默创造快乐！甚至，能改变命运！

在新城安家

在我们的家乡，一座新型的小城正蓬蓬勃勃地发展起来了。崭新、美丽而富有活力的小城环境吸引着人们的眼球，于是，在新城购房似乎成了一股热潮。

早在两年前，我家在城区的千栋万户中精挑细选，终于买下了一栋位置较为心仪的房子，小区环境优雅，前有公园，后有体育场，是居家的好场所。由于各种原因，一直没有去居住。

这次放暑假，先生建议：趁暑假清闲，何不搬进新家住段时间？我欣然同意，搬进新家，感受一下城里的生活情调，也好！母亲说，进新家，总得请人推算个日子，搞个仪式吧！我是个最不喜欢搞形式的人，我对母亲说：不用，简简单单最好！

于是，我自己挑定了一个含有数字“8”的日子，又选了一个含有“8”的具体时间——8点零8分，放了一挂鞭炮，就算进了屋。“8”是传统习惯中的吉利数字，8点零8分，时间不早不迟，免得太早，鞭炮声吵醒了人家。我觉得这样最好：既不惊扰别人，又落得一身轻松，两全其美。

刚搬进新家，一阵新奇感过去之后，反有些怅然若失，毕竟在原来的环境里待了十几年，一下子换了新环境，像断奶的孩子离了娘，一时无所适从。小区的环境非常好，但于我是陌生的。

没关系，感情是可以培养的，一段时间之后，我发现我不但适应了这里，而且渐渐地喜欢上了！

秋千上的小姑娘

我忙完家务，来到小区的广场，挑了一张长椅，静静地坐着。这时，一个扎羊角辫的小姑娘在荡秋千，她甜甜地冲我笑着，我忍不住问：“小姑娘，你家也在这儿吗？”“是呀，就在后面。”她伸手指着，又问我：“阿姨，你家也在这儿吗？”我点头。“那你明天上我家去玩吧！我家刚搬到这里，我妈妈一个人在家着急呢！我家养了好多花，新房子很漂亮，花也漂亮，去我家看看吧！”小姑娘用手势夸张地描述着她家有多好，红扑扑的小脸可爱极了。

原来，她家也是新住户，这座小区有五六百家，常搬进新住户是正常的。我愉快地答应着小姑娘的邀请，抚摸着她的小脸蛋，一下子，我被她天真的话语和甜甜的笑容逗乐了，我笑了，心里充满了愉悦，恰如长椅前吹过的凉爽的风。

楼下的老太太

几天下来，我慢慢地熟悉并适应了新环境，面前来来往往的面孔也由陌生而变得熟悉了一些，见面开始点头打招呼了。清晨下楼买菜，大家不忘一个微笑、一声问候。

有一天，我在楼下拾到一大串钥匙，怕失主着急，我连忙返身上楼，拿了笔，认认真真地在楼道口写了封“招物启事”，刚贴上就被楼下的一位老太太碰见，她问我是老师吗？我说是，我估计她是从我戴着的眼镜推断的。她又说：“怪不得呢？思想这么好！”我红着脸解释：“哪里，只是小事，应该的！”但心里却像小学生做了件好事得到老师表扬了一样，甜蜜蜜的。

第二天，我上街路过老太太的门前，她正跟几位妇人纳凉聊天，见到我，亲切地与我打招呼。待我转背走远时，我听到她正跟那几位妇人讲述我拾钥匙贴广告的“事迹”，另一位老太太惊呼，原来我捡到的就是他儿子家的钥匙，感谢我做了好事。我想，一点小事，举手之劳，却得到了别人这样的肯定和赞许。原来，做点好事，哪怕微不足道，也是非常快乐的！

都是邻居了

为了安全，小区的家家户户都安了可视电话，通过可视电话可看到外面的来客，平时楼道口的门关着，生人不可随便进入任何一家。

偏不巧，有天出门，我忘了带楼门口的钥匙，家里又没人接电话，不能进家了。怎么办？无奈之下，我只得随便按响了一家门铃，试试可行，谁知那家人竟爽快地给我开了门，运气真好！我连忙通过可视电话向人家道谢，对方礼貌地答道："不用谢，认得你了！以后都是邻居了！"听了这样的话，心里暖暖的，特别舒服。

晚上，我将此事说给先生听，并在他面前炫耀："怎么样？人缘不错吧！"

他看着我，打趣道："看你，真像个孩子！"

傍晚散步

傍晚时分，先生带我去新城逛逛。

新城的一切都是新的，宽阔的公路纵横交错，干净整洁。正值下班的高峰时期，路上，小城的公交车来回穿梭，送着来往的行人。下班族有步行的，有乘车的，有骑电动车、摩托车的，更显眼的是，不少人开着私家轿车，尽情地享受着现代生活。街道两旁的超市、商店鳞次栉比，趁着下班的高峰，人潮沸腾，生意忙碌。一些歌厅、舞厅、餐饮厅、广场等都已音乐四起，人们开始享受丰富多彩的夜生活了。

我们来到体育馆，偌大的体育馆好漂亮呀：红色的塑胶跑道，各种不同的球室，热闹的游泳场，设备齐全的健身器材，应有尽有。城里的男女老少，晚饭后都不约而同地来到这里休闲、运动、健身，好一派生机勃勃的景象！

我们又漫步到公园，已是夜幕降临了。公园里绿树成荫，曲径通幽。路上、湖边、长椅上，到处有三三两两悠闲的人群：有幸福的一家子，有结伴的老人，有牵着爱犬溜达的，有一对对呢喃私语的情侣……公园里的灯很温柔，这一盏，那一盏，树上挂着的，草里藏着的，若隐若现，扑朔迷离……

此时，公园恰如披着面纱的少女，朦朦胧胧，神秘而美丽。

远处，华灯初上了，万家灯火被笼罩在夜色之中，小城也在灯火的映衬和点缀下显得更加温馨、华丽、妩媚。

我眺望着，不禁感慨："变化真大啊，不到十年的功夫，这座小城竟出落得这么漂亮，这么迷人！简直是日新月异呀！"

"是呀。"先生应和着，"一座小城的变化都如此之大，更何况我们的祖国呢！"

漫步了很久，我们才愉快地、恋恋不舍地向着我们的新家走回。

第二辑　且行且吟

春天，在窗外

我坐在屋内，透过窗，感觉春天来了！

我的房子不尽完美，却有一扇可人的大窗。窗前无遮无挡，举目远眺，一览无余——远处有原野、花草、树木，近处是池塘、堤岸、小路。站在这扇窗前，我无须移动脚步，只需调动视线，我的心灵便可漫游——看小草慢慢变青，嫩芽绽放出新绿；听树叶在和风中摇曳，池塘的水温柔地流淌……我的灵魂将会在泥土、清风、空气中濯洗，感受着草的青、花的香、流水的殷勤……满眼皆是绿色，一个崭新的春天就真正来临了！

现在，春天才刚睁开惺忪的眼，可我却已听到她前来的脚步，她就在一声鸟鸣、一片树叶的颤动、一尾鱼的欢跳声中悄悄地来了……阳光正好，和煦温暖，照在池塘里的水面上，波光粼粼，河水好像十分欢悦，一波一波地轻轻地漾动着，许是在歌唱——春风她吻上了我的脸，告诉我现在是春天……

我的心因听到春天的声音而激动、而欣喜、而欢腾……

“我们在回忆，说着那冬天，在冬天的山巅，露出春的生机；我们的故事，说着那春天，在春天的好时光，留在我们的心里。我们慢慢说着过去，微风吹走冬的寒意。我们眼里的春天，有一种神奇。啊，这就是春天的美丽。”一首过往的老歌却能永恒地唱着春天的美好与神奇。

曾少女时，我在日记中写过这样的一段话——

春天来了，春天是这般的美好，像我们的青春一样的美好！我爱春天；

但我却怕花开得太早，春天就会悄悄地溜去……

那时，正是青春浪漫时节，闪闪发光的日子沉浸在春天的憧憬里，花团锦簇，无限美好。那时，对春天的迷恋是真，可对它易逝的感慨可能还只是停留在表面，以为前面有的是大把大把的青春等待我们去陶醉、享受、挥霍；可不知：人生的春天也像四季的春天一样，虽灿烂炫目，却短暂易逝。

好在时节的春天能够轮回，眼看，一个新的春天来临了，新春伊始，万象更新，我们将在新的扉页写下怎样的篇章呢？

请明月代问候

中秋的月儿真圆，早早地朗照在天空。

我趁着月色，踏着月光，来到户外赏月。此时，如水的月光轻盈地笼罩着万物，温柔地洒在我的身上，将我的身影拉得好长，也拉开了我悠长的思绪……

“每逢佳节倍思亲”，我想起了远方的亲人，我和他们不能在一起共度佳节。此刻，他们是否也站在月光下凝望沉思？是否在他乡的月下想起“月是故乡明”呢？是否借着月光祈祷着与亲人团聚？

是呵，月儿是一样的，相思是一样的，无论是天涯还是海角，无论是古时还是现在，月儿能跨越时空，从几万里外照到这里，它勾起多少颗漂泊在外的游子心，唤起多少幽幽相思魂，让多少人愁肠百结，又让多少思念的人儿泪水长流……

我抬头望月，它正静静地挂在天空，静静地注视着大地上的万家灯火，注视着人间的一切悲喜，它让人陶醉，又让人心碎……我仿佛听到诗人就站在月光下吟诵着千古绝句：“人有悲欢离合，月有阴晴圆缺，此事古难全。但愿人长久，千里共婵娟。”更仿佛置身于“海上生明月，天涯共此时”的境界……

八月十五的月儿，它在三百六十五个轮回中获得最特殊、最真实的圆满。平时，人们都忙忙碌碌，为生活、为生计奔波操劳，忙得几乎没时间抬头望一下头顶的天空；正是这难得的中秋之月，它让人的心灵与夜空来一次私会，它让离别的心重合，让喧嚣的心清静，让人将一腔幽怨或思念尽情地向着月亮诉说。它是无私的、慷慨的，将它所有的美丽与光华撒向大地，撒向善良的人们。

我将视线从月亮移向远方，眺望着遥远处的暮色苍茫，思绪柔柔地弥漫在夜空中，我又非常强烈地思念起远方的亲人来。一样的夜晚，一样的月光，你们是否能在月亮的那端感受到这端的我浓浓的思念呢？

隔着千山万水，请明月代问候吧……

朋友一生一起走

“朋友”这两个字，听起来就叫人暖意遍身，就像周华健在歌中唱的“朋友一生一起走，一声朋友你会懂”。再听世界名曲《友谊地久天长》，“友谊万岁，友谊万岁!”更是雄浑激昂，直击灵魂深处。

一个人没有朋友，就像一座房子没有窗户一样，里间肯定是黑乎乎的；只有打开窗户，敞开心扉，日月星辰才会光顾，阳光雨露才会来临，带给你别样的另一番世界。若是一个知你、懂你、爱你、惜你的朋友，在你生命中出现，岂不是像沙漠里遇到绿洲、海雾中看见明塔、干涸时见到清泉一样，令你惊喜，令你欢悦……

当然，并非每个人都有此种际遇，并非每个人都能收获真正的友谊，并非每个人都能拥有一生一起走的朋友。朋友的领域很广的，不同的人有不同的朋友。纵观生活：有酒肉朋友、一般朋友、人生至交。酒肉朋友虽也称作朋友，但其中不免含有交易、计较得失，这种友谊不纯粹，不长久；一般的朋友虽不交往至深，毕竟君子之交淡如水，多个朋友多条路，也挺好；称得上人生至交的朋友可谓是肝胆相照、甘苦与共，这样的朋友太难得了，若有幸遇见，真是——人生得一知己，足矣!

我要说的是第三种朋友——知己，寻找这样的朋友，也就是寻找一个能够和自己相识久处并能交心的人，一个和自己灵魂相似或相近的人，从他（她）的身上，可以找到自己或自己的一部分。每个人的心灵深处都有一处花冢，埋藏着那些秘密及不为外人所道的世界，且这座花冢，被寂寞上了一道锁。这道锁，或许永远锁着，直到锈迹斑斑，永不打开；或许某一天出现了一个人，他（她）的一句话、一个眼神、一种理解，窍通了，锁开了，能开锁的这个人便是知己，这个人无论在身边、在远方，还是早已远去，他（她）都能在你的灵魂深处与你产生一种共振、一种和谐、一种奇异亮丽的风景。

我还记得读过这样的一句话：最好的朋友，是你们静坐在游廊里，一句话也没说，而当你们走开的时候，却感到经历了一场精彩的对话。当时读到这句话，我为之思索、感动，不禁为这句话叫好！这种“默契”就叫“缘”吧，在这份“缘”里走下去，不成知己，才怪！

回过头来，再谈友谊。我觉得纯洁而真挚的友情应该彼此奉献、同甘共苦，喜朋友所喜、忧朋友所忧。十分赞同周国平先生所说的一句话“高质量的友谊总是发生在两个优秀的人格之间”。说得太好了！一个人只有对另一个人产生由衷的信赖、欣赏与尊敬，才会走近，才会发展，才能构成友谊。同样，你要想成为别人的朋友，收获一份高质量的友谊，首先要让自己在人格上有价值，配得上做朋友，才不枉认识一场，才不枉做一场“朋友”！

能有这样的朋友，实在难得；若是遇上了，就会一生一起走！

活着，真好

我在一博友的博文中读到这样一段话：在归你使用的几十年时间里，尽可能地享受每一餐饭，每一杯茶，每一段情，每一份爱，甚至每一阵清风，每一次细雨，一切的一切终归失去，所以我们要珍惜安享眼前的一切。

读这段话那天，正是“5·12”汶川大地震一周年祭日，天下着大雨，老天仿佛都在哭泣，我凝望窗外，天空阴沉，去年四川灾区那难忘而悲惨的一幕幕又浮现在眼前，不禁引起了我的思考。

人的生命在巨大的灾难面前是多么的不堪一击，就在那短短的一刹那间：多少生命终止？多少亲人分离？多少欢笑不再？多少青春湮没？多少奋斗停滞？多少梦想泯灭？……怨苍天不公！恨大地无情！

这个博主并非无端感慨，他亲身经历了这样一件事：那是汶川大地震后，他的博客中突然不见了一个常常来访的博友，他和那个博友文趣相投，经常在彼此的文章后评论、留言。几篇博文没见其来访，他突然有一种不祥的预兆：莫不是……他非常害怕，坐卧不宁，经过一番查找追寻，他担心的事果然成了事实——那个博友也在那场可怕的地震中不幸丧生了。后来，该博主为此事长时间地消沉、悲痛，难以释怀，伤心时，他就拿出那个博友还留在他博客的文字反复阅读，来平息自己的悲痛之情。我开通了博客，知道了好的博友间因文字建立起来的真诚情义，实在难得！所以，我完全理解该博主在获悉不幸消息时的悲痛心情，也为那个博友的离去而扼腕痛惜！

由此，我不禁感慨：生命多么宝贵！然而，生命又是多么的脆弱！

一次春日散步，我碰到一个熟人，他刚大病初愈，枯瘦的脸上蜡黄蜡黄的，由于化疗头发脱落戴了顶毡帽，一双眼睛深陷着，他慢慢地一步一寸地走着，我忙上前与他打招呼，他嗫嚅着，语言也受到障碍，我一下子不知如何是好，惊呆了：好端端的一个人怎么被折磨成这样？他本是处在人生的风华正茂的时候啊！几个月前见到他时，他是那么开朗、乐观！我极力地装作平静，说一些温暖的话语安慰他，他只是勉强地笑着，嘴角挂着无奈，我知道语言在此时也显得苍白无力，他那无奈的笑容是对生命最痛的解释啊！

我们站了一会，他又一步一寸地往前走了，我望着他的背影，几番难过、心酸，只得在心里祈祷他平安、早日健康。

那天，正值春天，鸟语花香，可我因为看到他，却无心欣赏周围美丽的一切，忽然间觉得：人的生命是多么宝贵啊！一个健康的人能够在阳光下坦然地走路，是多么值得庆幸和幸福的事啊！

原来，我像许多人一样，在忙忙碌碌中忽略了这些。在日常生活中，我们常常将烦恼、不快和过度的欲望无情地注入身心，无端地践踏着自己的健康，浪费着自己的生命，这是多么不应该的事啊！

亲爱的朋友，请珍惜生命，珍惜健康吧！即便我们一无所有，至少我们还有一个活着的生命，这个生命里有颗活着的心，这颗心带着我们去感知四时，感知自然，感知美好，还有什么比这更富足、更幸福的呢？

活着，真好！

永远的《大海》

第一次听《大海》，已是多年前。那是一次会议之后，大家闲着没事，有人聊天、有人打牌、有人唱歌，我自然加入了唱歌的行列，有两个人一起合唱了一首名为《大海》的歌，我在一旁听着，不觉入了迷。

《大海》，我原以为此歌仅仅是歌唱大海的，因为骨子里我是个非常喜欢大海的人，无论是平静时的波澜不惊，还是狂风时的波涛汹涌，我都深入骨髓地喜欢，它的壮观令我心潮澎湃。

可是，我错了，这不是歌颂大海之歌，而是一首经典情歌，专辑已出好几年了，只是我是第一次听到。唱歌的那两位向我介绍了这首歌的歌手名叫“张雨生”以及他已故的消息，怀着喜欢与遗憾交织的心情，我请求两位将此歌为我再唱一遍，再一次静静地倾听中，我感受到了歌中的意境、旋律以及欲说还休的情怀，从此，无可救药地爱上了它。

后来，我到处留意张雨生的专辑，在一家光碟专卖店里，我找到了，而且是正版，上面写着“张雨生——永恒怀念珍藏版”。我拿着，爱不释手。我问店主多少钱，他说出了正版的价格。我摸了口袋里的钱，如果买了这盘碟，一件漂亮衣服的美梦就有可能泡汤；其实我也很想漂亮衣服，但看到手中的碟，还是不容分想地拿下了。在那一刻，精神的需求的确超越了物质，它可是我向往已久的啊！

回来的车上，我拿出光碟，反复端详，甚是欢喜。这时，邻座的一位旅客问我：“你也喜欢听张雨生的歌？”我点头。他又说：“张雨生的歌真的是好，尤其是《大海》，只可惜他英年早逝，太可惜了！”后面的一名旅客插进话来：“那些人，估计太优秀了，世间留不住，他们来世上惹一下就走的。”

听着他们的议论，我更加觉得张雨生是个不凡的歌手。望着光碟封面上的男孩：戴着一副哈巴眼镜，天性纯真的眼神流露着自由不羁的光芒，仿佛也在听着人们对他的评价。我想：他莫非真的是来惹一次红尘，匆匆而去，留给世人无限的遗憾；然而，红尘中留下了他永远的足迹，永远的《大海》、永远只属于张雨生的旋律，也不枉来一遭，不枉此生！

回家后，我迫不及待地放上光碟：戴哈巴眼睛的男孩出来了，雪白的衬衣外罩着一件黑色的马甲，他牵着一条狗，在大海的沙滩上奔跑着，用他独特的、深沉的、略带沙哑的声音唱着永远的《大海》……

从那遥远海边，
慢慢消失的你，
本来模糊的脸，
竟然渐渐清晰，
想要说些什么，
又不知从何说起，
只有把它放在心底
……

这盘光碟一直被我保留着，成为我灵魂的珍藏品，《大海》，当然亦成为我至爱的歌。无论什么时候，无论在什么地方，只要那熟悉的旋律一起，我都像初遇它时一样，兴奋惊喜，闭目聆听——

如果大海能够唤回曾经的爱，我愿以我一生等待……

被人记住很幸福

今日上街买水果，我忽被一位妇人叫住。

“请问你是徐老师吗?”她问我。

“是呀。”我微笑着，问道，“有什么事吗?”

“没什么事。我的孩子是你教过的学生，他现在读高中，他经常谈起你，他说他和他的同学都非常喜欢你，都很想念你，打电话、发信息给你，发现你的手机号码换了。”

她急匆匆地解释着，接着又说：“真巧，没想到今天碰到你！徐老师，你能将你现在的手机号码告诉我吗？下次我儿子回家，我就可以告诉他了。”

“哦，原来如此，当然可以!”我笑了。

通过妇人的介绍，我记起了他的儿子——我的一个当年家庭特殊、家境困难的学生，当时差点失学，我在他身上花过不少心思。好几年没见了，现在一定是个青春帅气的小伙了。我们就这样围绕着孩子的情况聊了起来，我知道了他的近况，他现在性格阳光，用功进取，成绩优异，说下决心考一个好大学报答老师和父母！我听了，感到由衷的欣慰。

临走时，妇人亲切地握着我的手，高兴地望着我说：“徐老师，你真是一个好老师！怪不得我的儿子念记着你，真是个好老师!”

妇人涨红着脸，激动地重复着同样的话。

上街回来的路上，我骑着车，风轻柔地吹在脸上，夕阳给黄昏镀上了一层金色的光芒，我感到一股暖流慢慢地在心中流淌……

我忽然发现——原来，被人记住很幸福!

新版《芋老人传》

我的母亲，一生好善乐施，故经常被人记住。

在一次宴席上，一位房地产开发商大腕说认识我，一介绍，才知他是我娘家邻村的人，碰巧同席，自然亲切地交谈起来。

那晚，他显得非常热情，频频举杯敬酒，微醉间，他说他最后一杯酒要敬我的母亲，尽管我的母亲不在场，他还是要虔诚地敬老人家一杯酒，请我代领心意，说着一满杯酒一饮而尽。

大家诧异，问其故，他趁着酒意，说起一段往事：

他小时候，上学经过我家门前，他说我的母亲非常善良、贤惠，在农村妇女中实属难找的人。那时候，他只是个贫寒人家的孩子。一次，放学回家的路上，记不清当时是何情形了，只记得饿得两眼发黑，晕倒在路旁。我母亲知道了，心疼不已，将他背回家，偷偷地拿出了家里仅有的三个鸡蛋，还做了一碗山粉圆子，用一个大钵碗盛给他吃。他狼吞虎咽地吃下后，才慢慢地缓过神来。大约，我母亲怕家里人责备，就吩咐他到房间里，然后关起房门，让他慢慢吃。“其实，也难怪，家里老老小小，家境也不好，招待一个非亲非故、尚不知领情的小毛孩子，至于吗？”他补充解释道。他对我母亲充满感激，他说一辈子也忘不了那一碗鸡蛋山粉圆子。

那晚，提起往事，他激动不已，他说迄今为止吃过无数的美味佳肴，也抵不上当年那碗圆子的味道鲜美。在无数次的宴席中，他都向人介绍过那碗山粉圆的经历。现在，他已由往日的穷酸小子，变成了如今的钻石王老五，也做过不少的慈善事业。他说，他每每做好事时，总要想起我母亲当年给予他的那碗救命的鸡蛋山粉圆子，是我的母亲，给他上了人生的第一堂课。

听了他的故事，我也为母亲的善举而感动，想起曾读过的《芋老人传》，仿佛觉得有点像那个故事的翻版，很雷同。也由此想到：大概，人在最清贫的时候，最忘不了别人给予的一点温暖、关怀，就像我母亲的那一碗鸡蛋山粉圆子。

饭要做，琴要弹

琴约我去她家玩。

琴是我的好友，我们好长时间没见面了。尽管两家相距不远，可平时你忙我忙，也很少走动。

她这一约，我便欣然答应，我听说琴在学古筝，且通过六级，正好我想去拜望并欣赏她的古筝弹奏。

琴和她丈夫都是我熟悉的同事，他们在另一所学校教书。他们是一对恩爱夫妻，爱好广泛，情趣相投，可谓夫唱妇随。她家还有一个七八岁的小男孩，长得可爱极了，是他们的儿子。

每次去琴家玩，我都很欢喜，因为喜欢感受他们家的快乐氛围。

琴家的房子很大，是单独买地皮建的，不算太贵。她丈夫擅长美术，懂得设计，房子很宽敞，设计得也很合理，尽管装修简单，但看起来很舒服。房子后面有个大院子。院子后面是她家的菜园，菜长势旺盛，绿油油的，一看就知道是主人辛勤耕耘的结果。琴家的厨房也很大，既有现代装备，又有乡间设置，厨房的一角搭了锅台，锅灶口整齐地堆放着柴火。琴说她喜欢在锅台上做饭，做的饭吃得香。我说，好有乡土气息！

琴带我去她家二楼，一上楼，穿过过道，左右两边有两个房间：一间是琴丈夫的画室，一间是琴的古筝房。那间画室很大，长长的条桌上摆着笔、墨、纸、砚和还没有完工的作品，四周墙壁上挂着许多她丈夫的现成作品，有字，有画，也有字画兼容。画很有功底，有山有水，有虫有鱼，山水隐约，虫鱼游动，仿佛走进了一个鸟语花香的世界。

琴的丈夫是个勤勉踏实的厚道之人，人品极好，又有艺术修养，对琴宠爱有加，琴说她的古筝就是在丈夫的支持和鼓励下才学的。

琴的古筝房也不小，摆着大、小两架古筝，一架是她自己的，一架是她儿子的。我坐下来，听琴给我弹奏。这时她的丈夫为我们送进来茶水，我一边听琴，一边品着茶水的清香，说不出的惬意漫上心头。琴的悟性高，弹得很娴熟，感情也很充沛。只见她双手的指甲上戴着指套，在古筝的琴弦上轻巧地拨动，如行云流水，优美的乐曲从她的手指下流淌着，我听到陶醉了。窗外，风轻轻地吹进屋里，树叶儿绿得发亮，一切都沉浸在美妙的音乐声中……

几曲弹毕，琴要她儿子也为我弹几支。小家伙可真厉害，竟毫不胆怯，在母亲的帮助下戴上指甲套，熟练地弹了几支曲子，他坐在琴前，埋头弹奏的样子是那么认真，那么投入！

我被这个艺术之香的家庭深深地感染了，我亲吻着小家伙，由衷地赞叹他能成长在这样的家庭，真幸运！琴站在一旁，幸福地笑着，面如三月桃花。

好时光总是过得很快，一下午的时间就在不知不觉中溜去了。天色已晚，我坐在琴的楼上，看到她家后院的厨房屋顶上已冒出袅袅炊烟，她勤劳的丈夫开始准备晚餐了。我赶紧起身要走，琴执意留我晚餐，我谢绝了，我家的晚餐还等着我回去做呢！

回来的路上，我一路思索，想着自己的生活，总是忙碌，难得清闲。平时，我的事情确实很多，属于自己的时间总是很少，每当看到别人悠闲自在，我就心生羡慕，而我，除了上班时间的忙碌外，还有双方的老人需要我去看望，上学的女儿需要我去照顾，一大堆的家务需要我去料理。于是，时间总是所剩无几，更谈不上有充裕的时间去做自己喜欢的事情了。

今天，看到琴一家的快乐、充实，日子滋润、悠闲，我不由得重新思索：自己的时间是不是没有安排、经营好？对待生活，是不是消极的东西太多，积极的东西太少？我的心灵世界里，是不是阴暗太多，阳光太少？

虽然今天我没在琴家晚餐，但我已饱受了一道精神大餐——原来，简单的生活，平淡的日子，只要加进自己精心制作的“佐料”，枯燥的生活照样能被打理得有滋有味，有声有色。

这样的日子就是：饭要做，琴要弹！

女到三十花正艳

俗话说："男到三十一枝花，女到三十似黄瓜。"言下之意，男人到了三十岁正是风华正茂的黄金年龄，而女人到了三十便悄悄褪色远离花季了。

其实不然，三十岁的女人恰是开得正艳的花儿，不妨听我说说：

三十岁的女人最真实。因为她已告别天真烂漫的少女时代，从恋爱到婚姻家庭，从幻想到现实生活，已从幼稚走向了成熟。她能放弃那些虚无和浮躁的东西，从而努力扎实地生活，即使偶尔也沉湎于往事，但三十岁的女人能面对现实，把情和泪都埋在心里，知道"认真"对待人生。

三十岁的女人最勤劳。她用双手打理和支撑着整个家，任劳任怨地里外忙碌，她担负着许多家务琐事，给家人创造舒适的生活，让丈夫全身心地投入工作。她甘愿将家人奉为一台艺术，而自己是默默无闻的幕布。在单位里，她是中流砥柱，工作起来出色而卖力，那种干劲令人敬佩；在家庭里，她用勤劳的双手美化了家，洗亮了一切。你看，一大盆脏衣服，她一呼啦就洗得干干净净；乱七八糟的家，她一骨碌就收拾得整整洁洁；她一卷衣袖就在锅碗瓢盆的交响乐中端出一桌可口的饭菜。她懂得生活，并懂得如何使生活甘甜，让疲惫的丈夫和孩子回到家，犹如步入爱的殿堂。

三十岁的女人最善爱。她由少女变成少妇而后成为一个母亲，这个过程足以使她拥有无限的温柔和爱意。孩子出生时，年轻的父亲站在一旁，看着自己创造的小生命不知所措，而女人却用坚忍的耐力料理着孩子的一切，用全部的母爱和温情哺育着幼小的生命。你看，小生命偎依在母亲的怀里吮吸着乳汁，听着母亲唱着甜蜜的歌谣。此刻，三十岁女人那安详的神情犹如巴黎圣母院的圣母，她从自己哺育孩子的艰辛中懂得了爱的真谛与伟大，她的心胸也因为有了爱而变得宽容和博大。

如果说妙龄少女是一首浪漫的抒情诗，那么三十岁的少妇便是感人情怀的优美散文。这么说，三十岁的女人非但没有走出花季，恰是开得正艳的花儿！

幽幽暗香飘书房

一直向往能拥有一间偌大的、独立的、无人干扰的书房，书房里布置得整洁、优雅，书橱倚墙而立，里面有序地摆放着我喜欢的各种书籍；一张宽阔的书桌临窗摆放，眼睛疲劳时可推窗远眺，还有一把高档转椅，闲暇时，靠卧在里面，听着音乐，悠悠转动。

这样的豪华书房与小资情调的享受，到目前为止我还没能拥有。我的书房和卧室实行的是“共产主义”，即卧室、书房兼用。进入我的卧室，最显眼的是琳琅满目的书籍，桌上、柜上、床头，到处都是。我有个坏习惯，睡觉前非得有一本书在枕边，翻着翻着方才安然入睡。久而久之习惯成自然，因此房间里的书籍，摆放得也不那么整齐了。

我本是一个物质欲望很清淡的人，以至于“吾一瓶一钵足矣”的生活状态，也同样被我认同，但是对书房的向往还是比较强烈的，尤其是参观了一家别墅的书房之后。

别人家乔迁新居，我喜欢入室欣赏，装潢跟比赛似的，一家比一家漂亮，一家比一家豪华，这家别墅就更不用说了。豪华房子看多了，审美视觉疲劳了，也就那么回事，唯有那家别墅的书房，令我久久地观赏。那间书房安排在别墅的二楼，一袭绿底白纱的落地窗帘，在华灯的映衬下精美绝伦。书房好大，相当于一般人家的客厅，书房里除了我向往的许多书籍外，还有一盆盆漂亮的花卉，有的在吐蕊，有的在盛开，幽幽清香充盈着书房的每个角落。藤椅非常考究，旁边的茶几上，高档茶具别有品位。墙壁上的字画高档别致，让人眼前一亮。当我的视线投向书橱时，两行用艺术字体装饰的诗句跳入眼帘——“三更灯火五更鸡，正是读书好时节”，多美的境界啊！

正在驻足流连时，房子的主人进来了。我赞叹着书房的华丽，并说你们家一定是个书香家庭。男主人笑着说：“哪里哪里，只不过是附庸风雅罢了，我平时忙于生意，应酬多，哪有时间看书？再说已没有那个闲情逸致了！”我十分好奇，转而问道：“那这么好的书房，是为太太准备的？”他听了哈哈大笑，说：“她呀，更与书沾不上边了。”同时望着妻子不乏幽默地补上一句：“三更灯火五更鸡，恐怕还正在麻将桌上呢！”他的太太笑了，我也赔着笑，心想：世上的事多不公平啊！这么好的书房原来只是聋子耳朵，是个摆设，它的存在，只不过是主人衬托颜面和身份的道具而已。

感叹之余，回到现实，我觉得我的书房非常珍贵。“斯是陋室，惟吾德馨”，它毕竟是属于我的，容我在劳碌之余，坐在灯下，翻几页书，写几个字。这种时光，对于我，已经是够奢侈的了！如果再养上几盆花，不也是幽幽暗香飘书房吗？

蓦然感动

月儿慢慢地升起来了，斜挂在天空。

我披着月色，漫步在一条幽静的石子路上。夜真好，风轻轻地吹着，带着早春的气息，噪声退去了，周围弥漫着一片温馨的宁静。

我悠悠地走着，忽然一曲优美的乐曲从不远处的高楼上飘来。驻足聆听，那不是世界著名的《梁祝》小提琴曲吗？乐曲飘扬着、激荡着，勾魂摄魄的声音静静地流淌在夜空中，如泣如诉，令人心碎。

我陶醉了，与这美妙的乐曲一同沉浸在天籁之中，我的身心充满着这些声音，我的思想在一刹那间简直被定格住了……

音乐，这感人的音乐，它有着如此撼人的魅力，这种魅力足可以让人产生一种不可遏制、不可阻挡的感动……

我真的被深深地感动了，完全沉浸在“忘我”的自由与幸福之中……此时，天空、大地、时间、空间、感觉和思维全被消融在这神秘的声音之中……

爱情为谁降落？又为谁泪水盈眶？

是什么敲开了尘封已久的心扉，让夜如此悲凉凄美？又是什么让那些乖巧玲珑的往事在爱情的眸光中狂舞蹈飞？

我想起曾经读过的一句话：假如真有这么一个抽象的存在，我将用爱的情丝作茧，把自己包裹，然后抽出我的丝织成彩衣，给亲爱的人披在身上，增加温暖和光焰，而我死去……

不知什么时候，我已悄悄地坐在琴前，一遍一遍地将《梁祝》的乐曲弹起……

她还是幸运的

我说的是张爱玲。

我虽不是“张迷”，但对这个民国期间的旷世才女还是很感兴趣的，读过她的一些文字，看过一些关于她的电影。最感兴趣的是她与才子胡兰成之间的一段婚恋故事。印象中的胡兰成是个情感浪子，于张爱玲，他是负心人，于民族，他是汉奸。我也曾跟着大众一同替张爱玲惋惜：怎将一生宝贵岁月，付于这样一个人？

这几天在网上阅读，无意中在有个人的藏书中，看到一本书，名为《今生今世》，就着对题目的好奇，点击一看，作者竟是胡兰成，一个我有过鄙视但也极其关注并想了解的人。

以前，我只读过张爱玲，没有读过胡兰成的任何文字。在替张爱玲惋惜的同时，也曾想：能让才气冲天、又目空一切的张爱玲全身心爱的人，自然不会是凡夫俗子，她有爱他的理由。这下，看到“胡兰成”三个字，我便兴致高涨，终于找到了解释这个人的字典，迅速点击打开，埋着头、一口气读下去。

不知不觉，我被书中清新、曼妙的文字给迷住了，原来胡兰成的文笔同样不凡：细腻、灵动、清雅、脱俗，似乎没有任何格式，没有布局谋篇，只信手拈来，娓娓道来，他的文章没有根，图的是个“漫天飞舞”，但里面字字精炼，恰如行云流水，读后唇齿留香。如果说文如其人的话，胡兰成的“用文”和“用情”是多么的相似！

从字里行间，不难看出，胡兰成的骨子里所飘逸出来的清澈、灵动、甜美，也难怪他所经历的女人都那么爱他，哪怕是清高孤傲、不可一世的张爱玲。张爱玲在初识他后，给他的一张照片背面写道："见到他，她变得很低很低，低到尘埃里，但她心里是欢喜的，从尘埃里开出花来。"可见，少女情怀总是春！张爱玲这扇难以打开的心门也有为一个人开启的时候，这个人正是胡兰成，当时已是有妇之夫，在汪精卫的伪政府做事，有不清白的社会背景。张爱玲全然不顾这些，她爱的是胡兰成的才与情。她与他是那么的相似，相知相惜。胡兰成不是说：男女之情，相知甚于相爱嘛！他还喻他们为"前后镜照花，花面交相映"。张爱玲少女时代是寂寞的，她在等待着一个发现她、赏识她、懂得她的人，她终于等到了。这个人的出现改变了她生命的颜色，由暗淡到辉煌。如果说爱情能彻底地改变一个人，那么，胡兰成正是张爱玲生命中的这个人，他唤醒了她生命的全部，他们很快结为夫妇，并在婚约上写道："胡兰成、张爱玲签订终身，结为夫妇，愿岁月静好，现世安稳。"

这样的结合倒是令人羡慕。然而事与愿违，偏偏那是个时局动荡、颠沛流离的时代，他们到底还是分开了，主要还是因为胡兰成的随处留情、泛滥用情导致，致使张爱玲对他心灰意冷，说自己不会再爱上他人，只能是枯萎了。

当胡兰成最后一次去找张爱玲的时候，张爱玲已下决心与他分手。翌日清晨，胡兰成到她床前与她告别，她一把搂住他的脖子，唤了声："兰成。"顾自呜咽哭出声来。他是她曾经爱过的男人，与他，与爱情，就此诀别，岂能不痛彻心扉？从此，他们再也没有相见。

大自然间，花谢花会再开。唯有女人的心房违背了这一规律，盛开似乎只有一次，一旦凋谢，将永远枯萎了。我们惊羡着他们的相遇，同时又痛恨着这样的结局，都会把愤懑的怨气推到负心的胡兰成身上。

"前尘后世轮回中谁在宿命里安排，痴情笑我凡俗的人世间终究难解的关怀。"这句歌词应该送给张爱玲，在她对胡兰成万念俱灰之后，心里早已对他画过句号，却依然怕他在劫难中受苦，将自己的稿费三十万元全部寄给了他。这个数字是不菲的，相当于当时的一个教授八十多年的工资。我想：此时的张爱玲看重的已不是那个人，而是自己一颗曾经爱过他的心。

君子因其德行，才子因其性情。如果抛开胡兰成的品质，透过他的文字，不得不承认他仍是一代才子，一个性情中人。我们不要去计较他们之间的感情公平不公平，是非恩怨，情海恨天，是他们俩的事，只有他们自己才清楚，别人没有必要去摆平。

徐志摩说过一句经典之语：“我将于茫茫人海中寻觅灵魂之伴侣，得之，我幸；不得，我命。”我觉得张爱玲遇到胡兰成，是不幸的，但也是幸运的。她终于在千千万万人当中找到了懂她的人，是他，让她的生命灿烂过、美好过；他虽然辜负了她，但她没有辜负自己，他们曾经共同经历的美好会永远在岁月的尘埃里闪光，这就够了。张爱玲比那些终年生活在叹息、虚伪、看似风光无限却被宿命无情催老的女人不知要好多少倍。

今晚，有一首歌

晚饭后，我以一种最慵懒的姿势，蜷卧在椅子里，想以此排遣堆积在心头的忧伤和不快。

忽然，楼下的电视机里传来一首熟悉的旋律，一听，是我最喜欢的苏格兰名曲《友谊地久天长》。我循声下楼，著名的黑鸭子集团正在合奏。

乐曲飘扬着、激荡着，勾魂摄魄的声音仿佛来自遥远的天使或水晶之国，一切一切都睡去了，只剩下灵魂在梦呓……

我闭上眼睛，静静地聆听着……

怎能忘记旧日朋友，心中能不欢笑，旧日朋友岂能相忘？友谊地久天长……

这首曲子一下子打开了我关闭已久的记忆之门，一种久违与亲切的感觉充溢在心头。第一次听这首歌曲，那时我正在读师范，学校组织看电影《魂断蓝桥》，此曲正是其中插曲。剧情扣人心弦，每到高潮，乐曲总会响起，也每每揪紧和震撼着我的心弦。看完电影回来，满脑子、满大街似乎都沉浸在那激昂的乐曲之中，如痴如醉……以后每天的傍晚，我经常躲在学校的琴房里，不断地练习弹奏此曲，一大段一大段的时光悄悄地从手指间溜走，好像那一段时光因为这支歌曲而变得意义不同。

也许，一首歌代表一个年代、一段岁月，不管它是名曲还是凡曲，是古典的还是通俗的，是声乐还是器乐，是中国的还是外国的，只要它在你的心灵留下过痕迹，只要它曾在你的时光里播种过生命的内容，许多年以后，当你重温它时，心里会别有一番感受，而且，那种感受浸润在音乐声中，没有什么能够像它一样，几个节拍下来，就能使人的信念无限地上升，让人从激情直达平静，将一切归结为大同、大爱与大恨。

我认为，歌曲和朋友一样，优秀的总会有无穷魅力，不管它走得多么遥远，都经得起时间的冲击与磨砺，越久越光彩熠熠，而且会让人的心灵达到一种无限柔美却又无法言说的境地——此中有真意，欲辨已忘言。

我喜欢音乐，它是孤寂心灵的最好的朋友，它给过我恩赐、感动与力量，尤其是在情绪低落的时候，我就想到生活中美好的一面，譬如音乐，譬如今晚的歌——岁月易逝，蓦然回首，沧海桑田，那歌不变。

嫁文字

爱好文字的人大多如此：除了喜欢阅读，还有写写画画的嗜好。将所见所闻所思所感记录下来也并非坏事，既可当作日后阅读回忆的资料，也满足了当时心灵倾诉的需要。

写着写着，写字者就有了另一种冲动，就想让自己的文字嫁出去，即将其发表，让大家共享。只要嫁掉了，除了获得被肯定后的成就感外，还能获取或多或少的稿费。名利双收，何乐而不为？

可嫁文字并不像嫁姑娘那么容易，如果要赢得“一家有女百家求”的命运，除非这个“姑娘”美得耀眼，一下子就夺人眼球；再者就是这个“姑娘”运气特好。许多嫁不出去的文字只得安静地待在“闺中”，孤芳自赏，就像那些嫁不出的“剩女”，你能说人家不好吗？我想也不全是，许多“剩女”恰是容貌非凡、才情并茂的女子。“既然那么好，为什么没嫁掉呢?”“剩女”们落了个无语回击的尴尬。“剩文”们在某些时候（没嫁掉的文字姑且称为“剩文”吧），也有和“剩女”们相同的境遇吧？

在纯纸媒时代，要嫁文字是件非常辛苦的事，稿子写好后，得一张一张地誊写，哪里出了错或是修改，又必须重来，一篇稿子总要反复折腾好多次才能达到满意，再装进信封跑到街道小心翼翼地投进邮筒，然后怀着忐忑不安的心情等待。可这一等就是漫长无期，除了极少数的幸运外，投出去的大多数稿子就如同石沉大海，杳无消息。这又有点像大姑娘待嫁，媒人到了男方那边便没了回音，不言而喻没看中。更为糟糕的是，有些稿子本是作者千辛万苦的心血之作，到了编辑那里，便成为人家纸篓里的一堆废纸，人家连看下去的耐心也没有，或者压根也没看，也难怪有人说编辑的纸篓是“万人坑”。世界名曲《莫斯科郊外的晚上》就曾经遭遇过这样的命运，它三次摆在编辑的面前，三次都被扔进了纸篓。后来因演出迫在眉睫，只好将它从纸篓捡起临时用上，谁知这一用便一举成名，当晚就震撼了演出的现场，成为当时苏联家喻户晓的歌曲，以至后来成为世界名曲。没想到这个几次都嫁不掉的“灰姑娘”一旦嫁掉就变成了“王后”，真是不可思议！由此看来，文字也是有命运的！

现在，电子通信发达，要想嫁文字不像过去那样费事了，写好的文稿只要复制粘贴一下，再轻轻点击一下鼠标，瞬间功夫便送到编辑那里了，你不由得庆幸科技的发达！科技进步了，你文稿的命运是否也随之改进了呢？否！你投寄便捷，人家删除也同样便捷，也只需轻轻点击一下鼠标，你几天几夜甚至更长时间的心血便消失得无影无踪，除了少数幸运的稿子被编辑慧眼识珠发现，大多数看也没看一眼，便在他们的眼前消失了。其命运与古代的许多宫女差不多，一辈子连皇帝的面也见不着。

待嫁的文字就像待嫁的姑娘，几次失败后，身价和信心一下子都大跌了；尽管如此，还是要鼓足勇气，再次进行加工塑造，增强自己的内外素质，功夫不负有心人，相信总有一天，会嫁一个好人家，找到自己的“如意郎君”的！也有人写作是为了愉悦自己，从来不考虑发表，也就是说从没有将自己的文字嫁出去的念头，永留一缕芳香待在深闺，自己嗅到就好，就算不嫁，又有何妨？

罗大佑的歌曲与称谓

一直喜欢罗大佑的歌曲，他的歌在我的心灵世界占有一席之地。

曾看过罗大佑的几次演唱会，他总是一身黑色装束，戴着深色的墨镜，沧桑的歌声以及骨子里散发出来的气质，一看就让人觉得他是个功力不凡的歌手。

喜欢他的歌，更源于他写的歌词，那些经典的歌词远远超越了流行歌曲的范畴。罗大佑在其歌词里融入了许多人生的感悟以及对大众生存的人文关怀，他总是努力地从歌词里寻找人的生存价值和生命意义。

第一次听《恋曲1990》，我还在学生时代，把从饭菜票里省出的钱，慷慨地从音响店里买回一盒原版的磁带，守着床边的一台小收录机，一遍一遍地听着，直到热泪盈眶……

“或许明日太阳西下倦鸟已归时，你将已经踏上旧时的归途。人生难得再次寻觅相知的伴侣，生命终究难舍蓝蓝的白云天……”在聆听中，灵魂似乎被唤醒，震颤着，私语着，再也找不到与自己彼时心境更吻合的东西了……直到现在，当熟悉的旋律响起，那撩人的词句在空中飘荡，像是穿越了时光的尘埃，汹涌地渗透进每一个毛孔。我爱倾听，也爱弹奏这支歌曲，我好像能在倾听和弹奏里感受罗大佑这支歌里的所有情感，对它不知疲倦，大概最原始之爱才是最永恒的吧！

罗大佑其实更是个诗人，他的内心海纳百川，简单的词句，并不罕见的意象，经由罗大佑的手笔，竟是悠远的惆怅与恒久的感动。像《光阴的故事》："流水它带走光阴的故事改变了一个人，就在那多愁善感而初次等待的青春……"在那首歌里，罗大佑把光阴的流转和用情的真挚，勾勒得惟妙惟肖，经历的人自然有所共鸣。可以说，罗大佑的歌是一个年代的里程碑，因为有了他，我们每个人的青春才是一首不老的歌。

"小河弯弯向南流，流到香江去看一看，东方之珠，我的爱人，你的风采是否浪漫依然？……让海风吹拂了五千年，每一滴泪珠仿佛都说出你的尊严；让海潮伴我来保佑你，请别忘记我永远不变黄色的脸……"罗大佑的这首《东方之珠》也是我的至爱，能写出这样的歌词，赤子之心，跃然纸上。他能够跨越时空，把东方之珠的沧桑写在笔下，又能够将自己作为一个炎黄子孙的骄傲与爱国情感淋漓尽致地表达出来。他的歌词，他的情怀，他的音乐，早已超越了戚戚小我，而是站在了一定的高度，俯瞰万物，博爱众生。在一次纪念香港回归祖国的大型文艺演出中，我特地挑选了《东方之珠》这首歌曲，并自编自导了一支优美的舞蹈参加演出，以表达我对祖国的热爱。

以后的日子，罗大佑的许多歌曲都被我找出来仿唱，《追梦人》《明天会更好》《穿过你的黑发我的手》《光阴的故事》《你的样子》等这些歌曲，它们已过去了好多年，别人或许早已不屑听了，我却一如既往地喜欢着。有人喜新厌旧，我却喜欢怀旧，在怀旧的情绪中聆听着这些经典老歌，感伤也觉得幸福，流泪中却饱含力量——不明白的是为何你情愿，让风尘刻画你的样子？这诗一般的歌词，无奈地倾诉着岁月，又何尝不让人在深深的暗夜里落泪？

罗大佑的歌曲分为情感类和现实类，无论是哪类，他的歌中都有一种深入骨髓的质感和美感，让人着迷。罗大佑在音乐世界里是个难得的精英，但他将婚姻生活经营得较糟糕，很令人遗憾，他的性格很激烈，对艺术的过激追求致使他这样，有阴影才有立体感的罗大佑吧！

当有人问及罗大佑该如何称谓他——音乐家？音乐人？歌手？还是别的？罗大佑说，他喜欢别人对他的最好称谓是"男人"，他觉得，在所有的称谓中，只有"男人"二字让他找到最好的感觉。

我很欣赏罗大佑给自己的这一称谓，从这点看，罗大佑应该活得像个男人，一个极具男人味的男人。

女人之美在哪里
——读一则笑话所感

丈夫：为什么女人不注意培育气质，多读些书，充实内在美，老爱上美容院保养肌肤，把时间花在肤浅的外在美上？

妻子：那是因为男人大都愚蠢肤浅，却很少是瞎子。

以上笑话幽默俏皮，却很有分量。可笑之余，引人深思：女人之美在哪里？

大千世界，衣食男女，谁不爱美？谁不需要美？爱美之心，人皆有之，尤其是女人。可是，什么样的女人才具有永久的吸引力、征服力和震撼力呢？

承蒙上天厚爱，造物主造人的时候，尤其照顾女性，给了某些幸运的女性俏丽的面庞、窈窕的身材、丰满又恰到好处的曲线之美，即使哪一处粗糙一点也没关系，不是有这样那样高科技的整容术、眼花缭乱的美容术来进行再塑造再加工吗？然而，爱美的女人还是不肯罢休，依然要花上大量的工夫，坐在化妆镜前精雕细琢，优化完善。

笔者认为，美是形美与神美的总和。形美属外在之美，给视觉以享受，但视觉一旦疲劳，这种美就会单调无味，没有内容可看了，故而黯然失色。神美即精神之美，属灵魂之美，直接与一个人的气质、品位、文化、涵养相联系，折射出一个人的内心世界，实属魅力之美、恒久之美，这就是某些人越看越有味道的理由所在。

叔本华说，人的外表是表现内心的图画。那么，女人更应该注重并修炼内在之美，正如花的韵致和香味比花容本身更重要一样，女人的相貌中真正具有吸引力的是那些显现了智慧、德行、修养、个性等心灵品质的因素，而一个人的品质又与她所懂得的东西成正比，懂得愈多，品位与鉴赏力就愈高，精神之美就愈能呈现。阅读和阅历无不是促进精神之美的最好途径。

读书能够使女人优美。而只会死读书的女人，有人将其比作字典，只有需要时才会去翻阅；不读书而一味讲究打扮的女人，有人将其比作花瓶，只是一种临时摆设，再华丽的装饰也掩盖不了她心灵上的缺陷。只有将二者结合起来的女人才最可爱，才对异性具有永久的吸引力与征服力。央视的名主持董卿刚出道时并不太美，现在她俨然成了人们眼中的美女，她曾说过一句让人欣赏不已的话，曾有人问她，如果去一座孤岛愿意带什么去，她微笑着说："三样——心爱的书籍，心爱的音乐，心爱的男人。"一句话，不难发现她美丽的全部。

除了阅读，丰富的阅历更能增加女性之美。妙龄女孩拥有得天独厚的美貌与活力，让人羡慕，但有着丰富阅历的女性更能让人欣赏，更价值无穷。花容月貌短暂易逝，心灵的容貌却永不消失。岁月能带走青春，却带不走阅历和气质，一个有着丰富阅历与丰富情感的女性，她的内心是一座宝藏，深邃中蕴藏着无限神秘；她的生命澄澈、富有，温柔而又充满激情；她蓬勃的活力、富有幻想的气质、一颗明亮的赤子之心，永远透露出温馨、亲切、平淡、纯熟，包含着深刻的快乐和美妙；她完全是甜蜜、善良、仁慈和柔美的化身，如同一幅经典油画，越是隔着岁月的尘埃，越是耐人寻味，令人沉醉。

影片《北京人在纽约》里的阿春，当王启明的女儿在她面前炫耀青春时，她异常平静，她说，至少我在我这个年龄是无可挑剔的。不乏阅历之美。

有位哲人说：聪明而美丽的女人是大自然的尤物。妙极了！这个"尤物"应该是容颜可爱，心智明澈，心地善良，如果再加上过人的才气和高尚的情怀，那她是美女更是美神，有幸被这些美神光顾和爱着的男子，岂不是世上最幸福的人？

爱是一只鸟

男：亲爱的，你是我的太阳……不，你是我的手电筒。

女：怎么，太阳不好？

男：不行，太阳普照着所有的男人，我只希望你照我一个人。

看过上述的对白，你肯定会在心里笑起来。这则小幽默折射出的或许就是现实生活中许多男人的真实心理——自己所爱的人只属于自己，认为爱人是自己的私有财产，从而完全地、毫无风度地占据着对方的思想和情感空间，甚至外人的欣赏也不被许可。

爱情，这个永生永世的话题，人类最美好的情愫，至真至纯的爱情无疑会让一个人变得纯洁而又丰富。爱一个人，是拥有，不是占有，要懂得珍惜，视对方为一个自由的、有思想、有尊严的生命个体，甚至爱对方超过爱自己。真正的爱，难说不是素质和品行的考量，就像天空中能产生雨水的云，得拥有同样的高度。

民国女子林徽因是众所周知的美女兼才女，同为女性，让我羡慕不已的还不是这些，让我心动无比的是她耀人眼目的幸福。

徐志摩，这位浪漫的、才气冲天的多情诗人，他在伦敦邂逅了才貌双全的林徽因，立刻为之倾倒。那时他已是个已婚男人，可包办的、情非所愿的婚姻犹如空中楼阁，林徽因的出现，促使那个缺乏基石的楼阁的坍塌。深深坠入情海的徐志摩，不计后果地向林徽因发起了爱的攻势，毅然地与发妻离婚，成为中国近代史上第一个离婚男人。然而，林徽因却并不领情，她选择了梁思成。常理下，爱极生恨，想不到的是徐志摩竟和林徽因夫妇成了一辈子的好朋友。爱情无果而终，悄悄转型为友情，没有一点气度，是断断达不到这样的境界的。“我是天空里的一片云，偶尔投影到你的波心——你不必惊异，更无须欢喜——在转瞬间消灭了的踪影。你我相逢在黑夜的海上，你有你的，我有我的，方向；你记得也好，最好你忘掉，在这交会时互放的光亮!”瞧瞧，这是怎样的雅量！“我将于茫茫人海中寻访我唯一灵魂之伴侣，得之，我幸，不得，我命。”虽有几分凄婉，更多的还是一身正气的凛然和坦荡!

金岳霖，哲学和逻辑学的权威泰斗，他差不多是在用一生钟爱着林徽因。他的爱虽不像徐志摩那样汹涌澎湃，却更加情深似海、催人泪下。金岳霖对林徽因的人品、才华赞赏至极，林徽因也对他十分钦佩敬重，他们志趣相投，心灵沟通非同一般，甚至融合。然而，林徽因那时已是梁思成的妻子，因此金岳霖只能把他对于林徽因的爱深藏在心灵之谷，来了个一辈子的柏拉图之恋。为了她，他终生未娶；为了她，他把家搬到她的家附近相邻而居。这种爱超越了肉体，超凡脱俗。

最令人敬佩的还是林徽因的丈夫梁思成。他是中国著名的建筑学家，他的气度、他的心胸以及他对妻子无私的爱，简直感动天地！一次，梁思成从外地回来，林徽因郑重地告诉他：“我同时爱上了两个人（指梁思成和金岳霖），怎么办呢?”梁思成经过痛苦的思考后，回答妻子：“你是自由的，如果你选择了金岳霖，我衷心地祝福你们!”这并不是他不在乎妻子，相反，他太爱她了，爱她超过爱自己，所以才不忍心看到她面对痛苦时不可自拔，他让她自由地去选择，去主宰自己的感情和命运。这样的胸怀不知该令天底下多少男人汗颜？梁思成知道徐志摩曾疯狂地追求过自己的妻子，不但没有排斥他，反而和妻子一起成了徐志摩的人生挚友，以至于徐志摩飞机失事时，他从失事现场捡回一块残骸交给悲痛万分的妻子，林徽因挂在床头，以此纪念，直到她逝世。梁思成不但没有一点怨言，反而安慰妻子，和妻子一起缅怀这位才情诗人和昔日好友。

爱是双方的，爱是平等的，爱情也许就是一只鸟，要想鸟儿真正快乐，那就大度地给鸟儿一片自由翱翔的天空吧!

“蒙来”的爱也幸福

在医院的休息长廊，候着许多排队看病的人。见人多，我便找了一张椅子坐下。

我旁边的椅子上坐着一女孩，看上去十八九岁。在看病人的队伍中，她显得引人注目：鹅黄色的 T 恤上衣，黑色的牛仔裤，一双雪白的运动鞋，整个人看上去清清爽爽。她白白净净的脸上，一双大眼睛总是微笑地注视着来来往往的人。她的旁边站着一个二十四五岁的小伙子，大约是她的哥哥吧！

哥哥对女孩非常体贴，一会问她饿不，一会又问渴了么，我真羡慕女孩有这样的好哥哥！哥哥上街买东西去了，我闲着没事，便找话茬和女孩攀谈了起来。

“你也是来看病?”

“是的。”她微笑着，答我。

“你这么年轻，能有什么不适?”

“我的右腿骨关节坏了，经常疼，自我十六岁就开始了，那一年，我突然发现自己的右腿没有力气，一开始也没当作一回事，拖了几年，直到我十八岁去医院检查才发现骨坏死，不好治愈，不能走长路，脚后跟不能着地。”

“哦。”我惊诧地望着她，为她惋惜，一下子不知说什么好。

“有段时间，我都准备放弃治疗了，可我老公却坚持说一定要治好我的腿，他听说这个医院的骨科很好，所以带我来了。”

“你老公？你才多大？就有老公了？刚才那人是吗？我还以为是你的哥哥

呢！”我一连串的好奇逗笑了她。

“我二十二岁啦！是呀，别人都以为他是我的哥哥，他一直像哥哥一样照顾我，甚至比亲哥哥还要好。我腿疼发作时，都是他背着我。”

“你哪里修来这么好的老公？”

“呵呵，说起他呀，真有意思。”女孩的话匣子一打开，便没个完，仿佛在叙说别人的故事。

“他本来是我爸爸的徒弟，我爸爸非常喜欢他，常常带他来我家玩，爸爸原本的心意是想撮合我们俩，但又碍于我的腿疾怕连累了他，所以一直没有开口。在接触中，我发现他的确是个非常好的人，聪明又善良，后来，我干脆主动地接近他，很快，没等爸爸挑明，我们便确定了恋爱关系。”

“那你告诉了他你的腿疾了吗？”

“没有，我只告诉他我的腿扭了，在养伤，会好的！”

“他信吗？”

“当然信！不是说恋爱的人智商为零嘛！”

“你为什么不告诉他实情？”

“我也想告诉他实情，但犹豫再三还是没说，我怕他知道我的腿疾难治后，会动摇，我岂不白白错过这么好的一个人？我不但自己没说，也没让爸妈说。”

“天呐，你这不是自欺欺人吗？纸包不住火，他迟早会知道的！”

“凭我对他的观察，他心地十分善良，只要结了婚，他就不会丢下我不管的。那时，我就想跟自己的眼光赌一下：若没看错人，算我赢了；若看错了，摊我活该！反正，我不想失去他！”

“后来，真的结婚了？”

“不久，我们便宣布结婚了，很快便有了宝宝，现在，孩子快一岁了！”

“那他现在知道真相吗？他气愤吗？”

“知道啦，他比婚前对我更细心体贴了！开始公婆有些不满，他总是做他爸妈的工作。当我告诉他实情时，他并没有多大的诧异，他说他早就猜到，但爱情来了，找不到阻挡的理由，他爱我，他和我一样相信爱能创造奇迹！不管我怎样，他都会对我好，他说他喜欢乐观开朗的我，和我在一起，苦也是乐！现在，他开出租车，我在一家缝纫厂上班，我们一个月也只有几千元的收入，一半得拿出来为我看病，可他从没有半点埋怨，我们的日子虽不够宽绰，但很快乐，很知足，很幸福！”

“哦，原来如此。你算是蒙了一个好老公！”听完她的故事，我长长地松了一口气。

她咪咪地笑着，笑容灿烂如花。

一会儿，她的老公回来了，手里拿着大包小包，大概是为她住院买的日用品。他也向我微笑地点点头，然后牵着她，向医院的后院走去。

我望着这一对幸福人的背影，忽然觉得，平时最讨厌的医院，此时却特别可爱，连回廊里的阳光也格外明媚、格外温暖。

磨难爱情最动人

这是一对双双残疾的夫妻。他高位瘫痪，她从小患小儿麻痹症，行动也很不便。如果不是残疾，他应该是一位高大帅气又有才气的男人，她当初凭着对他的欣赏，从学校毕业后毫不犹豫地来到了他的身边，这一来便是十三年，十三年来，他们甘苦与共，一天也没有分开过。

生活上，他离不开她无微不至的照顾，即便是外出，都是她在前面踩着轮椅带他，他们就这样成为一个整体，一样的幸福，一样的笑容。虽然艰难，但他们硬是坚强地挺过来了。婚后，他在家翻译文稿，《霍金传》就是他翻译的。一个残疾人从另外一个残疾人身上汲取的是什么，我们不难感知。她除了在生活上照顾他，还帮他整理文稿，在事业上也全力支持他。她不无自豪地说："这些年来，我们过得很苦，但我们觉得很快乐！"他就是她的生命的一切！就是她的快乐之源！他说，他从没感觉别的夫妻所说的"七年之痒"，他说十三年来，一天的"痒"也没有过，只有与日俱增的爱，只有两颗灵魂的互相欣赏。

可惜命运不公，上苍对这对充满磨难却又幸福的夫妻太吝啬了，妻子现在已被查出癌症并已是晚期，剩下的日子不多了，丈夫想通过电视节目来表达自己对爱妻的深深眷恋与感激，来表达原打算一辈子慢慢说的话。

这是上海电视台《我心唱响》的一期电视节目，观看时我哭了一次又一次。

在节目现场，他哽咽着诉说她种种的好。他说，只要有一点好吃的，她总是让给他；她处处逗他开心，买来新衣把他扮成酷男；每次为他修剪指甲后，还要用她的手去磨平，由于干活她的手很粗糙，结果把他的手磨出了印痕，她就干脆拿他的手指在自己的脸上磨。他说他从小父母离异，缺少母爱，是妻子弥补了他的母爱。他说着，哭着，念着自己写给她的诗和歌。而她，坐在他旁边，泣不成声，她用手帕阻止着自己汹涌而出的泪水，在这个时候，她想到的不是她自己，而是担心着她深爱的丈夫在没有她的日子里，将怎样过？将怎样留在这世上？她怕丈夫失去生活的勇气，她祈求着："你要好好地活下去，别做傻事！宝贝，答应我！好不好?"除了这一句话，她说不出别的了……他望着她，眼神满是无助和悲凉。这对苦命人爱得是那么真诚，那么投入，那么全心全意，我早已成了一个泪人……

看完这期节目，我想了许多，一对残疾夫妻，用他们的残缺，拼成了最美好、最完整的爱情；而现实生活中的许多夫妻，他们手脚健全，衣食无忧，外在条件不知比这对磨难夫妻要好多少倍，可是他们根本拥有不了这对患难夫妻的真情和爱，优越的生活让他们彼此不满、争吵、猜疑甚至背叛和反目，他们活得太富裕了，以至于忘了什么叫"珍惜"。"执子之手，与子偕老"，这对磨难夫妻以他们最真实、最动人的爱情向人们诠释了爱的真谛！

“美丑”互换

两个新娘同时进村，村里人一致认为村东的新娘子比村西的新娘子漂亮多了，且没有可比性。

的确没有可比性。村东的新娘子高挑的身材在大红旗袍的映衬下妖娆多姿，粉白的脸蛋光彩照人，“一双丹凤三角眼，两弯柳叶吊梢眉，粉面含春威不露，丹唇未启笑先闻”，这段描写王熙凤的词句用在她身上再恰当不过了。而村西的新娘子普普通通，没有化妆，没有旗袍，只是比平常的衣服光鲜了一点而已。她不仅长相平平，脸上还有显而易见的雀斑，更让人失望的是，她竟是个瘸子，走路一跛一跛的。

两个同一天进村的新娘，一个貌似天仙，一个如野草一样稀松平常。

可接下来的日子，村里人却慢慢地改变了对这两个女人的看法。

村东的漂亮媳妇或许是觉得凤凰落到了鸡窝里了吧，对婆婆、对丈夫由一开始的拿鼻子拿眼到后来的压根就没好言语，在家中，她如一位不可冒犯的女王，除了发号施令，就是一手遮天，吊着一张脸，别人跟她说话也是爱理不理。最遭殃的是她的婆婆，三十多岁守寡，历尽千辛万苦将唯一的儿子拉扯大，花费了大量的苦苦积攒的血汗钱娶回的儿媳却是一条“美人蛇”。婆婆的背有些驼，漂亮的儿媳嫌给她丢人，家里只要有客人来，就把婆婆关在房里不许她出现。将婆婆视为眼中钉、肉中刺，羞辱老人的语言渐渐到了无以复加的程度。邻里实在看不过去，上来规劝，可这霸道的女人谁的话也听不进，继续着她的专横跋扈。有时，前来好言相劝的人也被她骂得狗血喷头。

久而久之，人们只得离她远远的，惹不起，躲得起。

村西的丑媳妇勤劳善良，对公婆孝顺有礼，对丈夫体贴入微，踏踏实实任劳任怨地过日子，一脸的笑容就如春风，对谁都一样亲切和气，从不与人争长论短。村里只要谁家有事需要人手，总能看到她跛着腿第一个前去帮忙。她心灵手巧，做出的事儿让人称心放心。过门不久，她的婆婆便瘫痪在床，而她，长年累月端茶喂饭，擦洗身子，服侍周到，从无怨言，亲生女儿也不过如此。慢慢地，在人们的眼里，那位瘸腿的儿媳，分明就是一位救苦救难的天使，连她的婆婆也见人就夸——我也不知是哪辈子修的福，遇到这样的好儿媳！

美和丑就这样不知不觉地在互换着，再也没有谁觉得村东的那个“冷美人”好看了，而村西的那个曾经的丑女人无疑是大家眼里可亲可敬的人，是不可多得的心灵美女。

我想起了雨果的《巴黎圣母院》里的那个奇丑无比但心地圣洁善良的聋人卡西莫多给美丽的吉卜赛少女艾丝美拉达的一句忠告：“姑娘，不要看面孔，要看心，英俊少年的心往往长成畸形。”这话虽然有失偏颇，但我认为无论是男人还是女人，来自外表的美不过是命运的赐予，真正能润泽灵魂历久弥香的美恰恰是心灵之美！

“心好才最美”——这句话或许老到掉牙，或许俗气要命，却是亘古不变的真理，尤其在我认识村东和村西的两个女人之后。

男人都爱漂亮女人，但好男人应该更看重心好的女人。心好的女人像天上的月亮，低温，善良，体贴；然而，却将光辉洒向他人的心灵……

问世间情为何物

从文学作品和电影剧本中看过不少关于爱情的情节，令人感动甚至动容。爱情是人类永远讴歌的主题，它能使死去的复活，活着的闪闪发光。人世间至真至纯的情感往往体现在最真切、最纯粹的爱情故事里，留下了感人肺腑的一幕幕……

初读路遥的《人生》，那时我还是个对爱情的理解处于懵懵懂懂状态的少女，但高加林和刘巧珍曲折的爱情故事还是吸引了我。高加林是个有理想有抱负的农村青年，因没考上大学而被迫落入农村一块贫瘠的黄土地，这时，美丽善良的农村姑娘刘巧珍走进了他的生活，她没读过书，却是个心有慧气的女子，她崇拜知识，崇拜高加林，在他最落魄的时候，向他表白了自己的一片真情。那段时间，刘巧珍炽热的爱的力量给了高加林生活的勇气。然而，一次命运的转机使高加林远走高飞，外面精彩的世界正是他所向往的天地，他慢慢地变心了，情感世界开始滑向与他有着共同语言的高中同学黄亚萍。正当他与黄亚萍处于热恋并准备飞黄腾达时，命运又给了他当头一棒，他被人告了，一切又回到了生活的原点——他曾经一直想摆脱的贫穷落后的黄土地，不幸的是，深深爱着他的刘巧珍已嫁为人妇。村子人都说这是高加林负心的恶果，巧珍那么好的姑娘不知道珍惜。巧珍的大姐哪里能放过复仇的机会，她准备在高加林返乡的大桥上拦住他，好好地奚落并痛骂他一顿，以此解气。善良的巧珍知晓姐姐的计划后，赶忙来到姐姐家，求姐姐千万别那么做，她说：“加林哥这时候本来就很痛苦，你这样子岂不是在他的伤口上撒盐吗?”当姐姐的只怪妹妹心太软、人太傻，所以才被人欺负，她还是要去替妹妹出一口恶气，见劝不动姐姐，善良的巧珍给姐姐跪下了，她哭着说：“你伤害加林哥就是伤害了我，这时候你让他难过，就是在我的心窝上动刀子……”姐姐见善良的妹妹哭成那样，心也软了，只得答应了妹妹的乞求。更令姐姐不解的是，巧珍竟然来到姐姐那当大队支书的公公面前，请求支书让高加林再做一名教师。善良的巧珍爱高加林真是爱到了骨髓，他伤她那么深，然而，在他落魄的时候，她忘却了自己的痛，想到的全是他，他的伤，他的痛，他的难过，她爱他远远超过了爱自己……世间纯洁女子的爱情和真心，真是比金子还珍贵呀!

《泰坦尼克号》堪称经典电影，电影主人公杰克和露丝的爱情打动了无数观众的心，他们爱得那么真实，那么热烈，那么果敢，那么彻底。当船沉没的时候，也是他们凄美爱情最为体现的时候，生死攸关，帅气的杰克把生存的机会留给了爱人露丝，自己则在冰冷的海水中被活活冻死。他用身边的一块破木板托起心爱的人，在奄奄一息时，他们双手紧握，他一个劲地鼓励她：“要活下去！答应我要活下去，将来你还要生许多孩子，看着他们长大。你会安享晚年，安息在温暖的床上，而不是今晚这样死去……赢得船票，坐上这艘船，是我一生最美的事，让我跟你相逢……答应我活下去，无论发生什么，无论多么绝望永不放弃，答应我，露丝，永不放弃你对我的承诺……”最后，他的力气耗尽了，再也坚持不住，手一松，他的身体滑向大海无底的深渊……电影播放到这里，我泣不成声，已哭成泪人，完全被一对主人公的真情深深打动、震撼和征服……那一刻，我明白了“问世间情为何物，直教人生死相许”的真谛。

一代才女张爱玲遇到了花心才子胡兰成，为他低到尘埃，将爱与真情全部奉献于他。他到底还是负了诺言负了她，他身边的女人不断。旷世才女终究只是一颗女人心，难逃一个“情”字的纠缠，在胡兰成落魄的时候，将自己的所有稿费三十万元全汇给了他，援助他生活之急。她的做法叫人无法理解和接受，为什么到头来还对这个可以说毁掉她一生幸福的男人那样好？如果非要问个答案，那也只能用张爱玲自己的话解释：“有时候，不再爱了，只是舍不得当初爱过他的那颗心。”一句话，世间苍凉话尽，痴情却难解。

有爱的房子才叫家

“有爱的房子才叫家”，这句话我好像老早就听说过，但其中的含义却是最近才深刻体会到的。

一日因事到 A 家。A 家坐落在城里的一幢新型住宅区，室外环境自不必说。走进室内，更是令人惊羡：室内装饰得富丽堂皇，就装饰的档次来说，可以说是“上乘之作”。可就在这称得上“上乘之作”的幽美环境里，男女主人之间看起来非常陌生，形同陌路。如果真正是不相干的两个陌生人，那种陌生倒挺自然；但一个屋檐下的两个陌生人，看起来就不免叫人尴尬、心寒。男主人在外还倒出名，混得也不错。我以前也听说过他们的婚姻出现过矛盾，后来不又听说他们和好了吗？怎么会是这样，我惊诧不已。原来，“和好”只不过是用糨糊将断裂的纸粘好了而已，一看，依然有深深的痕迹，明显地扎人眼睛。坐在那屋里，仿佛有嗖嗖阴冷之气，从每个豪华的角落而出，令人窒息。

又一日到 B 家。B 家是一座平民老宅，几间平房，打扫得窗明几净。雪白的墙壁，干净的水泥地泛着青光，一张红漆桌子擦得光亮鉴人，上面摆着的茶壶冒着热气。男主人正坐在躺椅里晃悠着，妻子在一旁陪坐闲聊。他们是一对出了名的楷模夫妻，夫唱妇随。丈夫是一介书生，文质彬彬，待人谦和有礼。妻子热情好客，内贤外慧。他们见我进来，连忙起身让座。女主人立即为我泡上了一杯热茶，又为丈夫加满了茶水，娴静地坐在一边。我端捧着茶杯，只见茶叶在水中上下翻腾，舒展着，多像他们夫妇舒服闲适的生活呀！我笑问男主人：“你是个品位极高的人，这样的生活可知足?”他笑着说：“知足，一直知足！我觉得这样的日子最好，清清淡淡，舒舒服服，看看书，习习字，有时也和夫人外出逛逛，逍遥似神仙，我从来不羡慕别人这样那样!”我又笑问：“是世外桃源吗?”他笑着说：“有点像!”谈笑间，我忽然想起苏东坡的话：“人间最乐是清欢。”——正是呀！我想，东坡老人如果看到这一幕，一定会为他悟出的至理名言暗自得意呢！在这间平宅里，清茶飘香，香气四溢。屋里的温馨吸引着我前来的脚步；我的到来又令小屋笑语盈盈，充满生机。

庐山行

春日的两天，我们学校组织前往庐山一游。三十多人同行，清早出门时，天还阴沉着脸，偶尔飘来的几点细雨多少潮湿了一点我们的心情，但并不妨碍我们的兴致。

车子按预定的时间准时出发，三十多人正好乘坐一辆大巴，车上，大家谈笑风生，其乐融融，外面的斜风细雨更显出车内的和谐和温馨。两个导游小姐，一个姓丁，一个姓方，都热情大方，服务周到。小丁为我们导游、唱歌，小方忙着给大家发放水果、瓜子。车里，男同志在闲侃，时不时来句幽默的话，女同志在亲切交谈，孩子们欢乐地唱着、闹着，好不热闹！

就这样一路上欢声笑语，车子在高速路上疾驰着，上午十点多，我们就到达了目的地——庐山。接待我们的当地导游是个风趣幽默的小伙子，姓蔡，自称小蔡，我们喊他蔡导。他刚上车时，我还有点遗憾，怎么安排了个男导游？谁知他三言两语，就把气氛给带动起来了。他口才极好，诗文、典故满腹，笑话、故事不断，一下子就把大家给逗乐了。这也难怪，原来人家是“庐山十佳导游”之一。

刚上庐山，天仍飘着雨，我们都有些责备天公不作美，蔡导却调侃说：“这样的天气才最好，晴天的庐山太透明了，没什么吸引力；倒是雨中的庐山神秘莫测，见你们来了，故意披上一层薄纱，若隐若现，若即若离，不是说，窈窕淑女，君子好逑，今天的庐山就是如此！”说的也是，庐山被云雾包围着，朦朦胧胧，像个娇柔的少女，更像个娇娆的少妇，我们一时看不出个究竟，只好跟着感觉，一步一步地往上爬，在雨雾里寻走、寻觅，凉凉的雨丝拂在脸上，轻轻地、柔柔地，大家都忘情地呼吸着这清新的空气、清新的风，不禁吟起诗句："水光潋滟晴方好，山色空蒙雨亦奇。"晴天的庐山，当属灿烂美；而细雨中的庐山，朦胧更美，这不正是"淡妆浓抹总相宜"嘛！大自然真像个轻佻的女子，以她各种不同风致的美吸引着前来观光的人们。

我们冒着蒙蒙细雨，来到瀑布脚下，早就想来感受李白笔下的"飞流直下三千尺，疑是银河落九天"的磅礴气势，今天真的能亲眼看到，尽管没看到"日照香炉生紫烟"的壮观，却感受到了"遥看瀑布挂前川"的雄伟。瀑布自山顶而下，溅起晶莹的浪花，水花飘飞，疑似仙境。我们丢开雨伞，都忙着拍照，生怕漏掉这一伟大的奇观。

来到花径，山上的桃花点点绽开，现在本是万花盛开的三月，可庐山的桃花才刚露出粉色的花蕊，开在雨雾里，真是雾里看花呀！当年白居易来此感叹："人间四月芳菲尽，山寺桃花始盛开。长恨春归无觅处，不觉转入此中来。"比起山下的桃花，我觉得山寺的桃花更解风情，它不急着去争香斗艳，而是把最美的景致留在最后，在人们感叹春天凋零的时候，忽然给人以新的惊喜、新的发现，就算是芳菲散尽，时光不回，繁华尽头，却依然有着璀璨之美。

"无限风光在险峰"，我们来到了毛泽东主席当年到达的庐山的险峰，吟起伟人的诗句，万般思绪，无限感慨，无限豪迈！山上有块石头名叫"好运石"，挺有意思！每个游客来到它面前，都要伸手去触摸，说是摸了它就会拥有好运。我也随队伍认真地摸了一下，这时，一个同事在后面叫道，说我摸少了，我吓得赶紧回头，又在上面郑重其事地摸了三下，心诚则灵嘛！谁知他们又嬉笑说，摸三下得的是桃花运，我被羞得也笑了，管它呢，反正摸了都是好运吧！

我们随着蔡导，参观了白居易草堂、锦绣谷，看了可怜松、仙人洞、谈判台、梵音泉、竹林寺……最后，导游又带我们游览了"美庐别墅"。

所谓美庐，正是宋美龄当年居住的别墅，别墅内的陈设"原汁原味"，她和蒋介石的卧室、会客厅、卫生间、书房等都按照当年的布置而陈放。昔人已去，景致依旧，书房里的墙壁上挂着许多照片，在这里，我看到了宋美龄当年生活的倩影，还有她的字、画，宋美龄不愧是当时的"第一夫人"，就连美国总统罗斯福夫妇都极为欣赏她；就是按照现代的标准，她依然是难得一见的美女兼才女。宋氏三姐妹的照片在我的面前，犹如三朵散发着奇异芬芳的鲜花，各具特色。这三个有着特殊家庭背景和才华的奇异女子，永远是中国历史上的三朵奇葩。

第二天一早，我们又随导游去攀登了五极峰，山峰相对又陡又高，山上温度极低，有些人望而却步，走到半途便打道回府了。我没有泄气，一个劲地向上攀，登上了一极、二极、三极，到了四极，山上到处是冰霜雪花，我的头上、脸上都有雪霜，好一个银白的世界，晶莹剔透！陪同我的方导一个劲地喊着："好美！好美！"我看着她年轻的脸，美景，美人，不知看哪处好！登上四峰，五峰很快到了，但我没上去，导游说"登峰造极，物极必反"，就留一个悬念在上头吧！

下山后，我们又游览了浔阳楼，看到了一百零八个好汉的雕塑，我们在宋江像前合了影，拍下了"逝者如斯"的妙句。还喜欢里面的一幅对联，其中一句"出门一笑大江横"，好有气势！

旅游快结束了，大家都随蔡导来到一个超市，买一点庐山特产带回家，我也称了几斤茶饼。我想：回家后，喝着茶，尝着饼，和家人一起谈论着这次愉快的旅游，多么惬意啊！

徜徉白水湾

听说要到一个名叫“白水湾”的地方采风，我满心欢喜。为什么？有水的地方，景色绝对不差。冠以“白水”，更让我浮想联翩，想必水是清澈无比了。水润山色，山赋灵气。名字上带有“湾”，定有九曲回肠的委婉，绿草萋萋，云蒸霞蔚，犹如佳人，在水一方。那么，此行无疑是觅水而来。

搭乘上友人的车，过了潜山的县城，离目的地也就不远了。人在车中，也能望见天柱山的峰影。听说白水湾就在离天柱山不远的地方，应该是天柱山的余脉。我已经不止一次到天柱山了，从潜山县城方向向天柱山方向而行，没少为其奇特的地貌而叫绝。从梅城到野人寨，那是平阔如镜的平原，忽然间，一峰突起，此后就是连绵不绝的崇山峻岭了。

刚下车，一幅“共创生态家园，同享碧水蓝天”的字幕出现在眼前，在脑海中萦洄了好长时间的白水湾也便到了。碧水蓝天，好意境！看来水也并非完全是白的，这倒有点像一部悬念迭起的好戏，虚虚实实，假假真真。此时已是初冬，山中有点冷，但这寒意挡不住我们同来的二十多号朋友的热情。空气清新，天空明朗，枝头树叶金黄，微风吹过，发出瑟瑟声响，仿佛为我们的到来而歌唱。这样的行走，我是喜欢的，无拘无束，随意而行，山水草木，一切都是那么神奇而美丽。

我们从大门进入，一泓清潭横卧眼前，上面写有“瀑迎天下”的招牌。潭水静静地流淌着，宽阔而平缓。据说这是我们即将观赏的神龙瀑的尾。“神龙”见尾不见头，源头在哪？我们逆流而上。

虽然已进入冬天，放眼看白水湾，依然是翠影团团，青翠之中又见橙黄浓紫和火红。山势和缓，三山相连，全无天柱山的酷峻冷峭，眼前的山，倒是呈现着小鸟依人的妩媚。水俨然是此处的山的脉络，在沿岸的山色的倒映之下，清丽的水，荡起了多彩的波澜，它们在浅吟低唱着。水又像是三座山情感的纽带，传递着彼此的问候，山谷间，能感觉到的也便是和谐圆融的气息。我于是幽幽地想，假如在这水边做几间小木屋，品着香茗，听山泉潺潺，闻鸟语花香，那想必是非常惬意和美妙的！

就在我胡思乱想之际，“神龙瀑”到了！白水湾轻盈的旋律突然来了一个高潮，只见白花花的水奔腾而下，水花四溅，惊心动魄。这是曲调高昂的旋律，那一刻，我心中的那些轻轻柔柔的梦顿时被大气磅礴的歌声而惊醒，不禁欢呼，此景与诗仙的“飞流直下三千尺，疑是银河落九天”吻合了。这波高潮过后，余音不断，若隐若现的小瀑布，好像在为咆哮一般的“神龙瀑”伴奏。这些瀑布，或气势雄伟，或风情万种，或潺湲无声，别有洞天。

白水湾的水，居然是这般的多变。接下来横空出世的“高空玻璃游览桥”，是对于水的另一种体验了。玻璃桥高悬于瀑布前，可让游客零距离地与瀑布亲近。我们站在高空玻璃桥上，感到身边云雾缭绕，耳边流水喧腾。置身于百米高空，每走一步，都感到桥身在不停地摇晃。我胆小，恐高，不敢朝下面望，只感觉脚底生寒，如履薄冰。这时，看到我们队伍中年龄最大的黄老师勇敢而稳健地在前面走着，我不禁鼓足勇气，扶着两边栏杆，平视向前，缓缓前行。慢慢地，我不再害怕了，四周的美景如山水画屏，灵动于川壑烟云之间，我最终战胜了困难，顺利地过了桥。经历了一场惊心之旅，我明白了：再难的路，只要有信心，一步一步地往前走，终会抵达。

再往山上游走，有一座小亭子，四柱而立，上面是木梁，梁上系一铃铛，游人路过时便拽起绳索敲几下。我也随手一敲，铃铛便发出“丁零丁零”的响声，像我读小学时学校里的铃铛。我感到好奇而亲切，又敲了三下，我对朋友们笑说道：“这是敲有缘人的钟。”不是么，我们一群人因为文字的缘分相聚于此，上午欣赏白水湾的美景，下午又能听到敬仰已久的黄复彩老师的讲座，这难道不是文学凝聚的缘分吗？其实，黄老师的那一堂真诚而又深刻的讲座，不正像白水湾的一泓清泉滋润我的心田吗？

到山顶时，登高远眺，顿觉心旷神怡。突然感觉到天地的广阔与恒久，感觉到身心的逍遥与通畅。一草一木，一石一溪，似乎都在向我传递着生命的意义，传递着不可言传的快乐。我想起欧翁的千古佳句：“醉翁之意不在酒，在乎山水之间也！”徜徉白水湾，徜徉在山水之间，不亦乐乎？

再次飘起的琴声

我的琴，一直放在房间的一角，好久没有去碰它了，以至于上面已经落了一层明显的灰尘。

我走到琴前，掀开琴盖上的羽巾，轻轻擦拭掉上面的灰尘。试着按一下琴键，还好，依然发出了悦耳的声音！我还担心：好久没理会它，它也哑然不理我了呢！我默默地坐下来，调好音量、伴奏、和弦，认真地弹了起来。一些曾经熟悉的乐曲，此时却在我的手指之下生涩了，弹得断断续续的，许多音符都忘记了，我并不急着去翻找谱子，而是尽量随着记忆试弹，反复多遍地练习，不多会儿，那熟悉的音符慢慢地找回来了，随着节奏流淌而出，要弹的曲子终于顺畅了，真高兴呵——就像找一个人，那人却奇迹般地出现在眼前一样。

还记得我在师范学校读书的时候，因为分享了一曲美妙的琴声，从而喜欢上了弹琴。那时，班上同学最害怕的一门课就是音乐，音乐老师是个胖胖的中年女子，很严肃，她每来上课都要检查我们的读谱，那些谱子像一个个小蝌蚪爬满了教科书，一不留神读错了就会遭到老师的严厉批评，要求重读，一遍、两遍……直到读会，因此大家都有些惧怕甚至讨厌音乐课。直到有一天，不知从哪吹来了一阵风，吹开了老师平时紧锁的眉头和紧绷的脸，她一改平常的做法，在枯燥的乐理教学之后，没有及时找我们读谱，而是问我们愿不愿意听她弹一首歌曲？求之不得，同学们都拍手叫好！接着老师为我们弹了起来，那可能是老师非常喜爱的一支歌曲，弹得好极了！优美的琴声犹如一股清泉流进了我们的心田，那是我第一次听《月光下的凤尾竹》。老师边弹边唱，特别投入，她的音域很宽广，音色也好听，再加上美妙的琴声伴奏，大家都听得简直陶醉了，我闭上了眼睛，仿佛忘记了自己身在教室，而是置身于月色弥漫的夜晚，微风习习，一棵棵凤尾竹正在月光下随风摇曳……

那一刻，我太震撼于琴声的美妙，征服于艺术的魅力！连平时板着面孔的音乐老师那一刻也看起来十分亲切，非常美丽。她的手指在琴键上自然地、一上一下地跳动，我们眼前的世界即刻变得那么美好……

从那以后，我下决心要学会弹琴，我也要让我的琴声给自己和他人带来美的享受，也果真那么做了。可是，不知从什么时候起，我的琴声慢慢地稀疏了、冷落了、消失了，任琴面落上灰尘，如同我撒满了尘埃的心……

今天，我再一次坐到琴前。此刻，薄如蝉翼的暮色四起，笼罩在我的周围，小虫子也出来了，悄悄演奏着夜曲，我按响了琴键，在悦耳的琴声中，我似乎忘记了烦恼——这样美好的夜，伴着美妙的乐曲，谁又能不沉醉呢？

感情也能看守吗

女人们在一起，谈论的话题多是围绕婚姻、家庭、感情。一日，见几个女人聚会，触及此类话题，当谈到男人的感情善变及如何对待的问题，个个义愤填膺，对此痛恨，甚至咬牙切齿，最后达成共识：要么“严打”！要么“死守”！

“严打”即将对方打个落花流水，甘拜下风。“死守”即死死地看住对方，不让其感情有生根发芽的机会。

我听了，不禁唏嘘。

感情也能看守吗？看守而来的感情意义何在？

如果我遇到此类问题，我会很安静，放手，给对方自由；如果他幸福，我会为他祝福！

大家不要认为我这样说言不由衷。其实，人的情感世界是奇妙而又深不可测的区域，专一也好，变化也罢，没有法定的界限。心境、处境的改变，情感也有改变的可能，我觉得应该正视和善待它的变化。漫漫人生路，邂逅一段美好的情感，是值得庆幸并感到幸福的事。生活中的许多人，他们只能够理解并接受尘世规定范围的思想，当别人的感情世界和生活轨迹稍有不同，便视为另类，甚至视为肮脏和罪恶。其实，感情是没有罪恶的，相反，它是纯洁的、美好的，是一种应该感恩并受到尊重的力量，只是看你如何去对待罢了！

我读过《傅雷家书》，难忘并感动于傅雷写给儿子的一段话：“孩子，不管你以后遇到一生情还是一段情，都要认真对待，否则，辱没了自己，也辱没了所爱的人。”

多么伟大的父亲！多么可贵的思想！作为父亲，这样的教导是难得的、成功的，父亲说出此话，因为他自己也曾年轻过，激情过，也可能经历过风花雪月的故事，但他非常懂得感情，怜惜感情，对感情不欺骗，不亵渎，不玷污，以一颗真实的心去面对另一颗心，以真诚的灵魂去交流另一灵魂，他的心灵世界也因此而变得慈悲和高尚。他给儿子的教导正是他情感经历的精华提炼。天下还有比这更珍贵的教导吗？

当然，感情不能泛滥使用，“多多益善”是不适合于对待感情的，一个人的情感经历也是他品性的最好鉴定！感情是要诺守责任的，责任圈外的感情要好好把握。社会在发展，许多东西都在买保险，车子买保险，平安买保险，健康买保险，可有哪份保险单是为感情准备的？这就要求人们应有身为人的良心和责任。超越范畴的感情，我们应该珍藏起来，激励和鞭策以后的岁月。

对于不忠，我们也要给予宽容。不忠的人也很可怜，他不是故意不忠，要很多很多的爱才能让一个人对另一个人忠诚，他只是心有不甘。这里，想起唐朝的太平公主，当她拔剑正要杀掉她看不起的、却在烟花楼里鬼混的丈夫，她的母亲武则天制止了她，武则天深知女儿根本不爱他，她劝诫女儿说：“不是他背叛了你，是你自己先背叛了爱情！”武则天终归不是凡俗女子，她心知肚明，一眼看穿事实，平时杀人不眨眼，却在这个时候替懦弱的女婿说了一句公道话，救了他的性命。到底是帝王胸襟！

话说回来，遇到感情的变故，给他充分的自由，足够的思考，如果他的心属于你，他会回头的；如果不爱了，何必让他继续厌倦？得到一个人并不难，但得到一个人的心却是很困难的。心远离了，就算找到了天涯人，也得不到天涯心的。真爱一个人，就应该给他自由，让他幸福，不打扰，不霸道。一个熟女的做法令人欣赏，在面对“负心人”时，她没有采用一般的女子哭、闹、吵、摔东西等方式，而是超乎寻常的冷静，说：“你走吧，请把门关上！”

当然，如果是自己心爱的人背离了自己，另有所属，心里肯定不是滋味，打翻了醋味瓶，实能理解。但不妨改变一下观点：“吃醋+尊重”才是真正的感情！

缘起缘灭，缘浓缘淡，不是我们人为能控制的，我们能做到的，就是好好把握，好好珍惜。

微笑的妙处

某一日，听几个人围聚闲聊，大概是谈论某个人的口是心非、表里不一时，其中有人感叹说："真看不出来呀？平时她总是见人一面笑！"

"见人一面笑"，多好的短语呀！它本应表达着人与人之间的礼貌、温馨与暖意，怎么被用到如此贬义的语境中？真是太可惜了！

笑，是所有神经感官中最好的表达，是上帝赐给人类最甜美的礼物（当然排除那些坏人的坏笑）。试想：除了万物之灵的人以外，有哪种动物和植物具有笑的能力呢？就算再聪明、培训有加的宠物，它能像人一样丰富多彩地笑吗？诚然，不可能！上帝独把这项专利给了人类，我想，上帝的原旨是希望人类能好好地发挥它的作用。

人人都喜欢看到别人善意的微笑。例如，早晨当你风尘仆仆地出门，走在上班的路上，迎面走来一个人，对你报以微微一笑，那微笑融在早晨凉爽的空气里，是那样亲切、甜美、怡人，令你愉悦，连空气里也洋溢着轻松的气息。这时，你一定会回馈给对方一个微笑，同样美好的感觉也传递到了他（她）的心田。于是，一个可爱的早晨因为有微笑的参与而变得分外的惬意！

除了这些人与人之间礼节性的微笑，有情人的微笑就更具情趣了。曾读过泰戈尔的一句诗："你轻轻地走来，没和我说一句话，只微微地笑着；然而，为了这个，我已等待好久了。"无须我的解释，你会读出诗句的好！好在哪里？自然是那迷人的微笑了。只微微一笑，就能心有灵犀、心领神会。

关于笑，也有许多经典歌词。大家都很熟悉那首脍炙人口的《甜蜜蜜》

吧，当年邓丽君此歌唱出便家喻户晓，人们嘴里最喜欢哼出的当然是那句：“甜蜜蜜，你笑得甜蜜蜜，好像花儿开在春风里。在哪里，在哪里见过你，你的笑容这样熟悉?”这样甜蜜的笑，有谁不喜欢呢！还有，羽泉的《最美》也这样唱道：“你在我眼中是最美，每一个微笑都让我沉醉。”誓言的《求佛》也是一首深受欢迎的流行歌曲，其中一句：“闭上眼，看见天堂，那是藏着你笑的地方”，更是令人无限想象。这些经典歌词，哪一句不诠释着微笑的神秘与美好！

美国第十六任总统林肯，他有一个十分善良贤慧的继母，林肯非常敬爱她。一日林肯生日，母亲微笑着对林肯道歉她没有礼物送给他，林肯说：“亲爱的妈妈，你的微笑就是我生日最好的礼物!”这个故事我记得很深，也从小懂得了微笑的妙处。

长大懂事后，与人照面，我也喜欢微笑，希望自己的笑容能灿烂别人的心情，也因此博得了不错的人缘。有句话不是说：如果长得不好，那就让自己有才气；如果才气也没有，那就总是微笑。

微笑，仿佛是半开的花朵，里面流溢着无声的音乐，呈现着生活的诗意与美好。那么，我们都应该“见人一面笑”——当然，要笑得真，笑得善，笑得美！

太阳的香味

冬日里，人们最喜见的是暖阳，若几日不见太阳，屋子里的东西便感觉冷冰冰的，心也跟着阴冷。某一日，忽然放晴，金灿灿的阳光照射到千门万户的窗棂，大家喜悦着，忙着从屋里挪出许多衣物、被褥，放到阳光下晾晒了。

看着左邻右舍不亦乐乎地忙晒着，我也连忙从楼上的卧室里挪下了好多天没晒的被子，放到学校路两旁的黄杨上去晒，黄杨被一场雨雪冲洗得干干净净，矮矮圆圆的树冠连在一起，是晒被子的好场所。

我铺晒好我的被子，只见黄杨上全是晾晒的大大小小、花花绿绿的被褥，看上去像一道漂亮的风景。所有的被褥平平实实地舒展着、接受着阳光的沐浴，看着人心里熨帖、舒展。中午，再将被子翻一面，让另一面也好好地“享受”阳光。被子越晒越松软，越晒越柔和，直到太阳落山，将暖暖的被子挪回家，软软地搭在肩上，好舒服！

晚上，陪女儿睡觉，我们滑进软绵绵的被窝里，女儿笑着说：“妈，被子香呢！”

“啥香？”

“太阳的香味呀！你闻！”

我闻着她递过来的被子，一股太阳的香味冲进我的鼻翼，它不比花香，却比花香更清新、怡人、舒爽，那种香味真真地叫人温暖、踏实。

“妈妈，太阳真好！”女儿赞叹着，忽又加了一句，“就像你！”

“我是太阳?”

“对，你是我心中的太阳！和妈妈在一起，总是很温暖!”

“是吗?”被窝里，我握着女儿的小手，感受着从她的手心传递过来的有点潮湿的热度，爱的暖流爬上心头，太阳的味道、爱的味道一起将我熏醉……

我回味着女儿的话，是呀，我们的心也可以成为一轮小小的太阳，随时随地，将爱的温暖和光芒撒向身边或爱的人身上。

和女儿一起沉浸在太阳的香味里，不知不觉睡着了，连梦也做得香甜……

落入凡间的天使

冬天如果没有雪，就算不上真正的冬天。

我爱雪！最爱冬天的某一个早晨，从窗帘透过的刺眼白光将我唤醒：莫非昨夜下雪了？这样想着，一骨碌穿衣下床，拉开窗帘，推窗远眺，好一片银白的世界！一夜之间，世界全变了：树木、房屋、大地、山川，全都笼罩在一片白茫茫的大雪之中……

下雪天，真美！如果赶上节假日，那就再好不过了！不用出门，坐在屋里，看窗外的雪花纷纷扬扬地飘落，天地融为一体。倘若手边再有一本好书、一炉暖火，大雪天里，围炉读书，多么美妙的境界啊！读倦了，可来到窗前，向窗外伸出双臂，任雪花飘落手心，那么晶莹，那么剔透，惊喜中，不禁念叨："原来是你，雪绒花!"看着雪毯似的大地，生怕有人走上去，玷污了这份完美。

纯洁的雪，一夜之间会过滤和纯净人世间的一切色彩、声音和往事，任人的目光追寻它，将回忆滑向很远。记得初次看《上海滩》，周润发版的，其中一段许文强送冯程程回家的镜头一直烙印在脑海：夜晚，美丽的夜晚，天上飘着雪花，男女主人公的爱情在漫天飞舞的雪景中显得分外的浪漫、神秘、美丽和经典！少女情怀总是春，于是，渴望将来有一天，自己也能邂逅一份与雪有关的美丽情缘，与心爱的人手牵手，在白茫茫的天地间漫步、欢笑、奔跑……岁月沉淀了人年少时的许多幻想，但曾经的浪漫憧憬却定格在记忆里，于某一个飘着雪花的日子，它再度被唤醒，一抹浅笑挂在唇边。

爱雪，我曾将此种情结融进我的生活中。那是一次冬天的元旦文艺联欢会，我和一个同事共同表演一个节目，她唱歌我跳舞，她唱的歌曲是《我爱你，塞北的雪》，作为我舞蹈的背景音乐。由于对雪的钟爱，加上美妙轻灵的音乐“我爱你，塞北的雪，飘飘洒洒，漫天遍野……”我跳得特别投入。那天，我着一身白色的衣裙，将自己融入雪花飘舞的世界，幻化成那洁白的精灵，自由自在地飘着、舞着，仿佛忘了身在舞台，而是置身于银色的原野……之后，那支舞得到了大家的好评，有个朋友竟直接拿那支歌来赞美我：“你的舞姿是那样的轻盈，你的心地是那样的纯洁！你是春雨的亲姐妹，你是春天派出的使者！”夸得我的心里暖盈盈的，那支舞，也成为那个冬天的纪念吧！

雪，晶莹剔透，纤尘不染，它不正是落入凡间的天使嘛！

“丑小鸭”也有春天

元旦前夕，我收到了许多学生给我寄来的贺年卡，其中有一份让我倍感惊喜。

这是我刚带毕业的学生娅琳同学寄来的。我打开贺卡，只见上面写着：

> 亲爱的老师，我永远不会忘记您！在我最灰心失望的日子里，是您，教我勇敢地抬起了头，帮我扬起了理想的风帆；是您，告诉我再笨的“丑小鸭”只要心中向往春天，不懈奋斗，总有一天会变成美丽的“白天鹅”！谢谢您，亲爱的老师！

多么可爱的孩子！多么聪慧的想法！

记得两年前，我刚接任那一届学生的班主任时，一下子就注意到了她，她蜷缩着坐在教室最后一排的角落里，低垂着头，苍白的小脸，灰蒙蒙的头发，一副营养不良的模样。她几乎不说话，也很少有同学和她说话。上课时，她从不直视我的眼睛，下课偶尔碰见我，也总是绕着走开。

后来，我和孩子们渐渐熟了，从同学们口中得知，娅琳同学先天口吃，从外地转来，家庭贫困，父亲腿有残疾，常年靠在街头补鞋为生，母亲精神不太正常。因为口吃，怕人嘲笑，极少说话。

听后，我心中有一种说不出的滋味。以后的日子，我一方面特别嘱咐班上调皮的孩子不许欺负她，另一方面想方设法地走近她的心灵。

接着交来的语文练习册上，她零星地做了一点，虽然仍有许多地方都是空白，我认真地看了看，有一题要求用“是”造一个比喻句，她是这样写的：“春天真是个了不起的画家，把大地画得这么漂亮！”真是个生动优美的句子！我不禁心头一喜，在那个句子的旁边批道：“不错，有想象力！”我抓住时机，将她的这个造句在全班表扬，并讲起了这个句子的精彩之处，然后，走到她身边，亲切地说：“好好学，有出息！”我看见她苍白的小脸泛起了少有的红晕，一种从未有过的紧张、羞愧、激动和欢乐，都复杂地写在她平时总是呆呆的眼睛里，她整个人也似乎在刹那间有了异样的光彩……那晚，她不但认真地完成了当天的作业，还自觉地补好了空白处的作业，第二天一早亲手交给了我。我微笑着，抚摸着她的头，我知道，她喜欢上了我，也喜欢上了语文。

一天放学后，同学们都离开了学校，我顺道经过教室，居然看见她一个人趴在桌上，目光呆呆的，我赶紧走过去，俯下身子，关切地问：“怎么不回家呢？”见我发问，她忍不住扑进我的怀里，伤心地哭起来，那哭声，真叫人心疼。

从她断断续续的诉说中我才知道，原来是别的班级的几个调皮鬼在路上看见了她的爸爸和妈妈，跑到学校来模仿他们取乐。这让她好伤心好难过，她还说她甚至想到了死。

我紧紧地搂着她，帮她拭去眼角的泪滴。我给她讲起了我的苦涩童年；讲起了舞蹈《千手观音》的领舞人邰丽华由一个残疾人而成名的故事；讲起了安徒生曾经只是一个鞋匠的儿子，他历经困苦不怕挫折最终成为世界闻名的童话作家；讲起了安徒生笔下的丑小鸭在严冬里忍受着寒冷和同伴的欺凌，依然向往着春天，最后变成了白天鹅的故事……

“明白吗？孩子，磨难是人生的财富！它不能使你消沉，相反，它会让你变得更加优秀，与众不同！”我说。

她若有所思地点着头，我期望她能明白我所说的话的全部含义。如我所愿，从那以后，她像是变了个人，尽管依然不喜欢说话，但她喜欢把她细腻的心思都写在日记里，她许多的心里话都愿意和我探讨，我也总是善意地写上我的见解和激励的话。我经常推荐一些好的书籍给她看，帮她修改稚嫩的习作，鼓励她大胆投稿。终于，她写的一篇《我就是我》在《小学生作文与阅读报》上发表了，她写的另一篇《我眼中的春天》在全国“芳草”杯作文竞赛中荣获金奖。

“六一”儿童节到了，学校集体联欢，要求每个班都要表演节目，我推荐了她。我将一首优美的歌曲《晚霞中的红蜻蜓》编排成舞蹈，手把手地教她，我不断地鼓励，不断地赞许，她学得非常快。节日那天，她穿着我为她设计的红衣白裙，在优美的乐曲中翩翩起舞，仿佛晚霞中一只美丽的红蜻蜓……

后来，她的节目被学校推荐参加县“在阳光下成长”文艺汇演，没想到竟又获了一等奖。那天，她的舞蹈赢来了一次又一次的掌声，谁也无法相信，这个一直低着头、总是自卑的小姑娘在台上竟跳得那样从容、那样投入、那样优美！当我们被大家簇拥着上台领奖的时候，我在她的耳边轻轻地说了声：“娅琳，你是我的骄傲！”我想，她永远也不会忘记那个下午，不会忘记我当时含着热泪在她耳边轻轻说出的那句话，那支《晚霞中的红蜻蜓》会永远在她的生命中舞蹈……

是呀，“丑小鸭”也有春天！我仿佛品味着她的话，此时，窗外的柳树已吐出了嫩嫩的芽儿，我望着泛着绿意的枝头，甜甜地笑了。

后记：我始终觉得，一个好的老师，不仅是他（她）的课上得精彩，更要会洞察、关注学生的心灵世界，他（她）是一个能把学生的灵魂引向深度、高度和暖度的人，他（她）应是学生心中最亲爱的人！

第三辑　哲思感悟

人散后一钩新月天如水
子恺

欣赏灵魂

小妹站在穿衣镜前，久久地观望着自己。

我站在她身后，静静地观望着她。

见她良久不动，我笑问她："在欣赏自己吗？"

小妹没有回头，平静地答了句："我在欣赏自己的灵魂。"

小妹似正经又似玩笑的一句话在不经意间触动了我。我诧异地望着她，不相信这句话竟出自她之口，仿佛是位哲人的哲语。

欣赏灵魂？这是一句多么新鲜而又深刻的话呀！对镜欣赏，人人都会，可有几人能欣赏自己的灵魂呢？

灵魂是什么？我好多次在思考着这个问题。曾经看过雨果的一句话——对人群望久了，便看到了灵魂；对万物望久了，便看到了上帝。我还记得当时读这句话时内心是怎样的震撼！又是怎样地惊羡于雨果的智慧！他老人的一双眼睛，难道是深深的海洋吗？否则他怎么能洞察到人的灵魂深处和世间万象？他的一部部名著难道就是在他这双眼睛的凝望与注视中诞生出来的吗？我不知雨果的眼睛到底注视过多少灵魂，但我能猜想他老人家在注视不同的灵魂时，肯定也像我给学生的作业评分一样，打过"优、良、中、差"不同的等级，不然，他笔下的一个个灵魂就不会被刻画得如此入木三分，叫人难忘、令人深思！

对于灵魂，还有另一种解释：不是所有人都有灵魂的！这里的灵魂应该解释为人的思想和内心的光辉。我的这种看法产生于张小娴的一篇散文《当灵魂那根弦被拨动》，她的那篇文章写得好极了，阐释了我多年内心的困惑。她说，有时候，说不出为什么会喜欢一个人，他并不好看，也不够完美，但你却被吸引住了，因为他有灵魂。有些人，也许出身富贵，也许仪表不凡，也许有个光明的前程，但你就是感觉不到他的灵魂，他只有一个耀目的躯壳。只有灵魂才能触动灵魂。

灵魂很复杂，复杂到没有人能说透；灵魂又很简单，简单到只是一个眼神，一抹微笑，一次心灵的契合。

那么，人怎样才能拥有灵魂生活呢？

现代作家、画家丰子恺先生曾生动地将人生喻为三层楼：一层为物质生活，二层为精神生活，三层为灵魂生活。在现实生活中，有些人终其一生或大半生都在一层楼上打转，从没享受过精神生活和灵魂生活。这两种生活的权力交给了心灵，麻木不仁的人岂有灵魂？只会生存而不善思考的人岂有灵魂？人的心灵只有在丰富中、起伏中、感恩中，甚至在痛苦中才能触到灵魂生活，灵魂生活是需要源泉的。所以，人们要崇尚书本，亲近自然，对生存的世界进行观察和思考，才能享受到心灵的愉悦、灵魂的富足。

“以铜为镜，可以正衣冠；以人为镜，可以明得失。”前者，可能每人、每天都能做到；后者，做到的人恐怕不是很多了。前者照的是外在；后者照的是品行。前者的参照物是自己；后者的参照物可以是自己、是他人、是圣贤、是凡人、是感动人的人，是所有能当镜子的人……有时，人的灵魂也能写在脸上：一个灵魂世界很干净、高尚的人，他的面容是舒展的，看着叫人舒服；反之，一个灵魂世界很龌龊的人，他的面容就会呈现出低下、琐屑的一面，叫人怎么能喜欢？所以说，人身上的真正的美是从灵魂深处发出的。

当我们站在镜前自我欣赏时，不妨也借此机会鉴赏一下自己的灵魂。当为自己的容颜感到满足、报之一笑时，灵魂的容颜是否也能发出让自己为之骄傲的光芒呢？

诗意的生活

行吟诗人、作家王小波说过：一个人只有今生今世是不够的，他还应有一个诗意的世界。

顺着他的话，我想补充一句：一个人只有吃喝拉撒的生活是不够的，他还应拥有一份诗意的生活。

何为诗意的生活？我想，它应该是更美好的、光明的、回味无穷的生活。诗情画意不是物质的产物，而是发轫于内心。心灵是一片天地，这片天地不拒绝来自生活的涟漪。当我们把人生的丰富视为五线谱上的音符时，这个世界上还有比你更富有、更充实的人吗？

一

“月亮在白莲花般的云朵里穿行，晚风传来一阵阵快乐的歌声，我们坐在高高的谷堆旁边，听妈妈讲那过去的事情……”啊！那是怎样惬意的生活场景呀，尽管我们拾到的过去有甘有苦，但带给我们的都是启迪与收获！即便苦涩，也会悄悄演化成滋润干枯生活的甘露。在这样的情景、这样的歌声中浸润的童年，心头怎能不油然地冒出一抹新芽？

二

青春年少的日子，人总会放荡不羁爱自由。瞧，几个骑着单车、吹着口哨的少年，在原野里欢歌狂奔，他们和风一样自由。累了，将车子丢在一旁，无拘无束地躺在草地上，仰望蓝天白云，随手扯下一根草，含在嘴里，一边咀嚼，一边讨论心仪的女孩。偶尔天空洒下几滴细雨，或是草茎上的几滴露珠，飘在脸上，甜甜的，凉丝丝的。年轻时的美就像早晨生机勃勃的大自然，湿润润的，少年的心事在湿润的空气里氤氲着。

三

好书从来都是充满诱惑的，一本心仪已久的书刚刚到手，舍不得翻阅。晚浴后，穿上宽松的睡衣，浅卧在柔软的被子里，睡衣、被子都散发着太阳的香味，将一杯清茶放置床前，拧开床头的灯光，一个美好的夜晚就这样开始了……

抑或万物寂静之夜，一轮明月挂在窗外的树梢上。一个人在屋里，不开灯，只静静地坐着，月光不知什么时候已悄悄地走进来，静卧在脚边，陪伴着。这样美好的夜，如果再来一曲美妙的萨克斯，谁能不沉醉呢？

四

刚成家的时候，日子不够宽裕。家在学校，学校在乡村。那时没有自来水，吃水要到水塘里挑；买菜也不便，只得自己侍弄几块菜地。放学后，我与夫君一个挑水，一个挎个小篮跟在后面，路过菜地，摘一些菜，刚摘的菜新鲜欲滴，爱看不够；去水塘洗，塘里的水清澈见底，蹲在石板上洗菜是一种享受，手边偶有几条小鱼游过。返回，一个挑水，一个拿菜；水清清的，菜绿绿的。阡陌纵横，笑语盈盈，夕阳余晖，暮烟霭霭，空气里散发着泥土的芳香……

五

一日，我在教室上课，天气晴好，明媚的阳光洒在门窗上，我的课讲得动情，孩子们也听得忘情。教室里安静极了，只有微风吹动窗帘的声音。猛一抬头，只见几只小鸟站在窗台上，歪着头舔着羽毛，一声不响，仿佛也在欣赏这静谧、快乐的时光。

六

每年春天，我都要带孩子们到户外放风筝。那是阳春时节，万物生机盎然，最爱看孩子们脱下棉衣，穿着轻便的单衣，在绿油油的草地上随着风筝奔跑、欢笑，阳光在他们的小脸上跳跃着，绽放出朵朵美艳至极的花儿，让我不由得想到一首歌："小小少年，很少烦恼，眼观四周阳光照；小小少年，很少烦恼，但愿永远这样好……"

被茶浸润的时光

一直喜欢“朝雨锄瓜夜读书”的境界，我想，如果再加上一壶茶，那该是妙不可言了！

我爱茶，是受父亲的影响。我的父亲是个嗜茶如命的人，他总是说可以三餐无酒，但不可一日无茶。小时候家境并不宽裕，父母亲凭着勤劳的双手，硬是在一块贫瘠的山地上开垦出一块茶园，种了几十棵茶树。每年新茶冒尖的时候，父母亲把细嫩的叶子采回来，接着经历翻炒、揉搓、烘焙等许多繁杂的程序，新鲜的茶叶才能出炉。母亲是做茶的好手，她总能控制好茶的火候，做出的茶叶虽不是名牌，但绝对上乘。新茶刚出的时候，我家可热闹了，热情好客的父母亲总爱喊来左邻右舍，大家一起来品尝新茶，堂屋里欢声笑语，更是茶香四溢。

母亲将做好的茶叶放到茶叶箱里，用丝绸布密封好箱口，再盖紧盖子，算是供父亲一年享受的好茶叶了。每当父亲在田间或菜地里劳作的时候，母亲总要用大瓷缸泡一缸茶，吩咐我们几个小孩给父亲送去。劳累的父亲一看来了好茶，便笑容可掬地擦去额上的汗珠，唤我们围在他身边坐下。父亲一边望着田地里生长的庄稼，一边惬意地抿一口茶，每每这时，父亲微眯着眼，仿佛做了神仙。我们都很好奇，忍不住也捧着瓷缸喝上一口，立即吐出，并不住地说：“苦！不好喝！”父亲笑着给我们解释：“茶刚入口，太浓，有些苦，慢慢喝，你就会品尝出丝丝甜意，这就叫作苦尽甘来。”这时，父亲总爱向我们细细诉说一些茶的故事以及隐藏其后的一些哲理，我们都安静地听着，可惜似懂非懂。现在回想起来，那一缸清茶换来的茶语时光，该是怎样的一番田园诗意呀！

我本是个对生活不讲究的人，因受父亲的影响，我也慢慢地爱上了茶，尤其在成年以后。忙碌后的休闲时光，我总爱沏上一杯茶，坐到楼上，闲适地阅读。我喜欢用透明的玻璃杯泡茶，且爱喝绿茶，看着碧绿的茶叶在沸水中上下翻腾，浸润，沉淀，是一种享受。在氤氲的茶雾中，所有的心思也会慢慢地浸润、沉淀、释然乃至安静；喝杯中之茶，品茶外之天地，这时候，感觉一切一切都远去了，只剩下灵魂在享受着这难得的静谧。茶语无声，心无杂念，世界是那么宁静，美好，一如面前的一本好书，一杯清茶。

林语堂说过一句话："人生快乐，无外乎窗前明月枕边书。"他怎么就忘了，应该还要加上一壶茶的，这样可谓是——清风明月一壶茶，心静如水数卷书，人生，夫复何求？

一次做客，女主人是个特别有情调的人，她用她心爱的紫砂壶为我煮了一壶铁观音。铁观音是我最爱喝的茶，当丝丝茶水流淌到明净透亮的杯子中，我满心欢喜。我坐在茶几前，看着她娴熟地放置茶叶，倒水，烧茶，然后给大家倒茶，品茗，可看出她的性格也像茶一样，温润、甜雅、淡定、自然。茶壶上雕刻着一行字"可以清心也"，反复端详，满眼舒适。在那慵懒的午后，我们静坐在客厅里，阳光满地，我们捧着一杯清茶，共饮一份闲适，多么难得而又难忘的时光啊！

透过茶馆的玻璃橱窗，看里面的茶几旁边分别坐着三三两两的客人，他们或朋友相聚，或知己谈心，或是一对刚认识的人儿在恋爱……一杯清茶，制造着悠闲、温馨、浪漫的情调。"从来佳茗似佳人"——看，恋爱中的女孩，很是羞涩，她不敢直视对面投来的热辣目光，只好低着头，啜饮着杯中的茶水，两片红云飞上脸颊……这种情景，正应了一句诗"最是那一低头的温柔，恰似水莲花，不胜凉风的娇羞"。

我想，暮春时节，新茶上市了，某一日天朗气清，就在自家小院，搬出一方小桌，几把小椅，三五知己，围坐一起，沏上一壶好茶，闲聊笑谈，慢慢品茶，此番享受，比起那喧闹豪华的酒宴不知要强多少倍！

面　　壁

一看到这个题目，你也许认为：那是坐禅人的境界。可我认为凡人也可如此，面壁是很有乐趣的。

在少女浪漫季节，我曾喜欢“面水”，水光潋滟，水波温柔，给人以浩渺无边的畅想；也喜欢“落霞与孤鹜齐飞，秋水共长天一色”的优美画面和精妙境界。

而现在，我却非常喜欢“面壁”。没事的时候，我常常独自一人，面对洁白的墙壁，静静地端坐。这时候，什么都可以想，什么都可以不想，人的身心轻松而畅然。一面洁白的墙壁，挡住了外界的一切是非与恩怨、纷繁与争斗、诱惑与浮躁、欲望与不安……人仿佛沉浸在一个美妙的境界：一切一切都远去了，只剩下灵魂在享受着这难得的静谧，她可以清唱，可以低语，可以与自己、与自然悄悄对白。此时，白色的墙壁像一位可亲可爱的朋友，默默地看着我，看着我也如此默默……它更值得信赖，小心翼翼地保护着我心底的世界，让我的思想成为一个博大精深的海，任我的思绪自由自在地飞翔、栖息——我闭上眼睛，却能平静地注视着人世间的一切幸福与沧桑……

宋代的教育家程颢、程颐在《二程碎言》中写道：“独处而静思非难，居广而应天下者为难。”意思是说：一个人独自静静地思索，不用费心去顾虑别的事情一点也不难；反之，如果一个人身处富贵，却能不被繁华喧嚣的世界迷惑，且坦然待之，才是难事。顾名思义，一个人，若不想为喧闹的凡尘琐事烦扰，也不为花花世界所诱惑，唯有给自己独处的时间和空间。在独处中沉淀，在沉淀中品味静好。此时，面壁而坐，能体会到不一样的心境：安然、宁静、丰富，它是一种极致的享受，有着人生的况味。

这种境界，古人比我更早领悟，不然他们不会悟出“宁静以致远”的真谛。

朋友，当你痛苦、快乐、失意或者得志的时候，你不妨也面壁而坐，我想：你会收获到你意想不到的东西……

悲欣交集

那是个初夏的早晨，绿树婆娑，天色蒙蒙，薄雾使寺庙显得朦胧而又神秘。彼时，我正在迎江寺游玩，忽见一位年轻的女子三步一拜，迎着台阶而上。她一身素妆，一头乌黑的长发披在肩头，胸前和手臂上都戴着褐色的佛珠。她很美，那种美不同寻常，而是一种令人震撼、摄人心魂之美，美得神圣，不染纤尘。殿堂内，她和其他求佛的人一样，跪在菩萨面前，双手合十，十分虔诚。当我望向她的时候，我惊讶了：她在哭，泪水模糊了她的脸，看起来特别伤心……我立刻也有一种揪心的感觉，好生奇怪：这么美妙的女子，到底遭遇到什么事，让她这般心碎？是为情所困？还是被情所伤？……当然，这是别人的隐私，我不可能去打听的，只好在心里默默地为她祈祷……我看着她，不禁替她难过：这么美好的女子，谁舍得忍心辜负或伤害？好多年过去了，寺庙里遇见的那一幕总难以忘记，那个美丽女子的倩影不时地浮现在我的眼前，我渐渐悟出，有时，人的光鲜的外表里，或许藏着不为外人所知的痛苦和不堪，或许这就是人生。

在另一处的寺庙里，我遇到的一位老太太，同样给我留下了深刻的印象。老太太七八十岁，头发花白，孤身一人来庙里拜佛。她虔诚地跪在菩萨面前，一边磕头，一边哽咽着诉说着什么，一旁的我听出了她倾诉的大概：她的儿子正遭受不幸，情急之下，她求菩萨保佑她的儿子脱离苦海，并赐予他幸福。她不住地磕着头，头发凌乱，老泪纵横，她在菩萨面前许诺：她来年会来还愿的。我同情地望着她，心里默默地帮老太太祈祷，但愿她的心愿实现。可等我下次再去庙里，从住持那里打听到，那个老太太已过世了，她的愿还没还呢……人世间又有多少这样蘸着泪水的辛酸？

我的慈母，也爱求神拜佛，所有儿女都是她心中的牵挂，她知道自己的能力有限，只好求助于万能的佛保佑她的儿女。尽管我不苟同，但顺从并陪伴她老人家常去朝庙已成为我表达孝心的一种方式。人生在世，每个人都有不得已的苦楚，经常能看到形形色色烧香拜佛的人，在菩萨面前许下各种各样的心愿，求之实现。而端坐在大殿之上的菩萨和众佛，神情肃穆，坦然超脱，享受着虔诚的人们所供的香火，除此之外，什么也给不了。我就会想到雪小禅在她的一篇文章《菩萨为什么会低眉》中这样解释：菩萨为什么会低眉？她一定有自己的不得已，有你想不到的忧伤和难过，对于世事也不忍相看而不得低眉。如果菩萨都能偿世人所愿，那世上之事就不会有那么多的不如意，甚至悲苦了，低眉的菩萨面带微笑，只是情愿着世间安好，而不愿众多的人来拜她、求她。难怪朱天文说：菩萨除了不忍看，也没能力看，才低头的。如此说来，菩萨也有属于她的无奈。

“长亭外，古道边，芳草碧连天。晚风拂柳笛声残，夕阳山外山。”写出这般绝世歌词的李叔同，他卓越的才华另多少人膜拜不已，然而他的出家也令许多人唏嘘和不解，又有多少人恨他的无情！他出家时，当曾与他有着刻骨爱恋的夫人伤心欲绝地携带幼子千里迢迢来找他，劝他莫弃她而去时，他却冷漠拒绝，决然出尘，遁入空门，一心向佛。

然而，弘一法师去世前却托友人将他的薪水的一部分和亲手剪下的胡须转交给妻子，也曾用自己微薄的薪水支持困难学生刘志平求学读书。你能说这样的人无情吗？不，李叔同有着太多的爱，他对人世有着太多的眷恋，他爱妻儿，爱学生，爱艺术，爱朋友，爱人世间的每一个人，可他早已看破无常，他知道他的眷恋愈深，折磨就愈盛。

所以，弘一法师在他临终前，写下了“悲欣交集”四个大字。我想，这四个字，足以见证大师悲天悯人的情怀和无上的智慧！

一辈子，够不够

一首歌反复播放，铿锵有力的声音响彻耳鼓直击心扉——我真的还想再活五百年！

向苍天再借五百年，是我们中华民族应永远记住的英雄郑成功为天下苍生的太平美满而发出的祈求，当然只能是伟大的奢望而已。人一辈子时光是有限的，别说是五百年了，就是多借五十年又谈何容易？

单就生命而言，我想引用一句俗语：“世上只有千年树，世上没有百年人。”这话来源于我们的老祖宗，按那个时候的生活条件和医疗条件，能在这世上停留百年，实在是一种很难成为现实的奢望。就连高度发达的今天，活过百岁以上的老人也是少之甚少。在时间的长河里，生命是何其短暂，弹指一挥间！

常思考保尔·柯察金的名言：“人最宝贵的东西是生命，生命对于每个人来说只有一次，一个人的生命应该这样度过，当他回首往事的时候，不应虚度年华而惭愧，也不应碌碌无为而羞耻……”我思量过：如果此生到此为止，那么我的内心既有惭愧，又有羞耻。

这短暂的一生到底够不够？该怎样度过？怎样过才富有意义？记得有这么一个故事：一个牧羊人，整个生命的流程就是：放羊-赚钱-讨媳妇-生娃-娃再放羊……如此循环往复，照这样下去，活十辈子和活一辈子有什么区别？充其量也不过是简单地重复，活得了无生趣。假如能向命运之神借到五百年，前提是让我像牧羊人一样活着，我宁愿不要那多出的五百年，我宁愿活好属于我的这辈子。

人活着，就要活出一个色彩鲜明的人生！人，不应该仅仅是吃饭、享乐的工具，而应是心中有梦想，日子里有期待，哪怕是艰难困苦，也不惧不怕，只有这些才会激活生命的活力。活力是什么？那就是一种奋发向上的精神，那种精神就如同春天赋予花草树木的欣欣向荣一样。看见万紫千红，我们总会有无限的怀想、无限的憧憬，当生命像花儿一样盛开，一样的气象万千，就算短暂，又有何妨？

青春、容貌、爱情、花朵……许多好东西都是短暂的，稍纵即逝的。而恰恰是这些美好的东西，震撼过我们的心灵，征服过我们的灵魂，使我们的生命光芒四射！所以，我们要及时抓住。某一天，青春不再，容颜消逝，我们还有思想，思想能使心灵之花常开不败。要想心灵永葆丰富，就该懂得给欲望“瘦身”，不要一味地追求功名利禄而放弃生活的恬淡、悠闲和情趣，物质的铅云最终只能使心灵的天空失去它应有的清澈和宁静，没有必要让它占满心间，苏格拉底周游世界后的最大收获是发现世上的许多东西都是多余的、不需要的。前不久，我在一本书上读到这样一句话：一个女人若是有了孩子，她就再也不愿关注其他的东西；一个人若是爱上了功名，那功名就是他的孩子，世界上再也没有比功名更重要的东西了。我觉得这个比喻再恰当不过了！我为那些只注重功名而轻视精神生活的心灵感到悲哀，因为他们无暇享受精神生活的愉悦，无暇享受生活中许多美好的东西，如情趣、品位、音乐、爱……

一辈子，够不够？我想，若心怀梦想，享受本真的生命，充实、丰富、优雅、淡定地活着，何时何地都能做到“行到水穷处，坐看云起时”，不负我心，不负我生，那这样的一辈子，也便够了！

你有梦想吗

女儿读大四，正在为考研紧张复习，她一直是个有志向的女孩，报考的目标很高，为了给她打气，我在信息中写道："女儿，加油，有梦想的人生最精彩！"

"妈妈，你有梦想吗？"不料，女儿竟回复了一条这样的信息。

我吓了一跳，不知如何回答女儿才好——是呀，我还有梦想吗？我不禁悄悄地问起了自己。"梦想"一词，仿佛成了人生的奢侈品，不知什么时候已从生活中默默地隐退了，每天忙忙碌碌，教书，生活，日子虽然过得平淡，倒也衣食无忧，较为满足。"生于忧患，死于安乐"，真的不假，梦想也就在安乐中丢失了。

记得儿时，我有一个很契合实际的梦想，那就是长大后当一名教师。这个梦想源于我的一位小学老师，她师德极差，让我幼小的心灵里产生过"憎恨"二字，后来我也遇到了好老师，知道了老师对学生的影响有多大，那时我的梦想就是将来一定要做个好老师。为着梦想奋斗的过程是闪光的，这个梦想终在我的努力中实现了。

还有一梦想，我从小喜欢语文，语言方面可能有点天赋，作文时常被老师当成范文读，小小的虚荣心得到了满足，可虚荣心和进取心谁又能分得开呢？初尝成功的喜悦和文字的美妙让我萌生了另一个梦想：长大后当个作家。这个梦想一直持续了很多年。人在年轻气盛的时候，梦想的种子扎得很深，似乎有着旺盛的生命力。多年后才发现，有些时候，梦想就像雨后的彩虹，绚丽夺目，却有着一瞬即逝的宿命。

青春短暂。

结婚生子后，我像许多婚姻城墙内的女子一样，过着凡俗的生活，孝老扶小，柴米油盐，工作的忙碌，生活的琐碎曾慢慢地湮没了我的梦想。后来，随着孩子长大，闲暇之余，我的爱好就是看书写字，也偶尔有感而发写些小文章，间或发表，很是喜悦，曾被埋没的梦想的种子又慢慢地冒出了新芽，生活因有了梦而多了些色彩和快乐。但是，精力有限，属于自己的时间毕竟不多，所谓的梦想也被诸多杂事的干扰和天性中的懒惰挤跑了。

直到现在，人到中年，孩子长大了，有了自己的翅膀，远走高飞，父母也相继离开了我，时间上多出了空暇，然而心却慢慢地变了，变得空荡荡的，有失重之感。这才发现自己激情不再，倒是徒添了许多伤感。我知道中年是杂念越想越长、文章越写越短的年纪了。人生删繁就简，许多事情宁愿在心里独自思索、独自品尝，也不愿倾诉于笔下了。

我可能是个与佛接缘的人，没事的时候，我更喜欢像个坐禅人一样静坐、面壁，一面洁白的墙壁是我最好的伴侣，默默地陪伴着我，保护着我；它静静地看着我，正如我静静地注视着它一样……

妹妹家的新房是两层的复式楼，我倒不羡慕房子有多豪华，而非常羡慕她家的露天平台。平台很大，养着一些花草，有一把摇椅。有月的晚上，坐在摇椅上，看天上的月亮，不由想起丰子恺的一幅漫画，上面题字“人散后，一钩新月天如水”，画面很简单：竹帘漫卷，木桌竹椅，几只杯盏，一弯新月，然而寥寥几笔，即是一场人生，让我有说不出的宁静、喜悦与满足之感。

还有我自己的房子，我也较喜欢，因为一抬眼，就可以看到远处的池塘、田野，也可以坐在厅屋，看阳光缓缓地走进来，看大门外绿色的植物，望着望着，把自己也望成了一株植物，一株会思想的植物……

然而，这株植物是否还有梦想呢?

“应该有!”我对自己说。怀揣一份梦想，才能看到明天的太阳!

给自己一个吻

早晨，我和女儿一起站在梳妆镜前。镜子里，正值妙龄的女儿粉红的笑脸如三月鲜艳的花朵，清亮的眸子如早晨灵动的露珠。我不禁转过头，朝站在一旁的女儿脸上投去亲切的一吻。

“妈妈，您也吻一下自己吧!”女儿指着镜中的我，笑眯眯地说。

“吻我自己？傻丫头，亏你想得出来!”我摁了一下女儿的额头。

“对呀，妈，您看，镜子里的您也很好看呀，干吗不给自己一个吻?”说着，女儿调皮地朝着镜子里的我深深地吻了一下，镜面上留下了她唇印的水雾。

那段时间，我正生病休假在家，心情沮丧至极，那是一段心灰意冷的日子。好在女儿在我身边，给了我许多安慰、温暖和力量。

我本是个爱说、爱笑、爱跳、爱唱的人，突然间宅在家里，白天女儿上学了，先生上班了，空荡荡的屋子里只有我一个人，寂寞、乏味、空虚以及病痛的折磨袭击并包围着我的身心，使我感受到从没有过的困顿和消极。有时闷坐在屋子里，想找一个人说说话，拿出手机，却不知道电话打给谁，大家都在忙，怎能无端打扰？再说，我根本不想让自己的负面情绪影响和扰乱别人。我望着窗外，在小区中央的木廊里闲玩、闲坐的尽是老人和孩子，我纵是下楼，也插不上伴，仿佛自己像个闲置的废人。待天气晴好的时候，我也偶尔下楼，大多坐在草坪前的长椅上，一个人，默默地、孤独地坐着，望着天上的白云发呆……

那天早晨，女儿的话仿佛一语惊醒梦中人——干吗不给自己一个吻?

是呀，我曾是个多么爱美、多么热爱生活的人啊！我爱一年四季都穿美丽的裙装，无论什么衣服在身，我都感觉有一种韵致在飞扬。我觉得女人的生命就应该永远健康漂亮，就应该是缤纷和美丽这个世界的。那么多的憧憬，那么多的向往却在一场突如其来的疾病面前变成了泡沫。

“干吗要这样?”我对自己说，“贝多芬在那么大的不幸面前发誓，‘我要扼住命运的咽喉，它决不能使我完全屈服!’我这点小病算得了什么，只要充满信心，与病魔斗争，肯定会战胜的！我要振作起来！我要亲吻自己，找回那个曾经美丽自信的我！就像罗大佑在歌曲里唱的‘生命终究难舍蓝蓝的白云天’!”

就这样，我慢慢地恢复了健康，又开始了正常的学习和生活。阳光在我头顶朗照，蓝天依然美丽。

“吻一下你自己吧!”每当被挫折、不顺或压力等生活的负面因素弄得心情不好的时候，我就拿女儿的这句话给自己打气！爱自己，就会爱生活；爱生活，就没有过不去的坎!

每一天，我们为何不试着——吻一下自己？这样，我们就会在不断“亲吻”自己的过程中找到信心与动力；而生活，也会在不停的“吻”里呈现出源源不断的美丽与神奇!

在不幸中感恩幸福

前不久看《星光大道》，一个名叫金凯的小伙子深深地打动了我。

金凯十岁那年，因为不慎触到了高压电而失去了双臂。我不知道失去双臂的金凯在日常生活中遭遇过比常人高出多少倍的不便与坎坷？他是否曾经历过沮丧甚至绝望的心境？但站在舞台上的他却看不出半点哀伤的影子。相反，他充满活力，热情奔放，在《星光大道》的舞台上载歌载舞，他的歌唱得好，他的舞跳得棒，模仿歌星的串烧更带给观众无穷的乐趣和回味，陶醉在他的节目中，人们甚至忘记了他是个没有双臂的残疾人。

他跳的是街舞，大家都知道舞蹈本身是靠肢体语言来完成的一门艺术，一个没有双臂的人，他的平衡度、协调性都比常人差得多，而没有上肢的金凯，完全靠下肢、腰、肩和头部的一连串动作来完成高难度的街舞，而且他的节奏感强，协调性也很好，给人的视觉和心灵以极大的震撼与美的享受。常言道：台上一分钟，台下十年功。我无法想象，这个没有双臂的小伙子在台下下了多少功夫，付出过超出常人多少倍的高强度的训练才功至如此，才有了今天这般叫人看后叹为观止的艺术魅力！

他的脸上始终洋溢着自然的微笑，哪怕是经过几轮激烈的比赛后被淘汰，他阳光般的笑容依然挂在脸上。在分组的第二场比赛中，金凯说他要写几个字送给《星光大道》。这时，我揪紧了心，他没有手，怎么写字？只见他用嘴熟练地衔住笔，在白纸上用力地写下了两个大字——幸福。老毕问他：“怎么想起写这两个字？”他说：“我觉得我很幸福，上苍对我是宠爱的，虽然带走了我的两只手，却留给了我许多东西。”说这话时，丝毫看不出半点的矫情和做作，而是发自内心的肺腑之言，可以看出他是怀着一颗感恩之心——感恩拥有，感恩生活。

看到这里，我的内心撞击着热浪，眼里含着热泪，被他深深地打动了，这是一个多么坚强、乐观、内心充满阳光的小伙子，在挫折和不幸面前，他没有害怕，没有颓废，而是微笑坦然地面对，与命运奋力一搏！没有了双臂，他就借一双隐形的翅膀，在命运的浩瀚的长空里飞翔！是金子总会发光，最终他凭借坚强的毅力与不凡的人格魅力赢得了掌声，赢得了幸福！

又联系到《中国达人秀》里的断臂钢琴师刘伟，他和金凯遭遇同样的不幸。他也是从小失去双臂，但他凭着超人的毅力，刻苦地训练，以十个脚趾弹奏出美妙的钢琴曲，令全场的观众惊呆了。当评委问他如何做到这一切时，他回答评委的一句话是：“要么赶紧死，要么精彩地活！”他的这句经典话语同他优美的音乐一起震撼了在场所有人的心灵。现在这句话已成为年轻一代的励志名言。人生，在面临巨大的不幸面前，有时的确别无选择，没有退路。前面只有两条路：一条死路，另一条则布满荆棘、坎坷；如果不走那死路一条，那只有闭着眼睛，踏着荆棘与坎坷，勇敢前行，哪怕遍身鲜血、伤痕。金凯和刘伟这两个小伙子都选择了后一条路，在困难面前，在挫折面前，他们咬紧牙关，挺过去了，在无情的风雨后见到了绚丽的彩虹！

现实生活中，谁都想事事如意称心。然而，人生不如意之事十有八九，人们经常会遇到这样那样的挫折和不顺，总有风雨的阴霾挡住我们渴望光明的眼睛，人们忍不住哀伤，哭泣，甚至责备命运的不公。我们不妨想想金凯和刘伟，他们的“法宝”也仅仅是与不公平的命运抗争，在失去中去找寻拥有，并将拥有的价值发挥到极致，精彩地活着。在挫折和不幸面前，不唉声叹气、怨天尤人，而是感恩拥有，感恩幸福。当痛苦来临时，我们要扩大心灵的容积：就像一捧沙土，放到瓶子里，瓶子里立即浑浊不清；若放到湖里，要不了多久，便溶解消失，湖水照样清澈，宁静！

人生的种种困难和不幸不正是影响水质清澈的沙土吗？但若有着湖泊一样的胸怀，所有的困难和不幸不都烟消云散了吗？

面对生活，难道我们每个人内心里不应该拥有这样一片消融浑浊的湖泊吗？

爱它，就请放了它

“大姨，快出来！快出来看呐！”我正在厨房里做饭，两个小姨侄上气不接下气地跑上楼来，满是喜悦地嚷着，仿佛拾到什么宝贝似的。

我应声出来，只见一个姨侄手里捧着一只小鸟，另一个姨侄站在一旁，高兴得手舞足蹈，说：“瞧，它多么可爱呀！”

我一看，的确是一只可爱的小鸟，小巧玲珑的身躯，一身羽毛油光发亮，一对小眼珠乌溜溜地转着，惊恐地打量着周围，它有些颤抖，许是被刚才的捕捉惊吓坏了。

“你们是怎么逮到它的？”我问。

“是这样的，我们玩耍时，看见它飞进一个小屋子找食吃，我们就趁机溜进屋子，关了门窗，然后一把逮住了它！”两个小家伙兴致勃勃地描述着当时的情景。

“大姨，快，帮我们准备一个鸟笼吧，我们要养它！”他们兴奋极了。

我再次看看那只发抖的小鸟，或许它正在后悔自己不该单独出来寻食，或许它正在想念妈妈和同伴，或许它的妈妈也正在找它，或许它为自己未知的命运而惊慌失措……

“你们爱它吗？”我问两个孩子。

“当然爱啦！”他们异口同声地答道。

“宝贝，爱它就请放了它！”我说。

“为什么？”两个孩子睁着不解的眼睛，“我们好不容易才逮到它的，我们都喜欢它!”

“知道你们喜欢它，喜欢它不一定就要占为己有。你们想想，小鸟也有家，也有妈妈和同伴。它喜欢大自然，向往蓝天，它根本不喜欢被关在笼子里。久而久之，笼子里的生活会杀死它的，懂吗？喜欢它，就应该给它自由，让它回家，让它飞翔，而不是将它关在小小的笼子里!”

两个孩子听了我的话，似懂非懂，茫然地望着我。最后，在我耐心地劝说下，还是恋恋不舍地放走了鸟儿。

看着小鸟扑展着翅膀，快乐地向窗外飞去，我跟孩子们说：“爱一个生命，首先要让它自由!”两个孩子点了点头，我想他们日后慢慢会明白我的话的。

墓志铭中读人性

所谓墓志铭，是镌刻在碑上的死者的生平简历，是为过世人写的，给在世人看的。

我曾经在有关书籍中读过一则有趣的墓志铭，至今难忘。这则墓志铭是亡者为自己写的，这样写道：

在世时，他可能做过坏事；但是，他是个好人。

这则铭文我已读过好长时间了，不记得铭文的主人是谁了，但铭文中的这句话我一直铭记在心。当时只觉得这个墓志铭写得很特殊，直到现在，我还常想起它，思索它。

很遗憾，我们没有机会认识这个铭文的主人，但我能断想他的人性非常可爱，从他对自己生前真实而又从容的自评中，我们不难想象他活着的时候一定很坦诚！很可爱！

人生在世，谁能无错？每个人都会犯错，都做过或大或小的错事，只是我们没有也不能像那个为自己写铭文的人那样坦然面对和承认罢了，人总是喜欢找各种理由搪塞和原谅自己的过错。其实，人性不是单一的，每个人的人性都有“优”“劣”两部分，只不过我们如果想做个好人，就会尽情发挥“优”的部分，将“劣”性压缩到最小化。

如果你也读过柏杨的《丑陋的中国人》，你就知道里面有许多关于人性本质的描写。尽管你不喜欢看到真话，但你不得不从心里承认人性中丑陋的一面也为你所共有。柏杨喜欢说真话，却为自己讨来了不少麻烦，他坐过牢，书曾被列为禁书，忠言逆耳嘛，这是千古教训，也是人性中的劣性，所以许多人将“中庸之道”作为处世哲学，为明哲保身，将许多真话永远地藏在肚子里。

“人非圣贤，孰能无过?”我们用这句话来宽慰自己，觉得很坦然！自己又不是圣人，岂能不犯错误？其实，我们的理由可以比这更充分，圣人也会犯错呀！就拿儒家思想的创始人孔子来说吧，他的思想和言论可以说影响中国几千年的文化和文明，但能说他所有的言论都是真理吗？也不一定！从某种意义上说，圣贤不但有错，而且一错就会更厉害；凡人的错误只会影响自己，伟人的错误就会影响很多人甚至整个人类。圣贤都有错，更何况我们凡人，犯错是难免的。再说，人的一生如果说没有一丁点错误，那样的人生又是多么的不真实啊！

人性是由正、反两面组成：看一个人，不仅要看他好起来能做什么，还要看他坏起来不做什么，这样综合起来看，就比较公平了。因为人性在呈现好的时候，做点好事并不难，但人性在呈现坏的时候不做坏事还真的不易，这就要求用人性中好的因素去战胜和征服坏的因素，是需要付出毅力与努力的。如果我们把一个人的好与坏扯在一起计算，好大于坏，那样的人性可以塑造，可以成为好人；若坏大于好，这样的人就算不是小人，也与君子沾不上边。所以说，我们欣赏和钦佩那些有人格魅力的人，因为那样的人很难得，不是每个人都能做到。一个正人君子会自觉地要求自己的言行向人性中“优”的方向发展，人可以平凡，但不可拒绝高尚，我们都应该尽可能地做好人，让人格升华！让人生升华！让人性升华！

人生在世，说长也长，说短也短，如果我们在这漫长而又短暂的一生中，尽其所能地把“人”做好，到临终前，对自己的人生做个总结，若能像前面墓志铭中所言：尽管做过错事，但依然是个好人。那么，过去的一生也算问心无愧了！

雪松为啥倒下

校园的花坛里栽着一棵雪松，花坛用水泥围砌而成，雪松在花坛里长得蓬勃而有生机，已高过院墙，四季常青，煞是一道好风景。

殊不知，一场暴风雪将这棵高大挺拔的雪松连根拔起，曾经英武的姿势变成了如今颓废的模样。

散步时路过花坛，忍不住向倒下的雪松投去惋惜的目光，不禁思忖：旁边比它矮小得多的树都安然无恙，它这么高大，怎么就经不住一场风雪而倒下了呢？

正在我疑惑不解时，一个长者走来了，我便将我的疑问抛向了他。

他说："这棵雪松不是从小就栽在这儿的，它是长到一定大时移栽到这儿的，它根系庞大，本身需要很大的空间让根扎进土壤才行，可偏偏移栽在花坛里，你看，花坛的范围只有这么小，它的根往哪儿伸呀？长到一定的程度肯定不行的，我早就料到这棵雪松迟早会死的！"

我环顾花坛，四周的水泥已裂开了，我猜测着：这棵雪松可能曾经为了自己的生存发展空间不知跟坚固的花坛斗争过多少次？顽固的水泥势力阻挡着它渴望自由、渴望发展的需要，以至于水泥池都被这种需要撑裂开了，但它到底没有逃脱被禁锢的命运。树越长越大，它对这种令人窒息的命运就愈加不满，反抗，挣扎，精疲力竭时，一场暴风雪到来了，压倒它的恶势力内外交加，这次，它真的受不了了，无力抵抗，最终倒下了。

看着这棵可怜的雪松，想着它的命运，不禁愕然、愁伤……

新年随想

任何东西，掺了“新”字，总会有“喜”的气氛或感觉。

新年也不例外，所谓新年，其实是一个年份与另一个年份的分水岭，日子似乎日复一日、一成不变地过着，但新年的到来，给人一种惊醒和提示，在辞旧迎新的鞭炮烟火味中，人们也感觉到了与平时的异样和幸福。

然而，成年人的幸福又掺了个叫作“不安”的东西，这种“不安”搅拌在心灵的容器里，酸也不是，甜也不是，五味杂陈，个中滋味，难以说清。步入中年以后，似乎每大一岁，心头便添了一份惆怅，突然感觉到时光流逝的不安，正如朱自清先生在《匆匆》里感叹：“为什么我们的日子一去不复返了呢？”生怕日子走得太快，某一天，我们对镜观望，生出“不知明镜里，何处得秋霜”的凄凉，道出“为什么要白白地来这一糟啊”的感叹！

我是个多思善感的人，关于光阴，自然也少不了一些思考。罗大佑唱过“流水她带走光阴的故事，改变了一个人”，在沧桑的音乐声中我也思考自己到底改变了没有？自然是改变了，只不过是改变得快慢而已；岁月在慢慢地改变着每个人的心性和容颜，我又怎能逃脱此劫？但是，人到了一定的年龄，性格似乎也“安顿”了下来，越往岁月的深处走去，性格也越发地安详、平静；就像奔腾的河流，流到大海深处，反而变得波澜不惊、异端平静了。

这就叫作“静水流深”吧！

某日，我坐在黄昏里弹琴，落阳的余晖透过窗户照在我的肩头，周围静悄悄的，我沉浸在乐声里的心掠过一丝平静的甜蜜。我弹的是一首很老的曲子——《人生是一个海》：

人生啊，是一个海，海水色彩斑驳，仙山琼阁，何处寻觅？只见潮起潮落……

这是我在年少的时候就遇到的一首歌曲，那时，我还是个小姑娘，轻快地哼唱着这首歌，感觉就像面临浩瀚的大海，一切是那么新鲜、神秘而美妙，想象中：海水的颜色绚丽夺目，连出没的暗礁也充满着美丽的诱惑……而现在，奔腾刺激的冲动在岁月的打磨中慢慢消退，我更欣赏平静时的大海。

平静，是一种安详的美丽。

感谢神奇的大自然，四季转换，生命轮回，以无穷的美妙和风情向生灵撒播着无限的享受，这种享受并不因我们的年龄增长而被束缚，相反，心灵的阅历越多，审美的趣味就越浓，得到的享受就越丰盛。只要我们的眼睛不瞎，耳朵不聋，只要我们怀着一颗澄澈、明净的心，像梭罗发现瓦尔登湖之美的那颗心，我们的灵魂便会找到安静美丽的栖身之所。正如英国哲学家培根所言："人的心智，若在仁爱中行动，在天意中休息，在真理的地轴上旋转，人便已到达地上的天堂了！"真正快乐的享受是属于精神的，无论处在什么环境，只要找到了让自己心灵愉快歌唱的生活，那就真的快乐了！而拥有这种享受的心灵又恰是岁月所赐予我们的财富！

有了这样的心灵，我们就会显得恬适而平静，就会在一本本有文字或没有文字的大书里解读自然，解读生命，解读万物。我们对名利的坦然、对天然与纯朴的追求，对人生价值的认识，对人间成败的情怀，都有了一种超拔的悟境；有了这种悟境，我们就能愉快地生活、爱、学习、思考、给予、尝试……

当然，我们都是入世者，入世的过程中也有着许多的困惑和烦恼，如果一个人有了一定的思想境界，媚俗是非常痛苦的事，但完全脱俗也是不可能的事。这让我想起第一次读"本来无一物，何处惹尘埃"的悟道时，对慧能禅师的悟境惊羡不已，要一颗怎样的心才能有如此的悟道？这是一种完全的出世心态。再一思考，知道这只是永远的理想境界。回头再读慧能此悟的原出处是弘忍大师的一弟子神秀大师所作"身是菩提树，心如明镜台，时时勤拂拭，勿使惹尘埃"，觉得还是这样的境界适合入世中的我们。如果我们能时时关照我们的心灵和心境，做到时时勤拂拭，以至原本明镜般的心尽可能地少惹尘埃，就已经很不错了！

又是一年过去了，生活仍在继续，岁月赐给我们丰厚的心灵财富，这种财富足可以让我们平静乃至幸福地度过以后的岁月。

心若青春何惧老

今天下厨做饭，从冰箱里拿出已买了两天的葫芦，削皮时发现已经吃力，莫非是老了？夫君站在一旁，见我踌躇，便说："判断它是否老了，很容易，切开看心，心老了，就老了。"

我照着他说的，用刀子将葫芦一分为二，原来葫芦的心里面已长出了豆大的粒粒葫芦子，明显是老了！

"心老了，就老了"，我反复思索着夫君的话，看看面前的葫芦，再想想其他的许多种植物，果真如此！

植物也有心，且因心老而老。那么我们人呢？我不由得想到了大自然中最高级的生命——人，每个人的身体内都装着一颗心，人的所有喜、怒、哀、乐都盛放在这个叫作"心"的容器中，生命中的所有经历和故事都在这个空间里展开，因此，心是生命活动的源泉！

人在青年时期，血气方刚，血液奔流——心，该是蓬蓬勃勃，活力四射，多么美好啊！然而，并不是所有的年轻人都能感知和珍惜这种美好，有些年轻人的心里空洞无物，活得浮躁，如果是"少年不识愁滋味，为赋新词强说愁"倒也罢了！他们重物质，轻精神，心灵总是让位于物质，他们的心里经不住事，盛不住事，由于成长环境的一帆风顺，受一丁点的挫折和打击便受不了，随意将其扩大化，整天叫着痛苦，怨天尤人，自暴自弃，于是乎，心在苦水中浸泡得太久，便失去了欢乐的能力，恰如一根经不住风雨的墙头草，一吹就倒。真是枉费了一颗青春年少的心！

我认识一位长者，八十六岁了，精神矍铄，岁月虽在他的脸上刻下了痕迹，却在他心中爬满了青藤。他是位知识分子，可在黑白颠倒的年代里受过非人的虐待，而他，从不将悲苦挂在脸上，乐观开朗，对生活、对苦难充满感恩，不计恩怨，与人为善，助人为乐。仗着一颗不老的心，今年暑假还旅游了好几处风景胜地，他说趁着腿脚还行，尽情享受生命！在与老者的交谈中，我感受到生命最本真、最饱满的快乐，也读到了一颗虽历尽沧桑却依然年轻的心！

有人说有往事的人爱生命，说得也对！经历了许多，对过往的日子、逝去的东西，就会怀着一种特别的爱意，把自己所经历的一切珍藏在心灵的谷仓里。真正快乐的心应是博大的、晶莹剔透的，是从广阔的生活中提炼出来的珍珠，哪怕里面有泪水，泪水里也渗着幸福。只要心不老，充满着爱与活力，及至暮年，也仍是位潇洒睿智的欢乐之人！

人，为什么活着？说到底是为了体验生命，创造一个完美的自我！而人是否真正地活着，取决于他的心——如果心枯萎了，活着也很麻木，别看他也在看、在听、在生活，实际上早已是一具没有灵魂的空壳；相反，如果心中时时怀着美好、希望、欢乐、勇气和力量，生命就会神采飞扬，青春永驻！心若青春，就算朱颜改，又有何妨？

简单即丰富

写下这个题目，我的头脑里立即浮现出几幅生动的画面。

一

一位老人每天黄昏到湖边垂钓，他总是神情安详，泰然平静，从不见悲喜挂在他的脸上。一后生常常打量着这位老人，好生奇怪，一天，忍不住上前问道：“老人家，敢问你心中有着爱吗？”

老人微微一笑，摇摇头。

后生又问：“那你心中有恨不？”

老人依然微笑，依然摇头。

“既没有爱，又没有恨，那你不活得很麻木吗？”后生急了。

老人这才开口，微笑着说道：“正因为太丰富，所以爱恨两难。”

二

我曾经的一位同事，脸上整天洋溢着笑容，好像是天生的乐天派。工作之余，他的爱好多着呢：下棋、钓鱼、吹笛、唱京剧……他总是从家里搬来一些篾匠的工具和成捆的竹子，一有空就编织一些箩呀、筐呀什么的，拿到集市上去卖以补贴家用。除了卖的，也送同事好友，他手艺精巧，做出来的东西不亚于专业师傅。更难得的是，他做这些事时，总是哼着小调，唱着小曲，笑盈盈的，好像烦恼从不和他沾边。我寻思着：他怎么就那么快乐？他上有老，下有小，妻子身体又不好，家境也不宽裕，他快乐的源泉在哪？答案实在找不出，莫非是头脑简单？《圣经》上不是说——头脑简单的人啊，你多么幸福！

后来，那同事邀请大家去他家做客，在他家简陋的房舍里，我看到墙壁上挂着一副对联，是他刚劲有力的正楷毛笔字，上面写着——忘却世间风尘，放情自然怀抱。我久久地凝视着这句话，想着以前自己对他的快乐的理解，不禁羞愧得满脸通红。

三

校园的桂花开了，好香！八月还没到，桂花不知在哪夜暗自开放了，早早地将一缕缕清香送到人们的鼻翼，世间美好的东西总是难以隐藏它的本质。月色淡淡地照着，我和一位朋友在月下漫步，一向文静的她心里有委屈，喋喋不休地向我感叹起世事的不平、人心的不测。我没有打岔她的话，也没有规劝她的愤懑，而是平静地听她说完，我搂着她的肩，说道：“多闻闻这花香吧！它无私着呢！”

天下没有绝对的悲与喜，全在于你站在哪个角度去品尝；只要自己心不动，谁又能搬动你的心呢？

别把自己当回事

一朋友说他遭遇过一件极为尴尬的事：一次，他自觉荣归故里，便招来昔日的一批伙伴，想在他们面前摆一下阔气、显一下威风。谁知，那一帮不知天高地厚的家伙，根本没把他当回事，连一句恭维的话也没有。大家草草地吃了一顿饭，便各自散去。他心里感到莫大的失落，自我反省，得出结论：别把自己当回事！

把自己当回事，结果反落得尴尬局面，我在另一个故事中也有看到：一位已有名气的作家在公园散步，碰到一位小姑娘，小姑娘恳请他在她的本子上签个名。这位作家喜不自胜，他想：连个孩子都认识他，要他签名，可见自己的名气之大！于是，他怀着对自己的那份骄傲将其大名工工整整地签上，并鼓励小女孩要多看他的书。没料到，小姑娘接过他的签名，皱紧了眉头，接着拿出橡皮，认认真真地擦掉了，然后拿出铅笔，自个儿写了一个名字，原来是另一位名气大振的作家之名。小姑娘纠正好后，似乎才开心，快快乐乐地跑开了。原来这位小姑娘将他认错了，以为他是她要找签名的那位作家。这位作家显然很失落，他望着小姑娘的背影，无奈地摇摇头，没办法，童心无忌啊！

这次的经历给这位作家上了一堂难忘且深刻的一课。以后，无论何时何地，无论获多大的成绩荣耀，他总是谦虚平静，一想到当年的那位小姑娘无意中给他的教训，他就自我告诫："别把自己当回事！"

作家王蒙说：不管你是不是有一点"伟大"，你一定要弄清楚，其实你与常人无异，你的生理构造和功能与常人无异，你的喜怒好恶大部分与常人无异，你发达的时候也不怎么潇洒，你饿极了的时候也不再是绅士。人们把你当普通人看，是你的福气；你把别人看成与你一样的人，是你的成熟。越装模作样越显示你的小儿科。

在生活中，我们也常遇到诸如此类的尴尬。比如：你以为自己非常重要，缺你不可，其实没有你，地球照常旋转；你以为别人都喜欢你，自己被众星捧月，最终才发现你只不过是自怜自恋罢了；你自觉光彩夺目，非同等闲，其实在别人眼里，你和空气一样平常；平日里，你觉得满手机里藏的都是你的朋友，可真有要事到来，你需要有人向你伸出援助之手时，手机里的名单又变得所剩无几，得到的帮助可能只是微乎其微，甚至是隔靴搔痒的敷衍，你这才发现你在别人心中的分量也不过如此而已……这些，都会造成你心里的失落、不快。比这些更严重的，你还可能会遭遇亲人的误解、朋友的反目、恋人的背叛，这时，怎么办？你就不能太把自己当回事了，你要慢慢地学会隐忍，慢慢地说服自己：自己不过是芸芸众生中的一个分子，没什么娇贵，能发生在别人身上的事，同样也可能发生在自己的身上，自己和他人一样普通，一样平常！这样一想，失落少了，打击小了，想不通的自然也就想通了，真是退一步海阔天空啊！

等风平浪静，你才发现：别把自己当回事，真的是不错的心理状态！

彼岸的风景最美

我们童年的时候，眼睛很亮。雨后放晴的日子，天空总是我们向往的远方。一座座大山，仿佛就在眼前，它的轮廓被大雨冲洗后，显得格外清晰。山连着天，接着，一道炫目的彩虹出现在天边，像一座七彩桥。我们极目远眺，兴奋不已，彩虹就在大山的上面，不远，不远，我们恨不得长一对翅膀飞过去……

幸亏没有翅膀，幸亏飞不过去——否则，童年的那一抹彩虹，那“海市蜃楼”般的景观，怎能永远地留存在我们的脑际？怎能永远那么美丽、那么惊心动魄、那么恒久地装饰着我们童年的梦？

从某种意义上说，有一份遗憾，就会有另一份收获。我们失去了一些东西，反而更加完美。

人生最美的风景应在彼岸，向着彼岸行进的过程应是最幸福的！一个什么都拥有的人其实是个穷人。因为人到了这种状态，一切都满足了，就体会不到什么是渴望，什么是期待，就再也不能用美好的梦想来滋养自己的灵魂了。

灵魂的波动与潮汛，原来鲜活，可是漂洋过海之后，一靠岸就碎了。就像在沙滩上，远见一块贝壳，绚丽夺目；待走近拾起，光彩却消失了。

“此情可待成追忆，只是当时已惘然”，李商隐的一句情诗也道出了爱情的全部美学原理。深爱一个人，到了尽头，却发现自己如此孤独。

顿悟：当有了，便无了。

所以，我们若是智者，就应该永远地将目光放到彼岸——因为，那里最美。

瘦物·瘦身·瘦心

一

好长时间没回家，家里显得杂乱无章。一天下午，我坐在一大堆需要整理的杂物之间，一件件地进行挑拣、清除、归纳、整理，剔除许多不必要的东西，要么束之高阁，要么干脆作为废品卖掉。留下的一些需要和实用的东西，再井然有序地陈放、摆列，屋里的空间顿时显得大多了，原来杂乱无章的物品经过一番“消瘦”后变得玲珑有致了，让人感觉耳目一新，眼前一亮。难怪有人说：收拾好一个家，就等于买了一个新家。真的不假！看着被清扫整理后的新家，心里顿觉轻松，心情大好！

二

偶尔去广场跳舞，看到许多年龄不等的老、中、青年女性都乐此不疲地加入了跳舞的行列，她们随着音乐节奏用力地摆动着身体，几个小时连续地跳下来，已是挥汗如雨。一次间隙，我听到几位妇女在纷纷夸耀着自己已减掉的体重斤数，我问一位减得较多的大姐：“跳舞真有如此减肥功效？”她神气地答道：“那当然，跳舞的时候，人身上的热量不断地散发，多余的赘肉和脂肪就会自然而然地消耗，你看，我都减掉十来斤了，整个人轻松多了！”语气里满是自信、快乐！

广场上，除了跳舞，还有许多热衷于各种运动的人。现在生活条件好了，人体内摄入的营养多了，肝脏肠胃的负担重了，各种各样的疾病也随之而来了，于是，人们想尽各种方法减肥，让身体清瘦下来，让疾病远离。

三

在物质日益发达的今天，人们的心房，也堆积了许许多多的“杂物”和“脂肪”，即许许多多的杂念和欲望，日积月累，心室里难以干净、轻松，快乐也随之消失。我们何不静坐下来，将心室也打扫、清理一番，把种种负面情绪清扫出去，乃至有更多的空间去容纳欣喜、快乐、明亮等有益身心的东西，充实自己的性灵，从而怀着爽朗的心情度日，多好！我们何不让心房敞亮，亮出一个豁然开朗的空间呢？

读尽天下才子书

“读尽天下才子书”——谁曾许下过这样的狂言？如果真能这样，那该是多有意义的赏心乐事。

当然，这只能是一种神往，一种奢望。天下的书太多了，人只有一双眼睛，怎么能读尽呢？天下的才子也太多了，人只有一辈子时光，怎能一览无余？世上的好书千种万种，但蕴藏的东西只有一种，那就是——智慧。

感谢我们的祖先，以他们的聪明才智创造了文字，继而把一代又一代闪光的智慧记载到书籍里，以供后人瞻仰，这是多么圣明的创举啊！如果没有文字的记载，人类那些闪光的智慧，岂不像创造那些智慧的先驱们的肉体一样，消失在大气之中？那人类恐怕永远处于浑浑然的原始状态。

正是有了这些伟大的先哲，我们才能有幸坐在一本本优秀的书籍面前，坐在一颗颗伟大的心灵面前，享受自然，享受生命。一代又一代的人们贪婪地吮吸着知识的甘露，并不断地继承、学习、浸润、探索，致使人类广博无垠的精神之髓延伸、发展到今天。

人，为什么读书？读书又为了什么？我们的古人尚知“书中自有黄金屋，书中自有颜如玉”，他们读书的最高境界是升官、进禄、金钱和美女的拥有，这无疑是狭隘的。殊不知，读书带给人类的伟大意义远远覆盖在“黄金屋”与“颜如玉”之上。

夜阑人静，如果捧一本心仪已久的书籍，你轻轻地打开扉页，恰似一个富翁快乐地支配着自己的财产，书卷中的墨香与富有，化作一股快乐的激流，不时地前来掠过你的心头，它与你的心灵达到了某个契合点，你时而点头，时而微笑，时而轻叹，时而惊呼……你可能开始崇拜了，崇拜于某些伟大的思想、某个闪光的烁见——这种崇拜不等同那些对明星偶像的崇拜，只停留于表面的光鲜；而是在心灵的交谈中，以最神秘、最朴素的方式深入内心，让我们洗去尘气，摆脱俗气，去靠近更伟大的生命。你这才发现：知己未必要红粉，身边不正有无声的知己吗？

读书其实也是最好的交友，你不需要礼貌的客套，不需要物质的准备，却请来了高贵的各方来客，哪怕是那些高山仰止的伟人，也如此谦虚地来到你的小屋，与你娓娓而谈。这里的朋友不受时间和空间的局限，不受年龄和性别的约束，他们带你去领略不同时代、不同民族的文化和文明，帮助你了解人性中的善恶与优劣。三毛曾把书比作安静的朋友。说得不错，因为书中尽管也有争得你死我活的情节，但书不与人争，它静静地躺在那儿，任你从它的身上悟出人生的要义，帮助你享受与忍受人生。当你得志的时候，读书增强了你对人生的享受；当你失意的时候，读书又提醒你如何去忍受人生。

好读书者都爱书，只可惜并不是所有的好书都能得心应手，“书香”常常与“铜臭”发生着斗争。余光中先生曾打过一个精辟的比方，他说他每买回一次书，仿佛娶了一房妾，每次牵了新欢进门，总要看妻子的脸色。哈哈，多么幽默而又无奈的比方，在经济极不宽裕的情况下，可见其爱书之极！

人生短暂，我们应把宝贵的时间用在读好书上。鲁迅先生说，读书如采蜜。如何能采撷其中的精华呢？这就看你能否做一只不怕辛苦的小蜜蜂了。

最是书香能致远

古人喜好“朝雨锄瓜夜读书”。我也每每思索一个问题，此生到底最爱好什么？得出的答案总是——读书。我不好热闹，不善娱乐交际，唯有夜阑人静，坐在安静的台灯下，沏上一杯茶，捧上一本书，才是我最惬意、最幸福的时光。

是啊，古往今来，流芳溢香的书籍的确不少，诚如有人言：“读书如饭，善吃饭者长精神，不善吃者生疾病。”能够将隽永的书香渗透其灵魂，背负一生一世的清高，做一个真正的大我，无疑是需要沉淀的。阅读需要沉淀，阅读的沉淀会使得生命显得更有意义，这便是人们常说的，书香能伴随着人的精神成长——静达远观，宁静致远。

我看过一期电视访谈节目，邀请的嘉宾是新东方创办者俞敏洪以及与他同甘共苦一路走来的两个良师益友。他们畅谈了创业的酸甜苦辣，那些经历是不凡的，看后颇有收益。俞敏洪说当年他的老师后来亦是朋友的徐小平对他影响很深，他记忆深刻的是每次去他家，简陋的房舍里除掉书还是书。另一位朋友王强也是书虫，一有点钱就跑去买书。俞敏洪说大学期间，他跟随王强买的书至今家里还藏有两三百本，那时他们都喜欢大量地阅读。后来，他们三人经过无数的坎坷打拼，终于成就了今天事业的辉煌，创办了新东方，实现了自身与社会的价值。我不敢说他们的成功完全源于当年的博览群书，但至少与之息息相关，他们创业中所表现出来的无畏精神，难道说不是受书香的熏陶？只有阅读才能最有效地提升一个人的品质，从容、淡定、豁达，修炼到这种境界，才会处变不惊。周国平先生说得好：许多伟人，在他们众所周知的声誉背后，往往有一个人所不知的特殊身份，便是终生读者，即一辈子爱读书的人。

那年春天，我被一场突如其来的疾病所袭击，一时间痛苦和失望几乎击溃和吞噬了我的快乐。由于休假在外，电脑、电视都不在身旁，为排除忧伤寂寞，我向图书馆借来了好几大包书，让它陪伴我。寂寥难耐的时候，茫然无助的时候，我便坐下来阅读，不管能读多少，有多少收益，我全然不管，只觉读书能愉悦我心、滋润我心、温暖我心，能让我摆脱和忘掉痛苦。文字里有一种力量，它柔软又无坚不摧，让我战胜自我又超越自我，有信心与疾病斗争，从而热爱自然、珍爱生命！在文字的力量里，我枯涩的生命又有了鲜活的悸动……

也就在那个时候，史铁生的《我与地坛》成了我的挚友。我反复地阅读它，似乎着了魔，一遍、两遍、三遍……它像磁铁一样地吸引了我，使我百感交集，热泪盈眶，有时仿佛忘了自己身在一间小屋，而在荒芜的古园，即地坛，和作者一起看着公园每一个角落、每一个人、每一个生命，思索着生命与生死。我开始相信，每个人心中，都有一座属于自己的“地坛”。人生就是一种不可捉摸的命运的造就，生命中的残酷和伤痛都是难以避免的，但人应该把这些残酷和伤痛从自我中抽离出来，去融入一个更大、更宏伟的所在当中。这不是一个荒芜的园子，而是一块难得的人生净地，一处思索人生的佳境，细细地品味着每一种生命的价值。

后来，我逐渐恢复了健康，我的心中已经建立了一座“地坛”，一座足以让我一生疲惫时休憩的“地坛”。

如今想来，真感谢那段岁月，让我爱上了读书。在书中，我结识了一个个良师益友，经历着人世间的悲欢离合，懂得了痛苦与幸福的真谛。有书相伴不寂寞，如同寂静中两个相知相惜的人待在一起，很温暖，很幸福，很知足。

我是一名教师，也许受我的影响，我的学生也都爱上了读书。自习课时，我和孩子们一起读书。“阴雨天里好读书！”真的不假啊，有时下雨天，外面风雨交加，我干脆不上课，和孩子们一起阅读从阅览室借来的书。我们关好有风的门窗，一起沉浸于书香世界里。兴趣是最好的老师，孩子们面对自己喜欢的书，犹如饿汉扑在面包上一样，贪婪地读着，教室里鸦雀无声，只听见雨敲窗棂的声音……抑或晴朗的天气，阳光透过玻璃窗照射进教室，微风习习地吹着学生翻动的书页，教室里安静极了，一抬头，几只小鸟站在窗台上，歪着头，看着我们，仿佛也在享受着这静谧的时光呢！

最是书香能致远！我想，在繁忙的生活中，在疲惫的灵魂里，若有“清风明月一壶茶，心静如水数卷书”，人生，夫复何求？

成熟的稻子总弯腰

走在田间埂头，田里的稻子成熟了，一大片、一大片金黄的稻穗，沉甸甸地弯着腰，等待着人们的收割。

成熟的稻子之所以弯下腰，是因为每一粒谷子都很饱满，很充实，它们无须招摇，就能得到人们的欣赏与敬意。在庄稼田里，我们还会看到另外一种情景，那些干瘪的秕谷，它们总是高高地昂着头，脑袋扬得再高，最终也只是一把枯草而已。

几千年前的孔子，有一次带着他的几个学生到庙里去祭祀，刚进庙门就看见座位上放着一个引人注目的器具，据说这是一种盛酒的祭器。学生们看了觉得新奇，纷纷提出疑问。孔子没有回答，历来强调不耻下问的孔子，问起了寺庙里的人："请问您，这是什么器具啊？"守庙的人一见这人谦虚有礼，也恭敬地说："这就是座右的器具呀！"于是孔子仔细端详着那器具，然后对学生们说："这个器具，当它空着的时候是向右倾斜的，装一半水时，就变正了，而装满水呢？它就会倾覆。"听了老师的话，学生们都以惊异的目光看着他，然后又看着那新奇的器具。孔子见大家有些半信半疑，就叫他们动手试试。学生们打来了水，果然应验了老师的所说。直率的子路率先发问："难道没法子让它不倾倒吗？"孔子语重心长地说："世上绝顶聪明的人，应当用持重保持自己的聪明；功誉天下的人，应当用谦虚保持他的功劳；勇敢无双的人，应当用谨慎保持他的本领，这就是说要用退让的办法来减少自满。"这就是有名的"谦受益，满招损"的出处和来源。满腹经纶的孔子，堪称"弯腰”的典范。

“成熟的稻子总弯腰”——我突然想起这句话名嘴主持李咏也说过，好像是他参加的一个访谈节目中，当主持人善意地开玩笑，要他解释一下其“妻管严”现象，李咏来了这句幽默。当时坐在电视机前的我，对李咏这句幽默而不失风度的解释佩服得五体投地！“成熟的稻子总弯腰”，说得多好啊！它恰到好处地道出了一个男人的博大、睿智、可爱与宽容之处，而这些优秀的品质无不来源于一个男人的真正成熟！

成熟的弯腰并非卑躬屈膝，而是一种海纳百川的宽阔的胸怀，是一种即便是弱小者也能表示出可贵的平等和谦让。这样的弯腰不是怯懦，不是无奈，它应是一种胸怀、一种精神、一种境界，我们能感受到是成熟的人格魅力。

其实，这种“成熟的弯腰”在生活中也随处可见。

记得有一次，我有幸参加一个大型的演讲活动，活动开始，大家掌声请出的当然是与会的最高领导，从骨子里，我对诸如此类的形式和场合有些不适甚至反感，最讨厌以人的身份将人格划分等级，但那位领导的出现却改变了我的看法，他的开场白真诚、朴素、平实、感人，赢得了大家的好感。该我演讲时，话筒的位置没有调好，为不影响演讲的质量，这位领导来到我身边，他亲自站着，为我拿好话筒，动作是那么温和而谦逊。一站就是十多分钟，而那十多分钟，由于他的个字特高，不得不自始至终都弯着腰，那情景，使我十分感动。而且，宴会时，他第一个举杯向我敬酒，夸我讲得好，态度是那么和蔼、亲切。

我的哥哥，一直是对我影响很深的一个人，他的许多言行是我生活的镜子。记得好多年前，我曾幼稚地在书信中与哥哥讨论做人问题，他说：“不说大话的人并非不会说，而是他知道，世上的事都是做出来的，而不是吹出来的。”哥哥这句极为浅显易懂的话我记了好多年，且一辈子都会记得，因为它时时指导我：低调处世，“弯腰”做人。

幸福在哪里

一日，与妹妹谈及“幸福”。她问我，如何捕捉、感受幸福？

话题很大，一时无从切入。我说，幸福像个古怪的精灵，仿佛有意躲避着人们的追寻；然而，她又像个朴素的妇人，和蔼可亲，穿行于幸福的门槛。

我给妹妹列举了三个例子，让她明白：简单生活，就是幸福。

一

那天在车站等车，见两个踩黄包车的师傅也在此停歇、闲聊。甲递给乙一根香烟，顺便问乙今天的收入，乙满脸喜悦，爽快地伸出了他的一只大手，在甲的面前显摆了一下。甲会意地点头，然后两个人开怀大笑，笑声里充满着满足和快慰。

我约莫着伸出的一只手代表五十元钱，因为五元肯定不止，五元不会带给他们那么大的喜悦与满足；代表五百元更不可能，黄包车送一趟客人也只能赚到三到五元的报酬，所以代表五十元最恰当不过了。再一想，这么冷的天，整天在外风吹雨打，踩黄包车靠的是苦力，挣五十元钱来回也得跑十几趟，够辛苦的。比起高薪厚禄的人，他们的所获简直是微乎其微。然而，两个师傅毫不觉得，他们脸上的笑容那么真实、那么灿烂又那么幸福。

二

有一次看一本杂志，封面上的一幅画深深地吸引了我，在我看来，那是一幅充满着幸福的画面：一片平静的湖面上，有一只小船，几个皮肤黝黑的孩子，正撑着小船向湖对岸划去。早晨的阳光洒满湖面，也洒在他们开心的笑脸上。他们衣着褴褛，连衣服上的纽扣也掉得所剩无几。他们敞着怀，用力地划着桨，脸上的笑容那么灿烂，露出的洁白牙齿在黝黑皮肤的映衬下显得格外光亮。画面上的他们那么开心，开心得似乎无法形容，让人不禁联想：这些可爱的孩子，到底要到什么样的幸福乐园去游玩呢?

湖面、小船、孩子、晨光——这一切构成了一幅无与伦比的美景，深深地烙印在我的脑海中，使我想起了印度尼西亚的民歌《星星索》：“风儿啊吹动我的船帆，船儿啊随着微风荡漾，送我到日夜思念的地方……”歌曲中的小伙子要去见心上人才这般心驰神往，这些可爱的孩子，又是什么让你们如此向往呢?

感谢摄影师拍下了这精彩的一幕，让我又一次发现了“幸福”。

三

读《论语》时，里面的一个片段让我记忆犹新。孔子和他的四个学生坐在一起，孔子问他们的理想是什么，前三个学生都说出了自己的宏图大志，唯有个学生叫曾皙，听老师发问后，他停下正在专心致志弹的琴，从容不迫地向老师阐述，他说：我的理想是到了暮春时节，穿上新做的春装，在大地开化、万物复苏的季节，陪几个成年朋友，再带上一批孩子，大家一起去刚开冻的沂水中，把自己洗涤得干干净净，然后到旁边的池台上，沐着春风，把自己融进去，与天地一起去迎接一个蓬勃的时节，让自己有一场心灵的仪式，这个仪式完成后，大家就高高兴兴地唱着歌回去，我只想做这样一件事。

他的最简单的理想却得到了老师最高的赞誉。如果当时我也在场，我肯定也像孔子一样，赞赏这个学生。前三者的理想宏大，但只与前途有关，与幸福无关；曾皙的理想虽小，但却实实在在地关联着内心，与幸福有关。

我的理想家庭

读罢老舍先生的文章《我的理想家庭》，我深有感触。老舍先生的此文发表于1936年，距现在已有八十余年了，文中所谈及的关于理想家庭的构建、人员、分工、住处等理念依然被生存在当下的人们所欣赏认同。

然而，社会毕竟浩浩荡荡地前进了八十多年了，社会格局和家庭生活都发生了深刻的变化，在新的社会氛围下，人们对于理想家庭的构筑有更高层次的追求，“理想”自然因时而异、因人而异。我想借老舍先生的文章之名，斗胆也写一文，表达一下我的理想家庭之观念。

既说家庭，首先得谈谈家庭成员。理想的组成是：一夫一妻，一儿一女。这恰似一幅风景画中有山有水，有花有草，乃是精美之作，方显和谐之美。夫妻俩不求郎才女貌、才子佳人，但一定要性格匹配、情投意合，以现代潮流的说法叫“三观一致”。两个人的为人处世观点不说完全相同，但能基本相似，不会你南我北，你东我西。和三观不同的人在一起非常累，虽然婚姻里势必有妥协，但让一个人完全推翻自己前半生的原则，去迎合另一种自己不认同的人生理念，的确是很痛苦的事。在性情上，最好能相互包容、彼此欣赏，最可怕的是相对无言的沉默、压抑、令人窒息、文不对题。夫妇俩都有一份稳定的工作，工作努力而充实，但不要疲于奔命。收入不求太高，能达小康即可，衣食住行不用犯愁。工作是生存的需要，也是生命价值的体现。工作之余，回归家庭，夫妇俩能够举案齐眉，琴瑟和谐。

一个家庭，女人的作用至关重要。女人决定着家庭的风水，“妻贤夫祸少”这句话永远有道理。一个贤惠、温良、体贴的妻子能带给丈夫温暖、力量和福音，能给孩子爱与幸福，能给家庭带来活力和希望。相由心生，让女人美丽的根本原因是：宽容、隐忍和美。相反，如果一个男子遇到一个自私自利、蛮横无理，恨不得全世界都围着她转的女人，那该是多么不幸的人呀！

当然，丈夫对于家庭的作用也同样重要，丈夫应是明朗、豁达之人，切不可凡事斤斤计较，戚戚小我，令人厌烦。他应该懂得妻子，体贴、赞美妻子，而不是认为妻子对家庭的付出理所当然。一个男子，如果他的性格好，他就会在外、在家都将各种关系处理好，工作顺心，家庭如意。谁说，一个男人的情商不决定着一个家庭的幸福呢？

社会在不断地前进，但人性却进步得很慢，人身上最大的缺点是认识不到自己的错误，总认为自己是对的，这也是许多家庭的矛盾根源。人人都渴望有一个好的人生伴侣，在物质日益富裕的现代，人们对精神生活的和谐要求更高。人生途中，能遇到一个心心相印、相知相投的爱人是多么难得！

再说儿女，最好是一儿一女，永远停留在三到十五岁的时光。太小了，照顾辛劳；太大了，烦恼也随之而来。中国父母都爱做孩子的奴隶，对孩子永远有操不完的心，所以说孩子最好不要长大。他们永远停留在最好的时光，无忧无虑，天真活泼，阳光可爱，不要背很重的书包，不要有太重的课业负担，不要去与他人攀比，不要心头有压力……他们能常跟随父母走进大自然，能常观光旅游，经历很多的美景、奇闻、轶事，他们从小就能拥抱阳光、沐浴雨露，他们能活得像大自然本身一样的自然。他们能秉承父母身上的爱与优点，善待他人，热爱万物。

关于家庭的房子，不用太大、太豪华，但一定要舒适、明亮。阳台要大，养一些花草，摆一副藤椅，闲暇时能在阳台上喝茶、休憩，一家人也可在阳台上聊天、观景。家庭中，每个人都能有一间自己的房间。女主人要有自己独立的衣帽柜，能宽松有序地摆放一年四季的衣物。女人都爱漂亮，我认为一个常年都能把自己收拾得端庄美丽的女人会给家庭带来美感和希望。还有，房子要通风、朝阳，一家人住在里面，心情愉悦，都沐浴在光明之中。

至于家的位置，不要太吵，也不要太偏，我永不觉得拥挤吵闹的城区令人向往，也不觉得偏僻孤独的村落有多好。房子最好坐落在城乡之间，既能有城市的生活方便，又有乡村的宁静和新鲜的空气。独门独院，旁边又有许多邻里，大家相处融洽，安乐平等。中华文明发展了几千年，到最后，人们还是会向往田园生活，当然一定是发达的、现代化的田园生活。“采菊东篱下，悠然见南山”，永远是人们所向往的境界。在五光十色的现代世界中，依然遵循一个古老的真理：活得简单，才能活得自由。人们生活在一起，有花草鸟语相伴，大家都热情、诚恳，不勾心斗角，心里敞敞亮亮，大人、孩子脸上都洋溢着快乐的笑容，每个人都活得舒心惬意，怡然自乐，不知道烦恼为何物。说着说着，仿佛来到陶渊明的世外桃源了，哈哈！

最后，依然赞同老舍先生的观念：理想的家庭最好在中国，理想的家庭必在理想的国家内也。

第四辑　往事如风

书信年代

好几年没用笔写过信，也自然没有通过邮局寄过书信了，倒是十分怀念用笔写信的书信年代。

我曾有一木箱信件，那是我读书年代和家人、同学往来的信，一直收藏在老家的阁楼上。直到老家拆屋做房子，父亲不知情当作废品卖掉了，为此，我心疼失落了很长时间，至今提起，不胜惋惜！

记得我读师范的时候，最兴奋的事就是看到身穿绿色服装的邮递员送信来，班上有个专门管理收发信件的班干，每次她捧着一大沓信件走进教室，然后再按照信封上的名字念时，被念到名字的同学自然高兴得欢呼雀跃，兴奋地跑上来拿信。有些女孩子可能在恋爱了，一拿到信脸颊立即飞上两片红云，大家立马猜测准是情书，一阵哄笑，羞得人家拿着信藏进自己的桌屉里，背地里再偷偷阅读。

哥哥去南京大学读书，临走时在家里说好了一到校就来信，结果十天半月也没见到信，家里人焦急万分，等待再等待，一放学，父母就叫我们去大队部看看来信没有，等到的结果都是没有，家里人急得没办法，就在父亲准备动身去南京的时候，哥哥的信来了，信上报道一切平安，家里人那个喜悦劲儿简直没法形容，一封信仿佛是从天而降的宝贝，我到现在还清楚地记得当时的情形，真切地应了那句“家书抵万金”！看看邮戳上的日期，才知哥哥的信早就寄出了，八成是邮路给耽搁了。

堂哥和堂嫂刚度完蜜月，堂哥就要外出做手艺，新婚夫妻肯定有许多思念的话语，只可惜漂亮的堂嫂不认识字，堂哥每次来信，只得拿着信到公家堂屋让别人念，一遇到稍微甜蜜的话语，人家故意拉长声音念给大家听，羞得堂嫂没办法。后来，我师范毕业，回老家教书，堂嫂就悄悄地找到我，将念信、回信的任务交到我手上，我自然保全他们的私话。为此，堂嫂感激万分，快要将我当作恩人，她家母鸡生下的最大的蛋总留着给我吃，不要都不行。

书信年代也留下了许多扣人心弦的名人情书，如：鲁迅写给许广平的信温情脉脉，信中亲切地称呼她“小刺猬”“小白象”；梁实秋写给韩菁清的，称呼干脆是“你的人”，狂热的求爱信几乎每天一封，甚至一天几封，其热辣劲儿可想而知，狂热的情书攻击终于赢得了心上人的芳心；沈从文写给张兆和的情书，简直是经典美文——梦里来赶我吧，我的船是黄的，尽管从梦里赶来，沿了我所画的小镇一直向西走，我想和你一同坐在船里，从船口望那一点紫色的小山……更有趣的是，沈从文追求张兆和追得辛苦，他又是个很腼腆的人，不敢当面向张的父亲提亲，只好委婉地在信中说，如果张父答应了，提前告诉他一声，好让他这个乡下人喝杯甜酒，张兆和的回信更是风趣，没直接说父亲同意了，而是说：“乡下人，来喝杯甜酒吧！”无法想象沈从文在接到此信时是怎样的欣喜若狂！还有，徐志摩写给陆小曼的热烈情书，在徐志摩空难去世后，陆小曼为了纪念徐志摩，干脆拿出来公开发表，于是有了优美抒情的《爱眉小札》，读之柔肠百结，缠绵悱恻……这些名人情书中外皆有，情真意切，文采飞扬，妙趣横生，流传于今，成了一篇篇脍炙人口的文学珍品。

人类最珍贵的情感总是那样的崇高和美妙，读着他们热情的情话，体会着他们心灵的秘语，也芬芳着他人的心灵。在某一个黄昏，或者某一个悠闲的日子，读着来自远方的信，那该是一件多么惬意的事情！

重温经典

在微信朋友圈里，有人上传了一段胡锦涛同志唱歌的视频，由于好奇，打开一听，竟是我喜欢的一首老歌《莫斯科郊外的晚上》。胡锦涛同志和几位老艺术家站在一起唱，声音洪亮，铿锵有力，唱得非常认真，非常投入。一曲唱毕，全场起立，可以看出，大家都被这支优美的歌曲深深地吸引了，气氛一片欢悦。我不由得点赞，并转发到朋友圈一起分享。

在很多年以前，我就听过这支歌曲，知道这是一支苏联的民歌，歌曲短小，却在世界各地广为流传，歌曲中年轻人真诚激动的心声、萌生的爱情与大自然的美和谐地交融在一起，堪称“经典之作”。优秀的歌曲是跨越时间和国度的，永远经典，永远在人们的心里重温；而且像酒一样，越是经过岁月的沉淀，越是芳醇。无论是爱情歌曲，还是爱情本身，都应在心灵的深谷里慢慢酝酿，才能诞生“杰作”。

现代人谈恋爱，节奏特快，由于通信工具的高度发达，联系方便，没几个回合就走到了一起，失去了恋爱中应有的“距离效应”和“美感”，连最美好、最神圣的情感体验，都成了快餐式的，实在没意思。其实，两性从相知、相吸到相爱，应该有一段过程，这个过程恰是情感世界的里程中最闪亮、最美丽的一段，是充满神秘感和富于创造力的，有着诗意的美！就像胡锦涛同志唱的这支《莫斯科郊外的晚上》，可以看出他有着不凡的美的鉴赏力。听，“深夜花园里，四处静悄悄，只有风儿在轻轻唱，夜色多么好，令我心神往，在这迷人的晚上；我的心上人，就坐在我身旁，偷偷看着我不声响，我想开口讲，不知怎么讲，多少话儿记在心上……”仔细体会，这是多么美妙的意境！质朴的歌词中，饱含这人世间初恋的最纯洁最深邃的情感，心上人坐在身旁，许多话说不出口，只好默默无语，此时无声胜有声，只有心头洋溢着幸福和甜蜜，彼此之间恰是在传递着爱情的密语和深沉的情感，天上人间，你我共存，整个世界，只剩下两个人，共同见证着爱情的崇高和美好，还有什么比这更美妙、更高远的境界吗？

老实说，现在的许多歌曲我真的不喜欢，狂热、浮躁的成分太多，赤裸裸地喊着情呀爱的，感情没有含蓄，声音歇斯底里，何谈美感？更与经典沾不上边。真希望现代的节奏能慢一点，再回到以前的时光——以前的爱情很慢，慢到用一辈子去等一个人，慢到一生只够爱一个人；至少人世间最美好的情感得慢慢体会、慢慢享受才对。

也许是人过中年，我喜欢怀旧了，更喜欢听一些怀旧的歌曲。20 世纪八九十年代的经典歌曲很多，像张雨生的《大海》《一天到晚游泳的鱼》，罗大佑的《你的样子》《光阴的故事》，郑智化的《水手》《别哭，我最爱的人》，还有蔡琴的《你的眼神》，邓丽君的《泪的小雨》等。许多优秀歌手的经典歌曲，都让我无比怀念、无限钟爱啊！这些歌曲无论是快乐的，还是忧伤的，都有着不同凡响的魅力，永远在我的生命中重温，无论过去多少年，无论生活怎样变迁，一听到或一唱起这些经典之作，我的心情就难以平静，眼里闪烁着泪花……

餐桌上的回忆

一个周末，我们姐妹三人一同回去陪母亲。这样的日子，对母亲来说，是无比满足且幸福的，连额头的皱纹里都漾着温暖与甜蜜，她含着笑，为我们做了顿肉丝糯米饭。

我们围着餐桌，边吃边聊。记得也是一个晚餐，也是肉丝糯米饭，它勾起了我遥远的回忆；不，不是回忆，是记忆，我不曾忘记过，它好像一直留在我的记忆里。我将此事娓娓地道了出来：

那是在我的童年，那时候我们家的日子清苦难言，恐怕一年也只有一两次能够吃上一顿肉丝糯米饭。我已记不清那顿晚餐母亲是为何事而庆祝的，只记得我们几个小孩异常兴奋，因为母亲在中午出工前就给我们承诺：晚餐要为我们做一顿肉丝糯米饭。我们甭提有多高兴了！

记得那天下着雨，下雨的日子大人们就会很早收工。母鸡带着它的一群孩子，拍着湿漉漉的翅膀，早早地回到土屋的屋檐下了。我们姐妹三人也齐排排地蹲在屋檐下的大门口，眼巴巴地等着母亲早些回来为我们做这顿可口的晚餐。

终于等到天黑，母亲回来了，她麻利地系上围裙，开始做饭了。我们看母亲从墙上取下一块白白的腊肉，切成细丝，拌在洗好的糯米里，撒好了盐，然后盖上锅盖，她钻到灶台下烧了起来，火光烤着母亲的脸，她的脸显得分外红润、和蔼。我们围着灶台，待饭发出诱人的香味，我们的小碗早已齐刷刷地排成一行。

饭熟了，母亲给我们的碗分别盛上了，接着又给父亲和哥哥的碗盛上了，唯独她自己的碗是空的。小时候，家里无论是来客还是吃点什么好东西，母亲好像总是忘了她自己。我们很反感她这种做法，后来久而久之已成了习惯（在农村，好像很多母亲都是这样）。

那次，我看在眼里，小小的我已开始懂得心疼母亲了，得想办法将自己的那份让给母亲，尽管我恨不得一口气吃下那碗对我来说充满诱惑力的“美味佳肴”，但一想到母亲，我努力地克制着，我想好了谎言，对母亲说：“妈，我肚子疼，不想吃，这碗饭你吃吧！”然后装出一副疼痛难忍的样子。母亲惊异地望着我，嗔怪道：“你这孩子，真是的，难得一顿饭，你却肚子疼。”不等母亲说完，我已把饭端到母亲面前。这时，两个妹妹的饭已经吃得快见碗底了，我吞着口水，但心里却为自己美丽的“谎言”而骄傲。

正在这时，两个湿漉漉的一大一小的身影跨进了我家的大门，原来是一对乞讨的母女，很晚了，她们无处住宿，被人指到我家来了。那时候粮食不多，要饭的却多得出奇。我母亲的一副菩萨心肠在远近是出了名的，只要有人流浪在外无处安歇时，总会被人指到我家，只有我善良的母亲才肯收留他们呀！为此，母亲没少受过家人的责备，可她总是不厌其烦地告诉我们：“在家千日好，出门时时难！我们虽苦，可我们有家，别人没有家呀！”在母亲的这种理念中，我家因此成了那些无家可归的人的避难所。母亲爱干净，我家总是收拾得干干净净，就算床不够，母亲也会用松软的草铺成个舒适的铺，让人家安顿下来。

母亲又一次接纳了那对被雨淋湿的母女，拿出干衣服让她们换。我催着母亲：“快吃饭吧！饭都凉了！”我再一次将那碗饭小心翼翼地端到母亲面前，谁知，母亲的一个举动却令当时的我差点气疯——她把那碗我苦心孤诣省下来的糯米饭端到那对母女面前，说：“你们还没吃吧！快，把这碗饭分着吃吧！”在我傻眼中，一碗饭很快被“瓜分”了。

我愤怒地盯着母亲，委屈的泪水夺眶而出……我跑到房里，关上门，伤心地痛哭起来，任凭他们在外面不住地敲门……

后来，母亲知道了事情的真相和我委屈的缘由，她搂着我，激动地说：“好孩子，我知道你是为了妈！可别人流浪在外饿着肚子，更可怜呐！”我也在她的怀抱中，慢慢原谅了她。

今天，当我重述这件事时，母亲已淡忘了，因为类似这样的好事，她做得太多了，每次做，母亲的理由都是——要照顾更不如我们的人！

听完我的叙述，小妹插进话来：“妈，当时政府怎不给你封个官呀?”母亲知道小妹说话淘气，笑着说：“傻孩子，我能当什么官呀?”“我看，有一个官最适合你不过了。”我们好奇地望着小妹，听她接着说，“那就是——丐帮帮主!”

我们都被小妹有趣的话逗笑了，气氛也从刚才忆苦的辛酸中缓和过来，尽管小妹在为儿时的我鸣不平，但她的语气里依然为母亲而骄傲!

母亲也笑了，笑容是那么慈爱，那么温和。看着母亲，我不由想：母亲一生清贫，却时时不忘照顾别人；母亲一直以自己的行为和金子般的心潜移默化地教育我们——人，再清苦的时候，只要有一颗朴素的爱心，依然是富有的!

母亲的壮举

熟悉我母亲的人都知道：我的母亲心肠好，一生行善积德。

母亲自幼丧父。我外公在世时，家景尚好，可在我母亲七岁时，我外公就不幸病逝，丢下我外婆及三个女儿相依为命。家庭没有了主心骨，也就失去了经济来源，因此我母亲自小就挑起了生活的重担。外婆和姨妈日夜纺纱，然后由我那当时不到十岁的母亲跟随别人家的大人到百里外的城里去卖，那时交通闭塞，没有车，母亲跟在别人后面，日夜兼行。人家一看到一个头戴白花的小姑娘，就不免怜惜，母亲头戴的白花正是为我的外公戴孝。童年的不幸练就了母亲于逆境中顽强生存的本领，她也在人情冷暖和世态炎凉中铸成了博大善良的胸襟。

母亲无兄弟，她的两个哥哥英年早逝。我的舅舅，其实只是母亲的堂哥，可一场灾难将这两兄妹的感情凝结得情深似海。

舅舅是个裁缝，因家庭成分不好，怕受牵连，婚后便带着舅母背井离乡，在外营生，可终是没躲过那场灾难，由于舅舅窝藏他正欲受批斗的父亲被人告了，因而含冤入狱了。舅母受不了这样的打击，一病不起，很快离开了人世，留下一个只有四五岁的儿子流落街头。舅舅一家的悲惨遭遇传到了家乡，但大家都避而远之，在那个动荡不安的年代，人们想到的是如何保全自己，谁愿意去惹那个麻烦呢？

可是，谁也不会想到，就在那时候，我柔弱的母亲挺身而出，决心尽全部力量去解救舅舅一家。做这种决定并非一时冲动就能行的，母亲是经过深思熟虑的，她深知她面前的路很难很苦，但母亲决意已定，她做好我外婆和我父亲的工作，去他乡找到了流落街头的表哥（找到时，我表哥正在街头捡骨头吃），领了回家。那时，我父母结婚才一年多，大哥刚刚出世，家境本是十分窘迫，家里人本是饿着肚皮，又要养外婆、表哥，还要接济正受牢狱之苦的舅舅，苦不堪言的生活实在难以维持下去了，就在这时，母亲又做出了一个大胆的决定，她再一次和外婆、父亲商量，丢下表哥和我大哥，由外婆领带，她自己到城里找点活干（现在想来，母亲将打工的概念一下子提前了好几十年）。就这样，母亲只身来到城里，几经周折，终于在一对善良的老夫妇的帮助下找到了活计，母亲的勤快、能干和身上各种美好的品德深得这对老夫妇的喜欢，他们儿女不在身边，视我母亲为女儿。一连为母亲找了几份活，母亲吃苦耐劳，且干得十分出色。因而家庭的困难也就靠着母亲的经济收入渡过了难关。等舅舅出狱时，表哥已经念书几年了，母亲也准备还乡了。可那对老夫妇以及周围邻里都舍不得我勤劳、善良、美丽的母亲，真诚劝阻并愿意帮助母亲将其户口牵至城里，可母亲舍不得丢下父亲，毅然回到了家乡，其间整整七年。接着母亲才有了她的第二个孩子，我的二哥。

舅舅出狱后重建家园，生活日渐景气。他见人便向人介绍我的母亲，说："这就是我的小妹。"舅舅说这话时，人生百味，尽在其中。舅舅说他一辈子都无法报答我的母亲，可我的母亲除了接受舅舅的兄妹之情，什么都不要，她做好事从不求回报的。

每每听到母亲所做的好事，就像在听别人的故事。在这个物欲横流、人心不古的社会，母亲的故事仿佛早已过时，似乎只有电视和报道中才能见到，甚至有人觉得母亲善良得有些迂腐。但这的的确确是我的母亲，她一生都在"迂腐"地善良着，完成着她内心的壮举。在我们子女的眼里，她就是一个活雷锋。我们从小就会唱："学习雷锋好榜样，忠于革命忠于党。"母亲不懂得这些大道理，她的心中没有政治，没有口号，她只懂得：她的一生都忠于一颗朴素而善良的心；正是这颗心，使母亲清贫的一生活得很富有！

压岁钱的故事

年过完了，女儿兴致勃勃地验收着她的压岁钱，看“收成”如何。

忽然，她惊喜地叫着：“妈妈，快来看，这么多耶！”

我伸头一看，女儿的小存钱盒确实满满的了，红色的钞票乖乖地叠在一起，俏皮地躺在那儿，似乎正冲着正在得意的女儿笑。

“妈妈，你小时候也有这么多压岁钱吗？”女儿话锋一转，问起了我。

她这一问，倒是勾起了我对童年岁月的回忆。

小时候，家里非常清贫，年三十的晚上吃过年饭，父亲将一张一张皱皱巴巴的钞票舒展开来，在桌上压平，然后发给我们一人一毛的角票作为压岁钱。我们接过钱，小心地放到棉袄里层的口袋里。尽管钱可能还没焐暖就要交回给父母，取个意思而已，但我们还是满心欢喜的。

有一年过年，我们姐妹几人照例接过父亲发给我们的压岁钱，提着灯笼高高兴兴地外出玩。童年时代的快乐总是那么真诚！其实，外面也没什么好玩，天在下着雨，我们不顾父母的阻止，依然要打着伞举着灯笼外出疯一场，无非是到东家弄一点切糖，从西家带回一点山芋角，生怕快乐漏掉一点，担心年一过，就没有了如此的快乐气氛。

玩回来后，我们都掏出袋里的钱交给父亲，两个妹妹都交了上去，唯有我，摸着摸着，一毛钱的角票怎不见了？妹妹也帮我找，可袋底都抠通了，却怎么也找不着。我一时吓坏了，急得快哭了，一向慈祥的母亲站在一旁，安慰我：“孩子，过年不能哭，再想想，玩了哪些场子，回去再找找。”

回头我们又打着灯笼去找，借着灯笼的光，在脚下的泥巴地里一遍一遍地找，连鞋底上的泥巴都查找了，可就是找不到。

回家后，父亲看到我的沮丧，没有责怪我，他用粗糙的大手抚摸着我的头，说丢掉就算了，叫我不要去想了。听了父亲的话，我心里越发难过，想哭又不能哭，幼小的我知道，一毛钱对于相当清贫的家里却是很有用处的。

打那以后，我一直没有忘记过那一毛钱——那个年三十的晚上，因它的丢失，我快快不乐，那种幼稚而又深刻的“痛”一直留在我的心头，模糊而又清晰地烙印在我成长的岁月里，每每想起，总有失落。

女儿听完我的故事，懂事地陷入沉思……

我看到她的眼圈红了。

难忘当年月饼味

早在几个月前，灵子受母亲的嘱托，联系远在台湾的舅外公，将他接回家乡共度中秋佳节。

舅外公是灵子母亲的亲舅舅，灵子的外婆去世后，舅外公便成了灵子母亲留在世上最亲且唯一的长辈了。新中国成立前夕，舅外公随军队去了台湾，一去多年，他走时三十多岁，在台湾一直没有结婚成家，孑然一人。直到20世纪80年代末，中国台湾放开政策，允许老兵回家乡探亲，舅外公才与家乡的亲人见面团聚，实现了多年的夙愿。如今老人家仍住在台湾，已九十高龄。

舅外公接到灵子的邀请，高兴得乐开了花，他连声答道："好哇！好哇！"中秋节前夕，老人家真的回来了，虽九十高龄，仍神采奕奕，精神矍铄。见了面，像个孩子一样，拥抱每一个人。灵子一家也同老人一起兴奋，激动，沉浸在相聚的快乐里……

中秋那晚，吃过晚饭，大家搬出小桌方凳，簇拥着舅外公来到院子里。月光皎洁，朗照满院。灵子将买来的各式月饼摆放在小桌上，一家人围桌而坐，边吃月饼边聊，共赏明月。

舅外公感慨地说："今晚的月亮好啊！如今的生活好啊！什么样的月饼没有，应有尽有啊！我想给你们讲一段我儿时吃月饼的故事。"

月光下，大家都沉浸在舅外公的讲述中——

我小时候最爱过中秋节，也最爱吃月饼，那时候生活条件差，一年一度才出现一次的月饼稀罕得很呢！有一年我们兄弟四人去外婆家拜节，拜节的礼物也只是一筒月饼，说是一筒，其实里面只有一个大月饼，用油纸包着，油纸被油沾湿，亮亮的，在外面都能闻到月饼的香味。去外婆家的路较远，我们四人走累了，歇一会，这时我的大哥提议："大家都来尝一点月饼，可好?"他的建议当然得到了大家的一致赞同！包月饼的油纸被大哥打开了，他捧着月饼，让我们每人分别沿着月饼的边缘只尝一点点，准确地说，那不叫尝，叫舔，生怕月饼吃了被大人发现，大家发誓不再偷吃了！可走了一程路，歇下来，又经不住月饼香味的诱惑，馋得口水直流，干脆一不做二不休，这次真的每人偷吃了一小口，不吃不知道，吃了才知那个香甜味真是无法形容！于是，又有了第三次，第四次……直到中午赶到外婆家，这块月饼已全部到了我们的肚里。我们不好意思面对外婆，这时大哥装成沮丧样，撒谎月饼在我们过桥的时候不小心掉到水里了，其他三人也跟着附和，慈祥的外婆笑呵呵地听着我们的解释，也假装着跟着我们遗憾，不但没有责备我们，反而说："掉进水里就算了，只要你们几人没掉进水里就好!"

这么多年过去了，我一直记得那年的中秋节，记得那块月饼的味道。这些年我在台湾，每到中秋节，我就特别得想念家乡，也不由而然地想起当年被我们偷吃的那块月饼。我吃过许多的月饼，但都无法比得上当年那个月饼的味道，那是家乡亲人的味道，也是祖国故土的味道啊！唉，当年偷吃月饼的人如今只剩下我一个了，所以我愈加珍惜和你们在一起的时光，趁着这把老骨头还行，我就赶回来与你们一起过节，看到你们现在的生活这么幸福，我死而无憾了！

舅外公讲述着，沉浸在往事之中，他雪白的胡须在月光下一颤一颤的，眼里闪烁着泪光……

月亮不知什么时候已爬上了中天，高挂在天空，它静静地注视着大地，聆听着大地上的一切悲喜……

灵子一家从舅外公的描述中，慢慢地缓过神来，灵子激动地说："舅外公，您这月饼的故事，我可能要一代一代地讲下去。"

悠悠十年，美梦成真

盼了十年，我的姑父、姑妈终于美梦成真了！

这段时间，老两口一直忙得不亦乐乎，他们家的新楼房终于竣工，且精美地装潢了一番，马上要举行入住仪式了。只见两位老人欢喜得像变了个人似的，整天乐呵呵的，这不，他们正忙着给每位亲戚朋友打电话，邀请参加乔迁新屋的喜宴。我是姑妈最亲的侄女，电话自然也打过来了，我愉快地答应了前去庆贺。

姑妈一家这次能搬进以前连做梦都想不到的小洋楼，能不高兴吗？用姑妈自己的话说："这辈子，经受了许多苦，遭受过许多难，如今看到了，想到了，没白活啦！留着这把老骨头，和老头子一起好好享受一番新时代的好日子！"

我的姑父、姑妈都是八十多岁的老人了，身体健康硬朗，鹤发童颜，看到他们，我真觉得他们身上有股子仙风道骨。他们一路走来的命运真叫人惊叹！姑父曾被打为"反革命"，接着又被打为"右派"，并受了七年的牢狱之苦，姑妈也因此备受牵连，吃尽了苦头。姑妈带着几个孩子住在两间破草屋里，可叹的是，屋漏偏逢连阴雨，他们的几个孩子也在那段苦难的日子里相继夭折了，他们的命运就像那两间破草屋一样风雨飘摇。直到姑父出狱已经四十多岁时，才有了他们最后一个也是唯一的孩子，即我的表姐。打那以后，两口子在田间辛勤劳作，勤俭持家，日子才渐渐有了起色。后来表姐大了，也能为家庭出一份力了，姑妈家终于有了几间明亮的大瓦屋。

尽管姑妈家有了新瓦房，但她家坐落在高河镇的一个山村里，交通不便也罢，周围的地势坑坑洼洼，到处长满了杂草荆棘，连一条自行车道也没有，要是遇上雨雪天气，去她家可就犯愁了。20 世纪末，火车道修到了姑妈家门前的田畈上，我的姑父摸着胡须乐滋滋地说："我们这儿居然与火车道接轨了，发展一定很快的！县城一定很快就会搬来的！我们迟早也会变成城里人的！"每当这时，我的姑妈总是取笑姑父，说他大白天做美梦，瞎乐！

没想到的是，姑父美梦成真了！2002 年，县城真的搬到高河了，率先报到的是县直各大机关，跟变魔术似的，一个现代化的新县城雏形凸显在人们的面前，且按照一定的计划和规模建设和发展起来了。姑妈家所在的村庄在新城区的规划之列，土地自然要归国家征收。姑父、姑妈积极响应政府的政策，很快拆迁，让出田地和宅基地，暂时搭建棚屋住了四年。按照政策，他们家也分到了相应的地皮和拆迁费。几年之后，姑妈家所在的村庄全部迁至新县城规划的纬七路，一座座漂亮的小楼拔地而起。

2011 年，离新县城搬迁整整十年之际，姑妈家的新楼房终于竣工了，两列三层的小洋楼，表姐夫和表姐专门请装潢公司对新楼房进行了高规格的装潢设计，楼上、楼下都被装修得富丽堂皇，叫人看了舒服至极，赞叹不已！

新楼入住之日，家里来了好多客人。人逢喜事精神爽，姑父、姑妈带着客人楼上楼下到处参观，和客人们一起谈笑着，那份满足就别提了。我向他们打趣道："楼上楼下，电灯电话，四个现代化在你家实现了！""还不止这些呢，还有电脑、空调、冰箱、洗衣机……应有尽有，真正的城市生活了！"一旁的客人补充道。是呀，村民变成了市民了。

餐桌上，大家一齐举杯，为姑妈家的新楼房而庆贺。在大家的祝福声中，两位老人脸上的笑容如盛开的菊花般灿烂，他们也举杯畅谈："感谢党的好政策，感谢新县城建设带来了难得的发展机遇，我们还要再活二十年，好好享受一番这美好的生活！"

那天我们离开姑妈家时，已是华灯初上。我坐在车里，情不自禁地回望了一眼姑妈家的小洋楼，那洋楼在新县城万家灯火的映衬下，显得那么怡人，那么和谐，那么辉煌，那么气派！

夏日池塘往事

“池塘边的榕树上，知了在声声叫着夏天……”每个农村孩子的童年里，应该有一块池塘。

小时候，最难忘、最快乐的应是放暑假的时光。假期一到，池塘周围便成了孩子们的乐园。塘埂上长着许多大树，夏天是树木长势旺盛的季节，树叶密密匝匝，绿得发亮。高大浓密的树木郁郁葱葱，遮住炎炎烈日，这里便形成一个天然的庇荫场所，孩子们喜欢在这里玩耍、游戏。

一大清早，池塘边就热闹起来：人们起床了，拿着毛巾、牙膏、牙刷直接来到塘边洗漱；鸭子、白鹅从院子里出来，扑通扑通跳下水；男人们趁早晨的水清凉，挑着大水桶来担水；妇女们提着大桶、小篮来塘里洗衣、洗菜，棒槌声此起彼伏地响着，她们“张家山前李家山后”地聊着家常；小孩各自玩耍，没有谁来管束干扰。早晨的空气真好，风凉爽爽的，初升的太阳照着水面，闪着粼粼的光。

中午，太阳炙热地烤着大地，大人们回家午睡了，小孩子哪里睡得着？为消耗多余的精力，不约而同地来到塘埂的树荫下，抓知了、捉蜻蜓，抓到后用线系住它们的一只后脚，然后手拿线的另一头，像放风筝似的，看它们在空中扑着翅膀飞舞。玩热了，男孩子们干脆脱去上衣，一头扎进水里游泳，惹得胆小的女孩羡慕得眼红。女孩们自然也闲不住，拿起小瓦片在水面打起了水漂，也害得男孩子吓得不时将头扎进水里。塘埂那头的一家，有两棵桃树正好长在池塘边，桃树上结满了桃子，有的已经熟了，粉红粉红的，高挂在枝头，吊着小孩们的胃口，没关系，有的是办法，捡起小石头，瞄准了向对岸的桃树掷去，桃子纷纷落了一地，或掉进池塘里，于是，孩子们纷纷抢着，欢声笑语一片。

池塘边也有惊险的时候，有一次，两个男孩放牛回来很热，他们把牛系在塘边的大树上，自己跳进水里游泳，一个男孩游好准备上岸了，回头一看，同伴不见了，吓得边哭边喊，他的哭喊声惊醒了正在午休的大人们，大家纷纷跑出来，会水的大人赶快跳进了水里，很快找到了落水的小男孩，背上岸时已经奄奄一息，这时，有经验的长辈让孩子趴在牛背上，牵着牛来回走了几圈，孩子突然“哇”地一下吐出水来，得救了！大家这才从惊慌中缓过神来，纷纷呵斥自家的孩子再也不准下水游泳，并且恐吓说水里有水鬼，最爱逮下水游泳的孩子的脚。这场危险的确让孩子们吓得不轻，一段时间不敢下水。但过不了多久，孩子们终究抵不住诱惑，照样来到池塘洗澡、玩耍，不过再也不敢到水深处，只在塘边的浅水处玩玩罢了。

太阳落山了，一天的炎热慢慢地退了，落日的余晖斜铺在水面上，金灿灿的，像一幅画。偶有蜻蜓从稻田那边飞过来，落在池塘边的竹林上，小孩子们跟着追逐、捕捉。“晚霞中的红蜻蜓，请你告诉我，童年时代遇到你，那是哪一天？晚霞中的红蜻蜓，你在哪里哟？停歇在那竹竿尖上，是那红蜻蜓。”每当我听到或唱起这支优美的歌曲，就不由得想起了儿时的池塘以及夏日池塘边飞过的红蜻蜓……

到了晚上，池塘边更是热闹非凡，家家户户搬出了凉床、竹凳，来到塘埂上乘凉。那时候不像现在的人们喜欢躲在空调间里看电视、电脑，那时最乐的事是劳累一天后大家聚在一起乘凉。大人们天南海北地聊天，小孩追着月亮和星星疯跑，偶尔飞来萤火虫，赶紧抓住，装到瓶子里，待拿回家放在蚊帐里当灯。终于玩累了，躺到凉床上，听大人们摇着蒲扇赶着蚊虫讲一些奇奇怪怪的故事，讲到惊险处，吓得眼睛不敢四处望，装作抬头数星星，数着数着，不觉进入了梦乡……

又见炊烟升起

傍晚时分，我站在楼上，极目远眺，远处一户户农家屋舍已渐渐掩映在暮色苍茫之中，屋顶上，飘出了袅袅炊烟，一缕一缕，或曲或直，一会儿便消失了……

“暧暧远人村，依依墟里烟；狗吠深巷中，鸡鸣桑树颠”，早在陶渊明的《归园田居》中读过有关炊烟的诗句，煞是喜欢。但儿时对炊烟的记忆，更是回味无穷。

童年的时光总是欢乐的！一块草坡是小孩们玩耍或放牛的好场所，那时我们一群伙伴嬉戏之余，总爱站在草坡上，看不远处家家户户飘起的炊烟，看谁家屋顶的炊烟最先飘起，看谁家的直、谁家的弯，小孩的好胜心强，往往为了这争个而面红耳赤。忽然一阵风吹来，所有的炊烟缠绕在一起，抱成一团，分不清你家我家的了，孩子们这才善罢甘休。直到屋顶的炊烟渐渐平息、消失，该是回家吃饭的时间了，大人们纷纷亲切地呼唤着自家的孩子，小孩子们也高兴地回应着，撒腿欢快地朝着家的方向跑回。

那时候，农村每户人家都搭有一个土灶锅台，锅台上一柱长长的烟囱直通屋顶，烟囱里冒出的炊烟飘荡在村子的上空，穿过那细细的电线杆，风一吹，便钻进了那高过屋顶的大树里，不见了。烟囱是用来排烟的，烧火自然有一定的讲究，火要烧得不大不小，火苗不能对着烟囱，否则烟囱容易着火。我的二娘是个急性子，她总是塞一锅笼的柴火，火苗又大又猛，往往烧着了烟囱，忙得乡亲们上屋顶的，提水的，浇灭的，直到平息下来，大家才会在一场有惊无险的忙碌中松了口气，相视一笑，各自回家吃饭了。四娘生性温柔缓慢，她是个好厨子，她烧东西喜欢用小火焖，尤其是烧些肉食，总焖得香味诱人，她家屋顶的炊烟也因此柔柔缓缓，伴着阵阵香味飘出。那时，我们小孩都喜欢在四娘家屋后的竹林里玩耍，为的是闻她家厨房里飘出的香味，有时有什么好吃的，四娘招呼我们进去，每人尝一点儿，只一点点，我们慢慢品尝，觉得是美味佳肴，久久不忘。

收割的季节到了，村子里炊烟的味道也不同寻常，新米、新麦收到家，大人们高兴，用新米、新麦磨成粉，做粑，为忙碌的季节庆贺。新粑不是光自家品尝，还要左邻右舍地送上几个，相互品尝，看哪家的味道最好，每当这个时候，我们小孩子像过年过节一样的快活。

在我的记忆中，整个秋冬，山芋味飘香的时节最长，那时许多人家粮食不多人口多，只得用山芋充当主粮。一大锅山芋，洗净后倒进锅里，放少许水，蒸好后即是一家人的晚餐。最喜欢吃靠锅边的山芋，皮烤得有点焦，但里面的肉却又黄又香甜，十分诱人。每当天黑的时候，孩子们匆匆赶回家的脚步，恐怕也是被那诱人的香味所吸引的吧！

自工作成家后，我住在城镇，再也没了锅台做饭，但我依然怀念儿时的锅台，怀念烟囱里飘出的袅袅炊烟，怀念炊烟里那厚实的家的味道，怀念人间最原始的烟火气息……

又见炊烟升起，暮色照大地，想问阵阵炊烟，你要去哪里？夕阳又诗情，黄昏又画意，诗情画意虽然美丽，但我心中只有你——故乡的炊烟。

又听蛙鸣悠扬

吃过晚饭，漫步户外，忽听得一阵阵熟悉的蛙鸣声从远处的田野传来，我心头一喜，侧耳倾听，果真，还没到初夏，已是蛙鸣悠扬了……

“稻花香里说丰年，听取蛙声一片”，作为农村长大的孩子，谁不熟悉蛙鸣？谁不是在蛙鸣的伴奏下成长？记得小时候，每年的这个季节，哥哥总是带着我和妹妹去摸黄鳝，黄鳝笼子是用竹篾做的，我们每人手里拿好几个，必须趁夜色暗下来才去安装，因为黄鳝只有夜晚才会出洞。哥哥在田埂头的洞口忙碌着，我和妹妹用马灯为他照明。寂静的田野只听得蛙声一片，驱赶着漆黑的夜带给我们的害怕。第二天早上去取笼子，每个笼子里都会有大大小小鲜活溜动的黄鳝，黄鳝的味道鲜美极了，至今难忘，在那贫穷的日子里能品尝如此的美味佳肴，自然也感谢蛙声为我们做伴。

在师范读书时，远离家乡，十分想家。记得有一次，几个同学结伴散步，我们走了很多路，一直走到郊外，只为那久违的蛙声所吸引。我们蹲下来，一起静静地聆听着蛙鸣，四周都是绿色的田野，蛙声此起彼伏，犹如天籁，弥漫在我们的心田……不同的地方，相同的蛙鸣，勾起了我们的思乡泪。许多年过去了，我想当年的几位同学也一定像我一样难忘那个蛙鸣相伴的夜晚……

师范毕业，我被分配到家乡的一所离家几十里的乡村小学教书，那年我才十八岁，只是孩子们中的大孩子，那时交通不便，除了周末回家，平时只好住校。春天和初夏的这个季节，都是我最喜欢的时候，我坐在房间里，感受着不远处的田野里大片大片的蛙鸣。夜晚的校园有些宁静，此时的蛙鸣成了一场免费的音乐会，我在这音乐的盛典中备课、批改作业，直到进入甜甜的梦乡……

蛙声一直在我心中是悠扬的，美丽的。为教导学生自觉地保护青蛙，不随意地捕捉青蛙，我认真地教学生唱关于青蛙的歌曲，并借此机会告诉学生青蛙是庄稼的朋友，让他们从小爱青蛙、爱蛙鸣，让他们的童年也浸润在蛙鸣声中。

又听蛙鸣悠扬，我陶醉了……

桂花暗香飘

“昨夜西池凉，露满桂花吹断月中香。”最喜爱八月，桂花开在清秋中，开得内敛，欢喜，丰盛，人的心也跟着欢悦起来。

我居住的校园里有一个桂花林，桂花林里种了不少的桂花树，林子四周被别的大树密密匝匝地遮掩着，仿佛要将这一园桂花抱在怀里，不让香气四溢。可是，怎么能遮挡得住呢？每当秋天来临，天气慢慢地变凉了，风也爽了，那一园桂花也不知在哪夜悄然开放，直到迷人的清香随着微风一阵阵传来，人们才如梦惊醒：八月到了，桂花开了！真庆幸自己生活在这桂花飘香的校园，每年的这个季节，便是我满心欢喜的时刻，桂花的香味飘得满园都是，丝丝缕缕的清香或浓或淡，沁人心脾。总要忍不住采摘几束，插进花瓶，放到案前。

还在小时候，我就特别喜欢桂花。记忆中，村子里的池塘边有一棵桂花树，每当八月桂花盛开的季节，整个村子都弥漫着桂花的香气，清新淡雅。那棵桂花树的四周长满了荆棘，大人们故意让它长着，好挡住我们小孩前去采摘的脚步。桂花安静地自开自落，无人干扰，香味总要在村子里飘好长时间。八月的天气不冷不热，我们姐妹三人做完作业，有月亮的晚上，便被母亲带着，到塘埂那头的大姨家玩耍，月亮高高的，淡幽幽的，空气里桂花的香味也淡幽幽的，我们与母亲牵成一排，母亲告诉我们：“八月桂花香十里。”“啥意思？”我们仰头问母亲。母亲说：“我们这里的花香，十里以外都能闻到。”“有这么神奇？”我们一边惊呼，一边尽情地用鼻子吮吸着晚风中一阵阵的桂花清香，香味弥漫着整个心田。我们小小的心呀，也洋溢着满满实实的快乐。那个季节，母亲总要打开窗户睡觉，说是让香味飘进屋子，于是，我们总是枕着窗外飘进的缕缕清香，甜甜地进入梦乡……

我想起一个黄昏，一个桂花飘香的黄昏，我被邀请到一所学校编排一个舞蹈节目。我和孩子们一起精心地排练着动作，音乐袅袅，空气里传来桂花的阵阵清香，我忍不住停下舞蹈，忘情地呼吸着……孩子们真敏感，我的这一举动马上被她们察觉了，趁着休息间隙，她们跑到校园外采来一大束桂花捧到我面前。我高兴地接过花，凑到鼻尖，深深地陶醉着……孩子们也凑过来，和我一起呼吸着，享受着，开心地笑着……多年后，我依稀记得那个黄昏，那个因桂花带来的快乐而生动的黄昏；如果说那个黄昏是一首诗，那么孩子们采来的那捧桂花便是诗中最美的一句了。

一次去朋友家小坐，朋友为我沏了一杯桂花茶。因对桂花情有独钟，我特别爱喝，桂花茶在沸水的浸泡中散发着诱人的馨香，抿一小口，便唇齿留香，吞下去，滋润肺腑，我不住地赞道："好茶！好茶！"朋友笑说："桂花茶香，桂花酒就更香了！"我不会喝酒，自然没品过桂花酒的芳醇，倒是见过这样的一段描述：桂花入酒，犹如英雄美人演绎的一场激越华美的爱情，桂花是虞姬，酒就是项羽，桂花是朝云，酒就是苏东坡。酒酿得铺张、绮丽、深邃，花香则幻化成一种隐秘的、不为人知的情调。多么精彩迷人的描述啊！桂花为何能有这种魅力，能于茶、于酒都有"金风玉露一相逢，便胜却人间无数"的邂逅？

桂花的花期很长，即便秋天接近尾声了，有的还在枝头绽放，有的开始凋谢了。"花的心藏在蕊中，虽有悲意也从容……"这正应了桂花，无论花开花落，她都从容自如，恰如成熟优美的女子，低调内敛地开放、安安静静地凋谢，她素雅玲珑的身躯，哪怕已埋藏在泥土地下，却依然藏不住那入了魂的、深入骨髓的馨香。一首歌，在风中唱着：

人随风过，
自在花开花又落，
不管世间沧桑如何，
一城风絮，
满腹相思都沉默，
只有桂花暗香飘过……

乡村年味

腊月一到，乡村便有了一种异样的气氛，因为腊月的顶头便是过年了。过年，对于农村人来说，很热闹，也很重要，它是一年的总结和高潮，全年的忙碌似乎要在这几天的光景里显示全部的意义。

“有钱没钱，回家过年”，这句古话一到腊月便跳跃在乡村人的脑海里，催促着他们异地还乡的脚步，乡村里的中、青年人大都在外营生，这不，那些手艺人、打工族都陆续赶回家了，为平时只有老少相伴的乡村带回了许多活力和生机。别看他们平时在外挣钱不易，为着过年却愿意大把大把地消费，这可红火了乡镇上的那些商店、批发部，一到年关，到处挤满了购物的人群，人来人往，络绎不绝，好不热闹!

妇女们更忙碌了，她们拆下了床单、被褥、落地窗帘，大盆大盆地搓洗着，那些晾晒在太阳下的花花绿绿的东西似乎为过年拉开了序幕。前些日子腌制的鱼、肉、鸡、鸭、香肠等也都分别拿出来晒干。这些东西用绳索串系着，放在竹篙上晒着，家家都有，到处都是，似乎像开大型的食品博览会。花生、瓜子、豆类、山芋角也都纷纷拿出来晒干，晒好后用砂伴着炒，等炒得又香又脆时，出锅稍冷却，就盛放在罐子里，密封好，待过年时家人或来客品尝。

杀年猪的师傅到了村里，哪家的猪先杀，哪家的猪后杀，首先得挨家打招呼，安排好。轮到哪家了，妇女们忙着用大锅烧好水，准备泡猪。三五个男人围在师傅身边一边帮忙，一边讨论着今年哪家猪最肥，哪家的肉最多。

孩子们叫嚷着看杀猪的过程，从这家看到那家，好开心！这天，杀年猪的人家总要叫上一两桌亲戚朋友或乡里乡亲，烧一桌丰盛的佳肴，大家围桌欢庆，一边品尝美味，一边畅谈着这一年的丰收喜悦。

接近年关，日程安排得满满的，打豆腐、磨年粉、炸圆子等，忙不完的事，说不尽的快乐，村子里到处飘荡着过年的气息。也有人家怕麻烦，直接到集市上去买现成的，简单省事，可那些现成品没家里做的香甜可口，所以，只要忙得过来，大家还是愿意亲自动手，制作最新鲜的食品。

现在的条件好了，农村人的生活已不亚于城里，家家都盖起了小洋楼，家用电器应有尽有，人们的日子如“芝麻开花节节高”，农民们心里有数，感谢着党的富民政策。这几年来，村里每年都有人家购买私家轿车，哪家新车开回村，都要披红挂彩，燃起鞭炮迎接，大家纷纷围观赞赏，谈论着车名和价位，也畅谈着自己日后买车的构想和打算，人人笑逐颜开，和做喜事一样热闹。

该大扫除了！过年了，屋里屋外、庭院内外都要彻底地清扫一番，让居室在过年的时候更显得温馨、漂亮。打扫完毕，到处已亮堂堂的，呈现出一派新景象，只待将那红红的灯笼挂起来，红红的春联贴起来，红红火火的新年就真的到来了！

老屋

虽然出嫁多年了，但在我的概念里，父母留下的老屋永远是我的老屋，那里有我生命的根，有血肉相连的情感，不可分割。

老屋的场地是我爷爷在世的时候买下的。我家是个大家族，父亲兄弟六个，场地买得也大，兄弟几人按照结婚的先后分别在爷爷买的新屋场安家落户，父亲是老小，当是最后一个。大家都不愿意在屋场的正中建房子，因为正中没有可向外延伸的空间，我的父母最后来到，中间的地盘当属于我家了。歪打正着，我家的左、右、后边有几个伯父家护围着，正前面有个池塘，房子的大门正南而开，朝阳面水，看起来倒像个风水宝地。

老屋有四十多年了，十年前拆了重建了一次。虽是重建，房子的规模结构和原先一模一样，几乎没有任何改动。我的父母都喜欢保持传统的老屋的样子，舍不得改变。老屋有六间正房，几间侧屋。正房以堂厅为中（堂厅一列算两间），左右各两间。房子的右边为大，右边的两间正房，门都朝堂厅开着。按照传统说法，堂厅不能四门相对，因此左边只安了一个门，是厨房的门，另一间房得从厨房经过，门在厨房一侧。

小时候，经常听父母说将右边的正前房规定为我大哥的房，大哥是我家老大，由于家境所迫，只念到小学就休学务农，父母原本打算他在老家娶妻生子的，所以那间正房当然归他。后来大哥不甘心在农村生活，自学成才，跳出“农门”，在城里安了家，我们依然习惯地把这间房说是“大哥的房”，记得家里有点什么像样的家具都摆在这间房里。我的母亲非常爱清洁，房间收拾得干净亮堂，因此这间房也成了待人接客的主要场所。大哥出去后，常年不在家，这间房后来又成了二哥的房，二哥爱读书，父母特地为他打了个简朴的书橱，里面放的都是二哥的书。房里有了书橱，有了书，就有了书房的气息。二哥读高中、大学期间，喜欢带一些同学、朋友回家，聚在这间小屋，谈笑风生，颇有“斯是陋室，惟吾德馨，谈笑有鸿儒，往来无白丁”的感觉。我们姐妹三人也喜欢赖在这间屋里，一来可以从二哥的书橱上翻找些书看，二来可以听哥哥他们海阔天空地聊天，总能嗅出一点外面世界的味道。

从厨房经过的屋子是父母的房间，里面的一张大床是苏式雕花床，据说这是父母当年结婚的床（可惜后来拆除了）。我对这张床的印象极深：四周有四根柱子，四面都是花板，花板上紫红色的油漆，擦拭得油光锃亮。床前面左右两边的花板十分讲究，上面雕刻着许多花鸟虫鱼，煞是好看。床前有一块踏板，母亲命我们几个小孩将踏板擦得干干净净，换拖鞋后才能上踏板，然后上床。小时候，我们睡在这张床上最多，许多个夜晚，母亲安顿好我们，放下帐子，我们就在这雕刻着花鸟虫鱼的大床上进入甜美的梦乡。

老屋白墙黑瓦，我的父亲应该说是个有着生活品位的人，再清贫的日子，他总能创造出一点不同寻常的感觉。每年过年，父亲总要弄些白石灰将墙粉刷一下，再贴上几张年画，屋子顿觉漂亮、温馨了许多。每间屋子的屋顶的黑瓦间都安有一块白玻璃，叫作“亮瓦”。有了亮瓦，屋里就亮堂了。阳光从亮瓦里射进屋，不停地挪动着“脚步”，那时没有钟表，母亲常常根据阳光照进屋里的位置来推测做饭的时间，准得很。小时候，最喜欢痴痴地看从亮瓦射出的那束光线，许多细小的粉尘上下翻飞，随着那束光线移动，我们总幻想着那里面一定有什么魔法。“太阳它有脚啊……”当我多年后从朱自清先生的《匆匆》中读到这句话，马上想起我家老屋从亮瓦射出的太阳，它就那样日复一日，一步一步地移动，移走了我的童年、少年以及那些再也回不去的光阴。

老屋里留下多少温暖的记忆。下雨的日子，适逢节假日，母亲拿出她做不完的针线活，我们都围在她身旁，天生有着文艺细胞的两个哥哥一个爱吹，一个爱唱，大哥能用自制的竹笛吹出各种动听的曲子，二哥喜爱唱歌，也爱朗诵诗歌。有次二哥上学出行前，母亲为他准备衣物，他马上吟诵着：“慈母手中线，游子身上衣。临行密密缝，意恐迟迟归……”哥哥吟诵的情景，到现在还深深地烙印在我的脑海里。他还教我们姐妹三个唱歌，春天的时候，我们坐在老屋前的大树下，听二哥教唱。我永远记得他教的《北国之春》，那是我最喜欢的一支歌曲："亭亭白桦，悠悠碧空，微微南来风，牡丹花开山岗上北国之春天，啊，北国的春天已来临……"这支优美的日本歌曲恰如柔美的春风掠过我心田，带给我无比的精神愉悦和享受……也许，就在这不知不觉间，悄悄打开了我向往艺术的心灵之门……

啊！令我怀念的时光，怀念的老屋！

还记得煤油灯下，父母给我们讲的故事，以及我们祖辈的许多祖德祖训，有意无意地向我们传授着朴素做人的道理。粗茶淡饭的日子，清贫的岁月，尽管也有许多辛酸的记忆，但大部分留下的是温暖和温馨。父母一辈子含辛茹苦，用尽心血哺育着五个儿女，其中艰辛，一言难尽。所幸的是，在父母的言传身教下，五个孩子皆是品行端正，诚实处世，良善做人。我们身上的美好秉性是父母赋予的，也是老屋赋予的。

父亲走后，母亲哪里都不去，待在老屋，守着老屋，每次回家，有慈爱的母亲远远地迎着、送着，母亲在，家就在。母亲一走，家便真正地空了，只有一把锁，守着我们的老屋。但我们从来都没有想过要卖老屋，尽管我们各自都有自己的新巢。留着老屋，就留着我们的根；有根，我们的心，就会有漂泊后的归宿。

前年春节，即母亲离开我们的第一年，为了给母亲守灵，也为了不让老屋空着，我们兄妹五人相约在老屋过年。我们压抑着内心的悲痛做好了年夜饭，喝团圆酒的时候，我们都站起来，第一杯敬向挂在墙上的父母的照片，大哥还没开口，竟无语凝噎，每个人脸上都挂着泪水，最后我们都不约而同地趴在桌上哭出声来……

如今，老屋成了父母的故居。我很少回家，怕触景伤怀。有时因事回老家，老屋依旧，只是门前的院子里落叶堆积，老远就看到院门上的那把锁，锈迹斑斑，锁着一院寂寞，还没走到门前，泪便下来了……

年　画

记不清有多少年了，过年时已没有贴年画的习惯了。这可能缘于爱惜装潢得非常华美的墙壁，总觉得那东西不过是暂时的应应景，谁舍得在光滑如镜的墙壁上留下钉子和糨糊造访过的痕迹？这可能还不是主要的，我也扪心自问过，为什么不再需要年画了？思来想去，最终得出的结论竟是那欢快的童心已随着时光一去不返了。不过，儿时张贴年画的那种情景和欢乐倒是随着年关的逼近不时地浮现在眼前。

记得小时候，每到小年过后，大人们便成群结队地到集市去购年货，我们小孩子也喜欢跟在大人后面扎在人堆里凑赶集的热闹。等别的东西添置得差不多了，大人们便开始买一些鞭炮、年画之类的东西。年画横摆在摊位上，花花绿绿的，大多是“连年有余”“五子夺莲”“大胖小子”，还有“春牛图”“合家欢”等繁多的名目。那时我的父亲在添置别的年货时非常节省，但在买年画时却毫不吝啬，总记得他说：过年时，多贴几张画，喜庆！

父亲将年画买好，首先是眯缝着眼睛仔细地端详一番，看着看着，笑意便从眼睛里流泻出来，好像打从有了年画的那一刻起，喜庆就降临在他的眼前了，我们于是也跟着高兴。而后，父亲小心翼翼地将年画卷成一个筒放在花箩里，让我们拿着，并再三叮嘱别弄坏了，大年三十要贴到墙上的。在贴画的前一天，父母亲必须要清扫墙灰的，这样做既是为了能过一个干干净净的年，同时也是为了使年画贴得更牢。那时，家家户户都是土坯房，一年到头，墙壁的拐角处都会结上蜘蛛网。父亲算得上是一个有品位的人，我家的土坯房每到过年他都会用白石灰水将墙粉刷一遍，粉刷得亮堂堂的，再贴上鲜红艳丽的年画，家里顿时焕然一新，过年的气氛一下子就上来了。

贴年画时，父亲站在梯子上，让我们做他的小帮手，一会儿喊着要锤子，一会儿喊着要钉子，一会儿要糨糊粘贴，一会儿又让我们看着上下左右是否对称，我们站在梯子下面笑闹着，煞有介事地充当指点人，等到一张画贴得方方正正、不偏不倚，已是满屋子的欢乐了。父亲也很开心地笑着，笑容温暖而又慈祥。贴上了年画的雪白的墙壁，忽地生动了起来，画里的喜庆映衬着我们的高兴，即将到来的新年，提前点亮了我们的心情。

在那些“年画”中，最让我记忆犹新的是一组演员画像。那大约是20世纪80年代，一个亲戚送给我们家一幅挂历，挂历上正是当时走红的女明星画像，我依稀还记得几个人的名字：潘虹、张喻、丛珊、龚雪等，我们贪婪地欣赏着一个个美女，不知道将谁挂在封面才好，干脆将挂历拆开，将所有的画像分别贴在家里的墙壁上。我那时决然不知道什么叫作“风情万种”，只觉得墙壁上的美女们一个个都是清水出芙蓉，天然无雕琢。她们眸含秋水、顾盼生辉的风韵，柔美如玉、飘逸如诗的气质令我看也看不够，在我当时的年岁，无法用语言去形容那种美，但她们的美却真实地震撼着我的心扉，使我对未来充满了希冀和憧憬。最喜欢一觉醒来，看到墙壁上的天使们，只觉得生活无比的瑰丽、无限的美好。挂历竟也变成了“年画”，我不知道这算不算是一种创意。

许多年过去了，老屋的土坯房也早拆了，我也有了自己的新巢，爱贴年画的父亲已变成了墙上的照片，岁月带走了许多东西，却永远也带不走那些关于年画的美好记忆……

哦！年画，喜庆的年画，祥和的年画，记忆中温馨、亲切而永恒的年画……

儿时过年拾趣

俗话说："大人望插田，孩子望过年"，此话真的不假！在儿时的记忆中，过年是多么令人向往、充满诱惑的时光啊，留下了许多开心难忘的回忆。捡些趣事来说说吧。

一　过年打豆腐

在农村，打豆腐是过年之前的一件大事。头天晚上，黄豆便用清水浸好，粒粒圆圆的豆子在清水的浸泡中显得饱满极了，散发出清淡的豆香。

第二天一早，父母亲便起来磨豆了，我们在床上就听到磨子转动时发出的吱呀吱呀的声音，知道要打豆腐了，便快活地穿衣下床。

打豆腐是细活，程序很复杂：洗豆、浸豆，磨豆、烧浆、筛浆、加膏、压制豆腐。农村人比较忌讳过年的豆腐打得不好，总喜欢将此事与来年的运气联系起来，所以打豆腐时要特别用心。我们小孩子帮不上忙，一边玩去，只要别乱插嘴说不吉利的话就行。记得一邻居家打豆腐，许多小孩围在一旁看豆腐快出缸时，他们家里的人抽一根筷子准备插进缸里试一试豆腐打得如何，筷子刚插进缸里，这时，有个小孩叫道："哟，完了，沉下去了！"那家人马上阴沉着脸不高兴，责备那个小孩说了不吉利的话，结果豆腐真的打"寡"了（也就是失败了）。那个小孩回到家后又受到了家人狠狠地训斥，他妈还用草把擦了他的嘴，意思是小孩说了错话不算数的，以此向别人道歉，吓得我们小孩以后再也不敢乱说话了。

记得我家的豆腐好像每年都打得很成功。最开心的是，完工时，当母亲掀开热气腾腾的水缸，只见白花花的豆脑满缸都是，白得可爱，我们都拿了碗，碗里放好了红糖，让母亲分别给我们盛上热热的、白花花的豆脑，用勺子一拌，红糖很快便融化了，我们喝着又香又甜的豆脑，还有什么比这更幸福的呢!

二　炸圆子

过年前，炸圆子也是一件重大的事务。圆子代表着圆圆满满，所以家家都要炸圆子。

母亲总将炸圆子安排在晚上，她怕白天我们小孩喜欢围着锅台，一不小心，热油会溅到我们的脸上。天一黑，母亲就将糯米饭煮好，糯米饭里放了葱蒜，很香。饭好了，母亲将饭盛到大盆里，用山粉伴着使劲地揉，揉好，再搓成一个个圆子。剩下的糯米锅巴又香又脆，母亲便将锅巴先分些给我们吃，吃完后，我们必须听话去睡。

我们虽人在床上，可哪里睡得着？侧耳听着厨房里的动静。油香味一股股传来，开始炸圆子了，只听到锅里“嗞嗞”的声音和母亲将炸好的圆子放在锅沿上磕的声音。这时候要特别小心，父亲站在锅台边，不断地舀起水罐里同时烧开的“咕咕”跳起的开水，再舀进冷水，以防有一点水溅到油锅里，可不得了。简直“天女散花”了，这也是母亲要求我们去睡的原因。

母亲知道我们几个淘气鬼没有睡着，便将炸好的圆子放到碗里冷一下，再送到房里让我们品尝。我们用一根筷子插进圆子的中央，然后一口一口地品尝着。母亲用毛巾铺在被子上，生怕我们吃时油滴到了上面。

我们一边吃着圆子，一边谈笑风生，这的确是美好、快乐的日子啊!

三　写春联

春联，象征着过年的喜庆，描绘着新春的景象。在农村，过年的时候，所有的门上都要贴上春联的。过去不像现在，街上有的是现成的春联，花钱买几副回家贴上就行。记得我们儿时，春联都是在家里写的，而且写春联的情景非常热闹。

我哥是我们村里的第一个大学生，村里家家户户的对联都拿到我家来让他写。其实，哥哥的字并不漂亮，难得大家赏识，不好推却，只好虚心接受任务。之前，父亲总要准备好毛笔、墨汁，好让儿子在过年的时候展示一番“墨宝”。哥哥写春联非常认真，尤其是每户人家的大门春联，他都要根据各家的实际情况挑选好对联的内容，有的参照历书，有的自己动脑想，且每家的内容都不一样，各具特色。所以，尽管他的字并非出色，但内容合人心意，大家都喜欢他写的春联。

哥哥每写好一副，就恭恭敬敬地放在地上，等刚上纸的墨汁风干。写好的对联一副副地陈列着，摆满了整个堂屋，摆不下的，就拿到里间屋里去摆。我们姐妹三人那时还小，围在一旁看，正好可以帮哥哥摆放一副副写好的对联。

记得有一年，哥哥考研没有回家过年，别人家的春联都另请别人写了，我们家的春联咋办？我们姐妹三人商量：自己写，并且规定春联的内容自己想，挺有勇气！父亲马上赞同我们的想法，为我们准备好笔墨，接下来父亲帮我们裁纸，我们便构思春联的内容，我们开动脑筋，最大限度地发挥自己的才智，每想好一副就记录下来，最后挑选内容好的写到红纸上（所谓好的，也不过是上下联字数相等，意思相近，至于语言是否精炼，平仄是否协调，就不管了）。姐妹三人每人写一副来，比赛谁写得最漂亮，从内容到字都要比一番。当所有的门对联都写好了，我们似乎意犹未尽，还给灶台、猪舍也写上。灶台上联“年年有鱼”，下联干脆来个“月月有肉”。猪舍的上联“肥猪三百斤”，下联写啥呢，小妹灵机一动，对上“粪料八百担”，尽管对仗简单，且俗得要命，但我们为自己的“杰作”拍手叫好，笑得前俯后仰。当写好的对联贴到家里的大门、房门、院子门上时，我们反复欣赏着自己的劳动成果，说不出的成就感！

别人来我们家，父亲引他们看我们写的春联，个个发笑，都不停地夸我们小小年纪就能作对联，且写得不错。我们听了，心里喜滋滋的，乐开了花。不过，现在回想起来，也还真的不错，那时候居然知道用一些比喻、拟人、夸张等修辞手法力求使所作的对联生动、对齐、完美。

四　清扫壁灰

我的母亲是个非常爱整洁的人，过年时，家里必须要打扫得干干净净，亮亮堂堂。我们稍大些时，母亲便将清扫壁灰的任务分配到我们身上。

这一任务，说大不大，说小不小，那时候是土砖瓦房，屋檐下、墙壁上的灰尘较多，母亲要求我们到边到拐地清扫干净。她将抹布绑在竹篙上，然后给我们戴上草帽，围上围巾，像个稻草人，我们还没干活就被各自的模样逗得笑弯了腰。

一番笑趣打闹之后，我们干得可非常卖力，不到半天工夫，每间屋子上的灰尘都被清除干净。墙壁上的灰落到了下面的桌椅和地上，我们又得接着擦洗、清扫，直到地上干干净净，桌椅一尘不染，母亲才满意地宣布我们收工。然后，母亲从罐里拿出过年的炒米糖，分发给我们，作为劳动的奖赏，我们甭提多高兴啊！

老舍先生说：劳动最有滋味！我们那个时候，就已经尝试到了。

五　做新衣

现在，只要有钱，随时都可买新衣服，而在那过去的年代，在农村，只有过年的时候，大人、孩子才有可能添置一套新衣服，因此倍觉珍贵。

裁缝师傅被请到家里，母亲拿出布，吩咐好师傅这件给老大做，那件给老二做。那时最气恼的是母亲拿出的布多是蓝布、灰布，很少有我们向往的花布。其实，母亲的安排是有用意的，那些颜色的布给两个哥哥做，等他们穿小了，再改做给我们。母亲的安排令我们很沮丧，但又没办法。

倒是羡慕隔壁家的小女孩，她家的家境好一些，布也好看，做出的衣服花花绿绿，引人注目。裁缝师傅在她家时，我们总要跑去看，眼睛总是羡慕地盯着人家案板上的那些好看的布，在师傅“咔嚓咔嚓”的裁剪声中，我们小小的心啊，也长出了一片花花绿绿的梦来……

六　请坟

农村过年前，是要祭拜先人的，这多是安排在大年三十完成的。我们小孩由各家大人带着，到山头上给祖宗烧纸、放鞭、磕头，也叫请坟。

我们家是个大家族，人丁兴旺，孩子们也多，请坟的队伍走在田埂上，像一条长龙。不知大人的心情如何，我们小孩子快活极了，反正我们家的祖坟很多，也不管请的是谁，那些祖宗，似乎与我们无关，我们只关注烧纸、放鞭的好玩和赶集似的热闹。

七　大年夜

盼啊，盼啊，终于盼到了大年三十晚上，这是一年中最热闹的时刻。家家灯火通明，且每间屋子都亮着灯。桌上的酒菜也是一年中最丰盛的一餐，村里到处飘着酒肉的香味。

我们吃着年夜饭，说着祝酒词，大人高兴地给我们分发一点象征着意思的压岁钱（钱压岁过后，还是要交还给父母的），我们也说不出的快乐。桌上有一条鱼叫作“听话鱼”，父母叫我们多说些好话，让鱼听见，来年好运。听话鱼是不能伸筷子去吃的，必须等过了元宵才能吃。

我们吃好，喝好了，拿着灯笼挨家挨户地去玩，这时，总要收获到人家给的花生、米糖之类的东西，装得布袋鼓鼓的，我们吃不下，带回来交给母亲。母亲总是说：“收好，年一过，这些东西就稀罕了！”

等玩够了，我们终抵不住疲劳，上床睡觉了。没睡多会，又听到外面“噼噼啪啪”的鞭炮声，母亲喊我们起来“出行”了（大年初一开门叫“出行”）。那时，母亲还坐在油灯下，一夜未眠，在为我们准备还没做好的新鞋。

当我们穿上了母亲做的新布鞋，还有些夹脚，蹦蹦跳跳地，就这样迎接了新年的到来。

第五辑　故土亲情

怀念父亲

父亲是农民，我们兄妹五人都是农民的孩子。父亲一生清贫，含辛茹苦。哥哥说，我们的父亲虽没有给我们留下什么财产，却给我们留下了一笔巨大的财富，即“困苦中的坚强”。

——前记

一　悲痛的一天

2008 年 5 月 1 日，是我最悲痛的一天。

父亲在那一天永远地离开了我。

那天清早，妹妹打来电话，让我快点回家，说父亲很危险了，我不知是怎样地放下电话飞奔回家的。当我跨进家门，家里已经围了好多人，大家议论纷纷，似乎在为父亲操办事情了，我一个劲地挤开人群来到父亲的房间，只见父亲坐在躺椅上，微闭着眼睛，像是睡着了。

父亲病重多日，我一直守候在他身边，只因事离开一夜，难道他就选择这时候离开？我不相信！我一直目睹父亲病重时的痛苦，不相信父亲离开时会这么平静，我以为父亲只是暂时休息。我制止着闹哄哄的人群让他们安静。我蹲在父亲的躺椅边，静静地握着他的手，他的手还是软软的，冰凉冰凉的。一位老者走进来了，他叫我放开父亲的手，说父亲已经走了，他要为父亲换衣了。我拼命地摇头说“不”！只见房里已经搭好了灶，纸已经烧起来了，我和妹妹仿佛从梦中惊醒，料到父亲可能真的去了，妹妹放声大哭，我还是不愿相信事实，泪水朦胧中，我不愿松开父亲的手，我望着他的脸，灰白灰白的，我将祈祷的目光投向那灰白的脸，还心存一丝念头：父亲不会就这么走的，他会回头的，因为他的两个儿子还没有回来，即便要走，也要见上最后一面才走。

许多人进来了，他们拆下了门，搭好了板，要把父亲抬上去换衣，妹妹一边哭喊，一边使劲地用手挡着人群，她说父亲没走，不准一个人动他。我和妹妹围着父亲，他的两只手握在我们的手里，是那么安详、平静。这时，哥哥打来了电话，说他的车已经启程，叫父亲等他，我把电话放到父亲的耳边，随着哥哥那边的呼唤，我分明看到了父亲的眼皮微微地动了一下，大概他还有最后一丝气息，在拼命挣扎着等待他还没回归的儿子。为了不耽搁父亲“上路”，外面的人再次进屋劝阻我和妹妹，说该让父亲“上路”了，妹妹还是不相信，用手拦着来为父亲换衣的人，她也和我一样，以为父亲还会回头的。为了让我们相信，不知谁喊来了一直为父亲医治的马医生，马医生从我手中接过父亲的手，按着脉搏静听，再拨看父亲的眼皮，他无声地放回了父亲的手，轻叹了一口气，我急着问：“医生，怎样？”得到的回答是：“已走了”。

我不知道父亲的手是怎样从我手里被掰开、分离，又是怎样地离开躺椅被抬上门板，房里已哭成一片，我的头脑一片空白，眼前一片晕眩，心里有千万种东西在撕扯、呼喊，我这才知道放声痛哭……

直到下午三点多，哥哥他们才赶回家，“相见时难别亦难，东风无力百花残”，世上最残忍的事莫过于生离死别，儿女的呼喊，奔泻的泪水，再也没有喊醒我慈爱的父亲，他就这样在我们的千呼万唤中，永远地和我们分别了……

二　春蚕到死丝方尽

父亲走后，我一直想为父亲写点什么，一是纪念父亲，二是慰藉一下我的思念之情。

可是，我一直没写。

父亲是个农民，地地道道的庄稼人，文字太重，我找不出准确的字眼来为生活在社会最底层的父亲歌功颂德；文字又太轻，轻飘飘的文字又怎能描叙父亲沉重的一生以及藏在所有苦难后的不屈的灵魂。

在爷爷一辈，我家是个繁荣昌盛的大家族，我的几个伯父、姑父都在当地任着大大小小的官职，可谓门庭若市。父亲生不逢时，家庭的繁景昌世没享受几年，历史的牵扯、株连倒遭罪不少，地主、富农的不好成分也影响到了父亲头上。

父亲在他兄弟姐妹八人中排行老小，体质极差，好几岁才会走路，但脑子灵活，从小聪慧，本来他小时候就被一个官人看中，要带他走，可奶奶舍不得，要把他留在身边，也把他留在了这块充满苦难的土地上。

特殊的时代，孱弱的身体，家庭背景的受累牵连以及当时人们思想的愚昧无知，父亲饱尝了打击、挫折和屈辱。面对这些，父亲告诫自己也安慰家人：不要惊慌，要挺住！苦日子总会到头的！我家祖辈流传的一句话被父亲经常挂在嘴边，那就是——“四方波浪起，稳坐钓鱼台”。这恐怕是他磨难中的座右铭吧！也是我最早领悟到的不是格言的格言。

父亲知道这辈子自己没有什么指望了，他将所有的希望寄托在儿女身上。在当时极其贫困的情况下，父亲拼着命要给我们念书。“万般皆下品，唯有读书高”是父亲教给我的第二句格言。姑且先不讨论父亲的思想是否正确，是否有一定的局限性？但替父亲一想，在当时的情况下，这是唯一能改变他的儿女命运的途径啊！农家的孩子只有念出书来，跳出“农门”，才会有番新天地。大哥是我们家的老大，他读书时正是“文革”期间，实行“推荐”制度，当时集体大生产我家为欠工户，生产队强烈要求父亲将大哥歇书，加上对当时政策的无望，一向器重读书的父亲万般无奈地将大哥的书歇了，大哥仅仅小学毕业，我可以想象父亲当时是多么的无奈和沉痛啊！吸取大哥的教训，父亲下决心要让二哥将书读出来。那期间，父亲一场大病，卧床不起，亲戚朋友都劝父亲将二哥退学，以帮农活，这时，父亲坚决地说：“我决不会同意的！只要我的孩子有出息，我宁愿少活十岁！”没有人能劝通斩钉截铁的父亲，他支撑着极为虚弱的身体，下地干活，变卖了家里的农产品和值钱的东西，供二哥读书。果然不出父亲所料，考试制度很快恢复了，父亲喜出望外，一个劲地鼓励二哥，二哥也不负父亲厚望，以全乡第一名的成绩考取了高中，为父亲争了一口气！

与此同时，又有人劝阻父亲不该让我们姐妹三人读书，一则是家里尚有债务，二则女孩子迟早是人家的人，读书没有什么意义。父亲又坚决地回击别人："我的娃不分男女，女孩子我也要尽我所能去培养。至于债，我慢慢还，我若还不完，将来我的孩子会还。"说得别人无话可说。当时村里读书的女孩子微乎其微，更何况我们家最困难，还让三个女孩子同时读书。有一次，我学费欠缴，老师一再催缴，我只好回来催父亲，父亲拿不出来，又只好挨家挨户地去借，别人借钱也看人呐，我不知道一向自尊心很强的父亲是怎样艰难地向别人开口，当父亲拿出好不容易借来的钱，高兴地交给我时，我暗暗地在心里下定决心：一定要为父亲争气！

在我的记忆中，父亲总是披星戴月地干活，责任田到户的时候，父亲很高兴，他说终于自由了，可以不受管制地干活了，原来父亲也是个渴求自由的人。父亲像头老黄牛，默默地耕耘在他的田地里，他的皮肤晒成了古铜色，汗水总是湿透了衣背，他躬着瘦弱的身躯，在贫瘠的土地上收获着微薄的希望，一点一点地积累，供应着他的孩子们。

有时帮父亲干活，歇息时，父亲总会向我们讲述做人做事的道理，父亲特别强调的是"做人要争气"。我问父亲，面对许多农活，心里可害怕？父亲有趣地向我解释道："将它当作一只大老虎，一点一点地消灭。也可以将大目标分成一个个小目标，一个一个地去完成，就容易多了。"父亲这种干活的技巧和方法一直被我所应用，并且传授给我的学生们。

凭着父亲不屈的信念和顽强的意志，我们家战胜了一道又一道的难关，迎来了曙光。我们兄妹五人全部顺利地完成了学业。大哥受父亲的影响，凭着超人的毅力和顽强的意志，在仅仅小学水平的基础上，刻苦自学，一路过关，考取了硕士研究生，其间所经历的坎坷与艰辛是不言而喻的，是常人难以想象的！二哥凭着不懈地追求与奋斗，一路考取了高中、大学、硕士、博士，成为社会的精英人才，无论是学问还是人品都极为优秀，这与父亲的性格影响也是分不开的！我们姐妹三人毕业后也被分配到不同的小学、中学任教，在各自的工作岗位上勤勉做人，认真教书，这些也与父亲的谆谆教导分不开！

鲁迅先生说："我吃的是草，挤出来的是牛奶和血。"这句话用来送给我的父亲是最恰当不过的了，他给予我们的太多太多了，又岂是文字所能表达得尽的？

“春蚕到死丝方尽，蜡炬成灰泪始干”，这难道不是我的父亲吗？

三　父亲心中的路

我家虽离集镇不远，却也较偏。下了柏油马路还得经过一段坑洼不平的土路，才能来到我们村里。由于不是主路，乡村公路的修建还轮不上。

这条不宽不窄的小路，给村民的生活造成了许多不便，晴天尘土飞扬，雨天泥泞不堪，人们深一脚浅一脚地踩在淤泥里，总会对路生出无奈的抱怨。骑车、开车就更麻烦了，特别是如果哪家做房子，需要装石装砖，不巧遇上下雨天，那真是令人头疼的事情啊！路也在不堪重负的情况下，遭得“路将不路”了。

父亲看在眼里，急在心里，沉默少语的父亲是个非常执着的人，想在有生之年改变一下这条路的状况，自己好走，更为乡亲们做件好事。可修通一条路所需要的钱并非小数目，父亲知道其间困难，所以一直将这一心愿陈放在内心。

一次，二哥回来过年，父亲便将这一愿望向二哥倾诉了，他说自己心有余而力不足了，只得将求援的力量伸向二哥。

父亲的这一想法一说出，二哥也非常赞同，他懂得父亲没有说出却深藏在目光里的语言——树高千丈别忘了根！哥哥将父亲的愿望铭记在心，一直没忘，他是个诚恳且实在的人，他想通过自己的能力，满足父亲的愿望。后来，哥哥真的做到了，他在繁忙的工作之余一直在为这条路而奔波操心，他提交报告，寻找合法又合理的途径，通过多方、多次的努力，终于赢得了十万元拨款的批准，这十万元一分不少地从省到县、从县到镇然后再到我们的小村，政府要求将这条路修通修好。

听到这一消息，乡亲们高兴极了！

修路的时候，父亲已病倒在床，父亲本害怕噪音，但修路时机器的轰鸣声他却一点没嫌吵，父亲是在克制着自己，他已将这条路当作他生命中的大事，一心盼望快点修好。路快修成功时，追求完美的父亲用手比画着，要求工匠修几个花池以作纪念（由于药物作用，父亲后来说话很困难），工匠师傅会意，马上满足了老人的要求。等路完全竣工，我告诉父亲，父亲特高兴，被病痛折磨的脸上露出了久违的笑容。

路终于修好了，大家一片欢呼！原来坑坑洼洼的土路变成了干净平坦的水泥马路，修好的路四通八达，家家户户到田里、到地里、到公路再也不用为泥巴路而犯愁了，大家都说应感谢父亲，感谢哥哥。

本来第二天，等路干了，父亲想让我们抬他出来看看，他要亲眼看看，这可是他梦寐以求的路啊！可是，谁也没有想到，父亲就在这一天永远地离开了人世，离开了他熟悉的村庄，离开了他想看到的路……

我想：父亲满足了，他虽没有看到路，但他知道路修好了，大家都可以走到好路了，他可以安然地离去了。

次日，乡亲们抬着父亲，怀着崇敬、感激与复杂的心情，走在这条父亲一直盼望却一次也没走过的路上，送父亲去了天堂……

四　父亲病中二三事

老了的父亲，像一架松散的机器，除了头脑是好的，身体各部分的零件都在衰退、腐坏，父亲一生劳累辛苦，轮到他享福的时候，他却彻底地倒下了。

父亲每次生病，都拒绝去大医院，一是他的身体经不起颠簸，二是他不喜欢大医院里陌生又缺乏人文关怀的氛围。平时常年给他看病的是他喜欢的村里的王医生，病重时他就要求去县内的一家医院，因为那里有他一直非常信赖的马医生。父亲说，治病先治心，父亲非常看重人与人之间的情义。医生每次来为父亲会诊，父亲总要求我们为他穿戴整齐，哪怕再病重，也要洗刷干净，迎接医生的到来。每次看到父亲这样，我不禁心生敬意。

父亲生病住院时，亲戚朋友去看望父亲，父亲让我们记得别人的人情，日后要替他还情，感激那些真诚来看望他的人。父亲要求我们也要真诚地对待别人，有个曾受过我家之恩的人，在医院里遇到父亲却装作不认识，父亲教育我们子女千万别做那种人，忘恩负义和过河拆桥的人他最痛恨，父亲说做人应重情义，重人格。父亲的话，我句句牢记在心。父亲在病痛中还不忘做人的道理，这也是我所敬重的。

“都说养儿能防老，山高水远他乡知”，父亲病重时，两个哥哥都没能在他身边，路途的遥远、工作的需要使得非常孝顺的哥哥无法尽孝。我在工作之余，日夜守护在父亲身边，端茶端水，喂饭喂药，父亲像个孩子，贪婪地享受着我的爱怜，就像我小时候享受他的爱一样。我知道父亲非常想念哥哥，所以我尽量弥补，既是女儿又是儿子的担负起所有的职责，能为父亲多做点事，我感到欣慰。在最后紧要关头，一向留恋生命的父亲却希望解脱，他不断地乞求我们给他“安乐”，就在这种情况下，他还要求我尽量给哥哥报喜少报忧，好让他安心工作，以免牵挂。每次哥哥打电话来，他的目光总是痴痴地望着电话线，我知道父亲想说却又很艰难，他将所有的语言凝望在那根细细的电话线上，他叮嘱我不要告诉哥哥他的痛苦，每每这时，我总是背过脸去，泪水无声地顺着脸颊滑落。哥哥本来准备忙完5月2日的一个重要会议，回来看父亲，没想到父亲竟没来得及等他，成了永远的遗憾。父亲在病痛中坚强的品质，永远值得我敬佩！

五　父亲与蝴蝶

就在父亲出殡的当晚，一只绿色花纹的蝴蝶飞来了，落在我家堂屋前的正梁上。蝴蝶很美丽，像刚刚破茧而出，全身崭新的绿色，翅膀上点缀着几点白花，看着非常神气。

我们都抬头望时，忽然我的小侄儿叫道：“是爷爷变的！看，爷爷变成蝴蝶了！”

小侄儿这一喊，大家更关注起来，都仔细地端详着小蝴蝶，只见它趴在横梁的正中，不偏不倚，一对小翅膀微竖着，警觉地俯身向下，一直趴着，偶尔也翻翻身，仿佛累了，但停留的位置始终不变。就这样趴了一天两夜，直到第三天我们为父亲“复山”，按乡俗“复山”应起得很早，我们起床时，发现小蝴蝶不知什么时候飞在我家的大门上，好像在等我们了，我们去山上时，它竟然也跟着我们飞走了。我们以为它这一去不会回了，它毕竟只是一只蝴蝶，把它看得神奇也只是心理作用，因为小侄儿的话，加进了人为的感情色彩而已。

谁知，这只小蝴蝶奇怪得让人诧异，它在“复山”的那晚又飞回来了，就在我们晚餐的时候，它飞进屋，绕着我们的餐桌来回飞了几个回合，然后停留在我的手背上，我没赶它，任它待着，那一下，从不相信迷信的我，忽地也有一丝感觉，仿佛觉得它好像就是父亲的化身，似乎在对我交代着什么，父亲生前最疼爱我，依赖我，哥哥不在家，家里大、小的事都落在我身上，我理解为父亲嘱托我继续照顾好家、照顾好母亲。它在我的手背上停留了许久，然后在堂屋的这处停停，那处留留，最后停在堂屋墙壁正中的“奠”字上，它的脚紧紧地拽着字上的绳索，一待就是几天几夜，直到“头七”（按习俗规定，人去世的第七天为“头七”，后每隔七天为一个“七”）那天，为迎七要烧纸放鞭，锣敲打鼓，它就是不飞走，一动不动地趴在那儿，到晚上，客人们都走了，它不知什么时候趁我们不在意时，也悄悄地飞走了。一算，它在家待了一周。

后来，这只可爱的小蝴蝶在父亲的“三七”“四七”“六七”和生日的祭日都飞回来了。“六七”和生日又在家待了一周。“六七”按乡俗给父亲扎屋，在扎屋师傅来的那天它就飞回来了，直到房子烧了后它才飞走，整整一周。母亲理解为它已有了新家了，所以满意地飞走了。生日就更奇怪了，它提前回来待了五六天，又是一动不动地趴在家里的墙上，直到父亲生日那天，我和丈夫回家为父亲祭奠，母亲拿出了父亲生前的许多衣服，要我们带到山上烧掉，以免睹物思人。我们拿着东西去了山上，谁知在家待了五六天且一动不动的小蝴蝶竟飞出门外，跟在我们的后面，它的翅膀不知怎么断了半边，飞不起来，它一蹦一跳的，尾随我们而去，连拐弯的路都不错，它拼命地向前蹦着，仿佛急着上前迎接我们。母亲心疼蝴蝶蹦跳得辛苦，就回家拿了一个盒子，将它放在里面送到了山上。

在山上，我把小蝴蝶放在父亲的坟前，它和我们一起看着带有父亲生前气息的衣服，慢慢地燃烧起来，一件一件地在我的泪光中化为灰烬……

这只奇怪的小蝴蝶，它来我家的奇特经历，要不是每次我都亲眼看见，说什么我也不会相信，它与父亲联系起来，似乎没有一点科学道理，我不断地给饱受思念之苦的母亲解释：父亲走完他苦难的生命历程，是“破茧成蝶”，是一种解脱。但私下里，我暗暗问自己，这果真只是巧合？难道竟有如此的巧合？

不解中，我姑且就把这只小蝴蝶当作父亲灵魂的化身好了，父亲在世时历尽苦难，他不灭的精神变成了灵巧的蝴蝶，飞进我们的视野，让我们安心。

心轻者上天堂，多好！

泪忆母亲

一个家庭，哪怕穷得家徒四壁，只要有一个乐观、善良、勤俭、明理的女人在料理，这样的家庭仍是快乐的源泉。一个好女人可以影响几代人，她对于一个家族、一个家庭来说都是至关重要的。我从我的母亲身上明白到这些道理。

——前记

一

不知不觉，母亲离开我已有四年之久了。可母亲离去那天的情景仿佛还在昨天，在我的脑海里永远挥之不去。

那是个周六，本来那天我有事，可上了车还从车上跳了下来，就是急切地想回家看望母亲。自父亲去世五年来，每个周末回家陪伴母亲已成了一项不成文的规定，因此每个周末也成了母亲期待的日子。那天，和往常一样，我骑着电车赶到家，小院的门关着，我老远便喊“妈”，母亲的耳朵真尖，“来了，来了。”母亲满怀喜悦地来帮我开门，“不是说今天有事不回来了吗?”“怕您望呗!”我笑着答。母亲乐呵呵地将我迎进门，高兴地说：“我也猜你要回来的，你看，今天我特地炖了粉蒸肉，等着你回来吃呢!”接着，娘儿俩一边做饭一边拉家常，倒是温馨。

午饭后，我对母亲说：“妈，对不起，今天真有事，我得回去了，今晚就不能陪您了。”母亲望着我说：“不在家歇吗？”“不啦！”母亲一向善解人意，没有阻拦，反笑着说：“那好，你有事就回去吧！帮我将一桶水抬到菜地你就走！”我看到母亲的目光里有些留恋，平时我都是陪她住一夜的。让我意想不到的是，那天竟成了我陪母亲的最后一次劳动，就在母亲那块终生劳作的菜地里，她倒下了，永远地撇下我而去了，死于突发性心脏病。

我无法相信眼前的一切，刚才还好好的母亲怎么突然就不行了？我吓得大声呼喊，村里的人都赶来了，他们帮我火速喊来医生，妹妹妹夫接到电话也迅速赶回并带来了救护车，我把母亲抱在怀里，当我看到医生无望地摇头，并绝情地说出“不行了”三个字。那一刻我感到天昏地暗，我一边抱着母亲，一边拽着医生的腿，一个劲地哀求着：“救救我妈！救救我妈！”可任凭我苦苦哀求，得到的依然是无望的摇头。我紧紧抱着怀中的母亲，呼喊着，我看到她在我怀里慢慢地闭上了眼睛……

我不知道那个痛苦的下午我是如何度过的，乡亲们抬着母亲从菜地里回到了家，他们也安抚着悲痛得无以复加的我，整整一下午，我抱着母亲慢慢变冷的身体，呼喊着，痛哭着，直到昏厥……

两个妹妹也和我一样，哭得死去活来，谁也无法相信好端端的母亲怎么突然就撒手人寰？那时两个哥哥都在外地，其中一个还远在英国出差，为了不让他们过分受惊和悲伤，善良的乡亲们隐瞒了实情，电话里向他们撒谎说母亲突然昏迷，让他们火速赶回。可怜的两个哥哥当然也意识到事态的严重性，在电话里不住地喊：“妈妈，你醒醒，等我回来！”一辈子善良疼爱儿女的母亲，唯独这次没有理会儿女的呼喊，她再也听不到了……

二

直到现在，我还后悔莫及，为什么那个下午要急着赶回家？为什么不把当天的事情推掉？如果那天我留在家陪母亲住一宿，会不会躲过那一劫呢？我无数次地自责、追悔，我们都知道母亲平时的心脏不好，可母亲一向表现得很坚强，一点不适总是支撑着，生怕连累我们。几次催她去医院检查，都被她拒绝了，她一生害怕医院、害怕打针，而且她一直在劳动，我怎么也没想到她在一刹那间就不行了，我后悔自己没有早点强行带她去医院检查。

令我懊恼的还有，每次回家，母亲都高兴地围着我，说这说那，仿佛将积蓄一周的话向我倒出，而我总是怕浪费时间，有时心不在焉地应付着。平时工作时间忙，总想在周末读点书，写点东西，每每母亲看到摊在我面前的书籍和纸笔，总是欲言又止，她怕打扰我，只得悄悄地坐到了一边。现在回想起来，多么难过呀，母亲的心里有多么的孤单，她多么需要我分担她的寂寞，而我，为什么不彻底地、尽心尽情地陪她呀？自母亲走后好长一段时间，我一篇文章也没写过，只怕一提起笔，心里就满是对母亲的愧疚。

三

我的母亲善良、豁达、淳朴、勤劳，她的身上聚齐中国传统女性所有的美德。母亲自幼丧父，从小历尽人间辛苦，因此她拥有比常人更善良、更慈悲的胸怀。记得小时候，我的家境算是清贫，但母亲总是尽其所能地关照和接济比我们更困难的人，在我的记忆里，我家几乎是那些做小生意和要饭流浪人的收容所和避难地，一些无处住宿的人都被人指到我家，而母亲总是热情地接纳并收留他们，为他们搭铺、做饭、泡茶、烧水，仿佛这一切理所当然该她做的。有时，母亲的过分善举也遭到旁人的不解和家人的反对，但母亲总不厌其烦地解释道："在家千日好，出门时时难，别人有困难，我们应该帮人一把啊！"久而久之，我们也被母亲的善良感染和同化了，并产生了深远的影响。

我家曾是个大户人家，亲戚朋友多，几代都有往来。所有的公亲只要来这边做客，招待的事理应都落在母亲身上。父亲兄弟六人，妯娌多，一遇麻烦吃亏的事，难免有观望推诿的现象，母亲从不斤斤计较，麻烦事她一个人担当下来，无怨无悔。

记得我有一个舅爹爹（父亲的小舅），是个孤苦伶仃的老人，每年总要来我家几次，一来就要待上十天半月的，他没有女儿，母亲对待老人家就像亲生父亲，甚至比亲生父亲还要好。每次舅爹来，家里一点好东西就烧给舅爹吃，还不让我们几个小孩沾边，这时舅爹总说："分一点给孩子们，我一个人怎安心吃下？"只见母亲连忙支开我们，说："您老尽管吃，孩子到您那么大的年纪有得吃!”那时，我们不解地望着母亲，心生怨气，心想：“我们要到什么时候才有舅爹那么大的年纪?”后来我们懂事了，不再埋怨母亲了，知道母亲不是不心疼我们，而是更心疼体贴年迈孤苦的舅爹。

母亲无私善良，心胸宽广，她一辈子做过的大大小小的好事不计其数。直到她去世后的某一天，我待在老家，一对卖茶叶的老人路过我家，问我：“你家的老奶奶呢?”我知道他们指的是母亲，就说：“走了”。“走了？到哪去了?”他们不解地问。我说：“去世了。”他们都惊讶地张大了嘴，我看到了两位老人的眼里都立即涌出了两行热泪，说：“老奶奶，多好的人啊!”我问：“你们经常来我家吗?”老人说：“是呀，每年都来，每次来老奶奶都张罗着左邻右舍来买我们的茶叶，遇到吃饭的时间就留我们吃饭，不逢吃饭也要搞杯糖水牛奶什么的，让我们喝了再赶路。多好的一个人呀，怎么就走了呢?”望着他们难舍的、离去的背影，我想：母亲的“好”又何尝不是留在许许多多人的心里呢!

四

母亲十分爱整洁。再忙也将家里收拾得井井有条，清清爽爽。我小时候，家里的房子是土坯瓦房，但我的家总比别人家看着舒服、整洁、亮堂，门窗桌椅都擦洗得一尘不染，给人“窗明几净”的感觉。那时的床是古式的雕花苏州床，床前有一块踏板，母亲甚至将踏板也擦洗得干干净净，命令我们小孩子脱下鞋袜才能上踏板，再在踏板上脱衣上床。在我家留过宿的人都夸母亲的床铺好睡，被子有香味。那时队里经常检查卫生，我家总是获得“最清洁”的殊荣。现在想来，我的母亲是有着一定审美情趣的人，哪怕在那样清贫的日子里，在她勤劳双手的打理下，我们家总要比别人家多出一点高雅的气息，多出一份难得的品位。

母亲爱美，每次外出做客，母亲总要拿出平时舍不得穿的衣服，将自己收拾得美观得体方才出门。我每看到母亲出门时穿在身上好看的衣服，都会埋怨她平时为什么不穿，母亲总是笑着说：“在家无旧，出门无新。在家穿旧一点没关系，洗干净就行了。出门穿好，对自己对别人都是尊重！再说，我不能给儿女丢脸呀!”母亲的理由总是让我心悦诚服。也的确如此，每次我带母亲上街，经常听到有人夸母亲的气质好，也有人说：“老师的妈妈就是不一样！”每每这时，母亲笑着，我也在一旁自豪，更觉得母亲的话有道理。

母亲不仅装束整齐，且说话谈吐贤惠、通达。她似乎和别的老太太不一样，她每天看新闻，关心国家政策，了解国内外的大事，也能说得头头是道。这点，连我都不得不佩服母亲！

母亲性格正直豪爽，亲戚、乡邻如果遇到什么大事、难事，大家都愿意来找我母亲商量、解决。我曾取笑她：家事、国事、身边事，事事关心。

母亲的突然离世让我们伤心不已，但就她本人而言，了却了她生前的愿望，她总是说：“我想修个好死，没有床债，不连累你们！”果真，母亲实现了生前的愿望，连死也死得干干净净的，她没有一分钟的床债，临走前还在劳动。有时思念母亲不过，我就想：母亲七十八岁高龄，也算是寿终正寝。她干干净净地来，毫无痛苦地去，她的一生都是菩萨心肠，何尝不是修得的福气！

五

母亲一生共育六个儿女，除一个女儿溺水夭折，其余五个都健康地长大。母亲溺水而亡的女儿正是我的姐姐，那是我刚出世的第二天，不满四岁的姐姐不幸落水而亡，她的夭折带给父母的沉痛是无法用言语来形容的，据说我的姐姐天资聪颖，漂亮可爱，母亲悲痛过度，落下了月子病。

“幼年丧父，中年丧女”的不幸都让可怜的母亲摊上了。对于健在的五个儿女，我的父母亲视为命中的珍宝，疼爱有加，生怕再有半点闪失。为培养五个子女，我的双亲可以说是吃尽了苦头。其间艰辛，一言难尽。在我的记忆中，母亲总是起早贪黑地干活，有时一觉醒来，母亲还在油灯下为我们缝制衣鞋。我的父母亲有远见，他们崇尚知识，相信知识能改变命运，所以在当时家境极其困难的情况下，他们拼命地供我们读书，哪怕再难再苦也不放弃。那时，村里很少有女孩读书，我们家的姐妹三个全部都上学，一个也没落下。凭着顽强的意志和刻苦的精神，我们兄妹五人全部读出书来，其中还有博士、硕士，成了村里人说的“有出息”的人，只有我们自己清楚，这其间凝聚着父母亲的多少心血啊！

母亲对子女既慈爱，又严格，在对待儿女的教育上从不放松。她总是教育我们怎样做人，怎样对待是非曲直，她教育我们要做一个正直的人、善良的人、诚实的人，她要求我们“善待他人，吃亏是福”。“人存好心天把路”“天不灭无路之人”“穷莫失志，富莫癫狂”等许多古训都是母亲平常教育我们的格言。母亲的言传身教总在元意间影响了我们的人生观和价值观。如果说我们在懵懂之中成长为了品行端正、为人周正的人，这何尝不得益于我敬爱的母亲？她才是我们人生最初最好的老师呀！

俗话说“插田要好秧，养女要好娘”，身为女性，母亲对三个女儿的要求更严。尤其是我们嫁到别人家后，母亲总是教育我们孝顺公婆，敬上爱下，对人尊重有礼。每当我买东西孝敬母亲时，她总是说：“我不要，带回去给孩子的爷爷奶奶，你孝敬了他们就是对我最好的尊敬！”在母亲的教导下，我们在婆家都拥有了极好的口碑，大家对我们的一致好评中岂能不包含着母亲的人格修养呢？

六

母亲去世之日，我的大表哥在悲痛中作了一副挽联，恰如其分地给母亲的一生作了总结：

任风高浪险尊老睦人意久情深天人共鉴

观山高水长相夫教子功成身退桑梓同歌

母亲一生爱热闹，她的葬礼在我们小村庄里应该是最热闹、最隆重的。亲朋好友，凡知晓母亲去世的消息，无论路多远，全赶回为母亲送最后一程，这与母亲平时的为人处世是分不开的。那几天，亲戚、邻里、同事、朋友，前来为母亲烧香跪拜的人络绎不绝，我们认真地拜谢每一个人，膝盖跪肿了也觉着应该，我从心底真诚地感谢每个尊敬我母亲的人，同时也为母亲赢得别人由衷的尊敬而骄傲、自豪！

我不会忘记我们村书记的一句话：“她老人家不仅是你们的母亲，也是我们大家共同的母亲，一位值得尊敬和爱戴的母亲！”

平时，我不喜欢排场，凡事力求“简单”，但母亲丧礼的隆重我却愿意接受，并感到欣慰和满足。

出殡那天，天气晴好，鞭炮轰鸣，送葬队伍浩浩荡荡，布满了整个田野，大家都满怀崇敬地送母亲最后一程。我想，母亲若在天有灵，她也会含笑注视这一切的。

未曾谋面的外婆

小时候，喜欢听一首歌曲《外婆的澎湖湾》，也爱跟着哥哥们哼唱：

那是外婆拄着杖，
将我手轻轻地挽，
踩着薄暮走向余晖，
暖暖的澎湖湾，
……

唱这首歌时，我的脑海里就浮现出一幅温馨的画面：一个慈祥的外婆牵着孩子的小手，在夕阳的余晖下，慢悠悠地走着、走着，多么幸福啊！因此，我就特别羡慕有外婆疼爱的孩子。

可惜我却无缘享受到这份幸福，因为我的外婆在我出生之前就去世了，我从没有见过她，也不知她什么样子，所以关于她的事情都是听大人说的，更多了几分神秘。

我家兄妹只有大哥最幸运，享受过外婆的疼爱。大哥没到一岁就送给外婆照顾，一直跟随外婆生活十二年，祖孙俩朝夕相处，相依为命，直到外婆去世，大哥才回到家。因为他早已习惯了外婆的家，对自己的家反倒显得十分生分，不适应，刚回来时连父母都开不了口喊，他老是想念外婆，遇到什么委屈的时候，就一个人跑到我家屋后的树林里偷偷地哭。可以想象，一个十几岁的孩子，突然失去至亲至爱的外婆，而回到陌生的环境，当时的心里是多么的悲伤和无助！

大哥和外婆的感情极其深厚，在那饥荒的年月，是外婆救了大哥的命。大哥小时候体质差，外婆省吃俭用，用节省下来稀有的大米熬成米汤，一勺一勺地喂养大哥，大哥是在米汤的营养和外婆的爱里，存活下来的。大哥常说，他现在的体质都好在小时候外婆的营养米汤奠定了基础。

听说我的外婆个子高，能说，能干，一笑起来两个大酒窝。外婆姓陈，村里男女老少都喊她“陈二奶奶”，大家都非常尊重并敬佩我外婆。外婆不是当地人，她的娘家较远，我的外公年轻时在外婆的娘家那边做裁缝手艺，他们俩就在那边结了婚。我不知道他们那时是怎么相识的，有没有经历过罗曼蒂克的恋爱，谁也没有告诉过我们。只知道我的外婆是个大户人家的女儿，年轻时长得很漂亮，而外公当时已是二婚，前妻去世，还丢下两个孩子，她看中了我外公的好，毅然嫁给了外公，并跟随外公回归故里安家落户。外婆那时肯定是付出勇气的。

我外婆初到异地他乡，娘家又远，少不了被别人“欺生”，也受过不少冷落和委屈。好在我外婆聪明能干，里里外外都是一能手，把刚建的家操持得井井有条，博得别人的刮目相看。加上外公有裁缝手艺，日子也过得较为宽裕。外婆心地善良，一些穷苦人家的孩子过年没有新衣新鞋，外婆就拿出自家的布匹，叫外公免费为别人做，让穷人孩子也能过个快乐年。外婆的善良在村里留下了极好的口碑。

我外婆厨艺好，动作麻利，谁家有红白喜事，都是我外婆主厨。忙完厨房内的事，还要帮人家接待客人，安排和打理各种礼节之事。她处事周到得体，哪怕是棘手的事经外婆一处理都会妥妥帖帖，因此谁家有事都恳请外婆帮忙。外婆的口才好，大不怕小不欺，乡村邻里遇到矛盾纠纷时，只要我外婆一出面，都能大事化小小事化了。除此之外，她还侠骨仗义，村里有一家儿媳长期受公爹欺负，无奈，只好找到我外婆倾诉委屈，我外婆听后，二话不说来到那家找那个公爹理论，见其耍无赖不讲理，就一把扯住那人的胡须，质问他一把年纪是怎么活的，然后把他拉到公堂让大家评理，吓得那个公爹当众认错，从此再也不敢欺负儿媳了。这件事让我外婆在村里成了英雄，大家都敬佩她！甚至公堂上的一些大事，也要我外婆出面才能解决。据说在当地的一桩难办的公案中，我外婆的口才雄辩胜过当时请来的三位法官，大家都对她佩服得五体投地！

我觉得外婆命中应该是个男人，她的能力远远超越了女人之限，她喜欢喝酒，且能喝，一次能喝一斤酒。外婆觉得她人生的失败之处就是没有儿子，外公和前妻生的两个儿子英年早逝，她自己生的男孩也幼时夭折，这对外婆的打击很大，尤其在当时“不孝有三无后为大”的封建思想里，这是外婆不如人意的一大硬伤，也有坏人背地里以此耻笑外婆，不知要强的外婆心底里忍受了多少痛！外婆的亲生骨肉只有我的母亲与我的二姨，还有一个抱养的大姨，外婆十分疼爱她们三个，喝酒若是醉了，就抱着三个女儿伤感地边哭边自言自语：“河里无鱼虾也贵，摸到虾子当宝贝！”所谓的虾子是指她的三个女儿，外婆的确把三个女儿当成宝贝，谁也不能欺负她们。

我母亲是外公外婆的老来女，母亲十岁时，我外公就离世了。家里的支柱倒了，外婆带着三个女儿支撑着家，直到她们一个个长大成人，出嫁成家，确实不易。三个女儿出嫁后，外婆孤苦伶仃，守在老家，直到我大哥出生后，一岁就送给外婆，祖孙俩住在一起，相依为命，直到外婆终老。

我常常为没见过我的外婆而遗憾，我小时候跟随母亲去她的娘家有事时，母亲指给我说：“那曾是你外婆的家。”其时房子已经拆了，只剩下空空的屋基。我痴痴地望着那里，心想：要是外婆还在，老屋还在，该多好啊！哪怕只留下一个房子也好，好给我们留个纪念。什么都没有了，我们找不到一丝与外婆相关的气息了。这个遗憾在我幼小的心灵里，像一个空洞，无法填补。

外婆，我没想到我今天竟然写下您，时间仿佛很遥远，我仿佛在写一个遥远的故事，您离我很远，但又有种无形的纽带将我们串联，那就是血脉亲情。每当听别人说起您时，口气里满是敬佩，甚至敬仰，我就不由得感到骄傲，尽管我遗憾我身上没有遗传您那些优秀的秉性和本领，但我依然为您骄傲！

笨拙文字，只为纪念您——我敬爱的外婆！

穿旗袍的二姨

提笔写二姨，其实二姨已经去世数年了。去世时，只六十六岁。

二姨是我母亲的亲姐姐，且是唯一的亲姐姐。尽管是同胞姐妹，但他们的性格差异很大：二姨冷冰，母亲热情；二姨少言寡语，母亲喜欢说话；二姨看起来高贵，见谁都漫不经心的样子，母亲看起来谦卑，见谁都低声下气的。

突然想写二姨，其实我与二姨接触得并不多，了解得也不多，只是从母亲的口中得知许多有关她的事情。母亲在世时，常常跟我们提起二姨，最令我难忘的是母亲向我们描述的一幅二姨少女时代的模样。

二姨是天生的美人胚子，年轻时的她身材高挑，体态轻盈，脸蛋俏丽，乌发如漆，肌肤如玉，娇美无比，走到哪里都是一道亮丽的风景。有一年，二姨约莫十七八岁，穿了一身红色的旗袍，一双方口黑鞋白袜（我外公是裁缝，这身装束是外公特地为二姨量身定做的），去参加别人家的婚礼，结果所有在场的人都被二姨的美艳惊呆了，大家都忘了看新娘子，纷纷围过来看我二姨。可以想象，天生丽质的二姨，再加上这身装扮，搁在现代也是一道美景，粲然夺目，更何况在那个守旧的年代？

二姨是我外公、外婆的命根子，原因是我二姨前面的几个兄长都早年夭折了，外婆又多年未生育，只得抱养了一个女儿，即我的大姨，说是“抱子引子”。果不其然，我大姨抱养没到两年，外婆就怀上了我的二姨，她的到来给我外公、外婆的生活增添了无比的欢喜，加上二姨生得好看，健康可爱，冲淡了外公、外婆失去前几个孩子的悲伤，他们格外宠爱二姨，视她为掌上明珠。尽管前面有我大姨，后又生了我母亲，都无法替代他们对二姨的爱。外公给二姨取名叫“顺子”，寓意她一生顺顺利利，富贵平安。

二姨二十岁出嫁，那时我外公已去世，家景也不好，可我外婆依然倾其所有为二姨大办嫁妆。二姨夫是那个时代的读书人，外婆要让二姨风风光光地出嫁。结婚几年后，二姨就随二姨夫工作调动，举家迁至江南。据说我的外婆思念二姨至极，经常夜里坐在床上，一边哭泣，一边呼唤着二姨的乳名“顺子”。外婆去世时，二姨没能赶回来赴丧，家乡人都说二姨像个男人，心肠硬，又说惯儿不孝，肥田出瘪稻。其实，母亲说，二姨那时也是儿女饥荒，加上交通不便，不能回来给外婆送终也是迫不得已。直到外婆下葬时，二姨才回来，二姨在外婆坟前哭得肝肠寸断，开棺入殓时甚至将脸贴在外婆的脸骨上痛哭，在场的人都动容掉泪。可见，二姨也是有血有肉的感情人，她何尝不是日日夜夜地思念外婆？血缘亲情，世世代代，永不间断！

从我记事起，见到二姨的机会并不多，间隔好几年，只因有特殊事情或春节时她才来我家，与我们团聚。每次，二姨的到来都令母亲欢天喜地，而二姨却表现得很平常。她话不多，当母亲向她絮絮叨叨地讲一些家乡的人或事，二姨只是听着，偶尔点点头。说实在的，幼年的我，并不喜欢二姨的这种“冰冷”性格，但又不得不欣赏她身上那种与生俱来的高贵气质。中年的二姨依然面容清秀美丽，腰板挺直，着装整洁得体，仿佛只在电视里见过的太太，雍容华贵的样子。她爱抽烟，别人向她敬烟点火时，她微微欠着身子，等烟点着，轻轻吸一口，再向对方道声谢谢。二姨这一自然的动作，在我眼里颇具大家闺秀的风范。我常常取笑母亲，别总是处处谦卑，也学学二姨的风范。母亲笑着说，江山难移，本性难改，怎么能学得到呢？也是，二姨的这种高贵气质恐怕是骨子里带来的，又或许是外公外婆从小把她宠出来的。

那年，我和妹妹双双考取中专读池州师范学校时，顺道去江南看望二姨，那次二姨显得异常高兴，一改我们印象中的清高，为我们烧水泡茶，端个小凳坐在我们旁边，亲切地问这问那，并为我们扯布做了新衣作为祝贺。二姨那时住在她的小儿子家，招待我们时显得有些拘谨，生怕儿子、媳妇不高兴。二姨买了仔公鸡和板栗，用红糖炒给我们吃，总偷偷地趁儿子媳妇上班时把我们关在房里吃，尽管是孩子，可我们有自尊心，二姨如此举动令我们觉得二姨为我们做的美味也不那么爽口，吃起来有些为难。后来听母亲说，二姨老了，做不起主了，只能那样做。母亲的解释令我心头难过，觉得再高贵的二姨也有低头向生活求和的时候。

二姨生重病的时候，向我家发过两封信，想让我的母亲去陪陪她。因那时通信条件差，两封信都在路上耽搁了，迟迟才到我家。等母亲乘车坐船赶到江南，二姨已经去世一周且入土下葬了，可怜我的母亲哭得死去活来，也难怪，二姨是她世上唯一的血缘姐妹。听二姨的邻居说，二姨临终的当天，突然回光返照，还央求她的家人把她抬到大门口，眼巴巴地盼望着我的母亲能去见她最后一面，直到天黑，二姨才失望地回屋，就在那晚，二姨去了，死不瞑目。二姨去世的那一年，母亲长久地沉浸在悲痛之中，不能自拔，以致病倒。

现在，我的母亲也去了，不知母亲是否在天堂寻到二姨，姐妹相见？

尽管二姨已去世多年，但只要一看到穿着旗袍的美丽女人，我就不自觉地想起了我的二姨——岁月烟尘中，曾经像花一样美丽绽放过的二姨。

姑父江镜云先生

姑父江镜云先生，在我的心灵深处，是一位神秘而又高深莫测之人，既熟悉，又陌生。熟悉，是因为他是我的大姑父，我儿时常常看到他；陌生，是因为他高大冷峻，严肃少语，不怒而威，很难走近。更何况那时我还是个孩子，无法走进他的内心世界。待我成年后极想走近了解他时，姑父已离世多年了。

在我儿时，姑父就是个传奇人物，关于他的生平经历，几乎是从大人们的言谈中得知。姑父生在一个特殊的家庭，父亲呆愚，母亲不敏，但令人不解的是，姑父却自幼聪颖过人，非同一般，在当地被当作“神童”或“天才”，传为美谈。据说他从小读书过目不忘，好学善思，博学多才，文理兼擅，卓尔不群。他一参加考试，喜报频传，而且独揽第一，无人能及。

姑父是个“书呆子”，爱读书到了痴迷的程度，传说有一次边走路边读书，一头撞在树疤结上，鲜血直流，都未在意，仍沉浸在书中的精彩之处，一手捂着伤口，一手拿着书继续看，竟忘记了疼痛。直到回家，家里人看到他血流满面的样子，都吓坏了，方才为他包扎伤口。

姑父和我姑妈是因老亲联姻的。姑父高大威武，潇洒倜傥，五官俊朗，一表人才。据说当年曾有人带着无比称羡的口吻夸奖道：“三奶奶家的两个女婿，简直是笔画出来的模样！”（三奶奶即我的奶奶），意思是说长得完美，无可挑剔。的确不假，我的两个姑父都是天生的美男子，气质不凡。我不知道我奶奶当年听到此等美言，会幸福成什么样子！

我从别人口中得来的关于姑父的神奇传说较多，但真正对他有所了解还是从他的诗作中获悉。姑父其实更是一名极具才华的诗人和学者。他胸怀大志，学识渊博，有强烈的爱国之情和报国之志，赤子之心，尽显诗中。不幸的是生不逢时，由于特殊时代和历史的原因，姑父一身才华被埋没，一生抱负无法施展，纵有爱国爱民之心，却无自主沉浮之力。

记得我小时候，姑父常来我家，他虽与我的父亲年龄相差较大，可他们感情深厚，风雨同舟。姑父那时是落魄之人，但我父母依然非常敬重他，只要他来我家，哪怕再困难，也要打酒烧菜热情地招待姑父。他喜欢喝酒，一喝就是几个小时。记忆中，姑父言语不多，目光深邃而忧郁，我们小孩子都有点怕他。他和我父母聊天交谈时，小孩们都走得远远的。有时我们从外面玩回来，只见姑父双手靠在背后，在我家的堂厅里来回踱着方步，总好像在思索着什么，阳光透过亮瓦照在他的身上和脸上，照在他宽阔的额头上，他眼镜片后的双眸似一潭深水，深不见底……

姑父牢狱多年，我的大姑妈是他的坚强后盾，她深爱着自己的丈夫，凭着女性身上无比的坚韧和善良，孝上抚下，将江家的老人养老送终，将孩子们抚养成人，一个女人的柔弱肩膀，挑起并完成家庭的全部使命，其间艰辛，一言难尽。姑父出狱后，对姑妈的付出无以回报，将姑妈的名字改为“贤华”，寓意是赞美我姑妈伟大贤良。夫妻情深，尽在其中。

风雨之后见彩虹，姑父终于恢复了自由身。有半年，姑父身体不好，待在我家休养。适逢改革开放恢复考试制度，他就辅导起我即将参加中考的二哥。值得庆幸的是，我哥当年考了第一名，是唯独一位达到中专线的人（当时，中专是极其令人向往的，考取了中专即转为城镇户口，吃上国家粮，毕业后包分配工作，这对农村孩子而言已是最大的梦想和心愿）。这件事在当时轰动一时，姑父也因此扬眉吐气！可令人气恼的是，因复试录取率低，哥哥又因两分之差而落选中专，只能录取在高中。就在我们全家心灰意冷的时候，姑父一个劲地鼓励大家、鼓励哥哥：“不要泄气，能考取中专就一定能考取大学！”

“塞翁失马，焉知非福”，就在哥哥无奈地接受事实时，幸运的事来了！在那人才稀缺的年代，姑父因学问深和名气大，不久也被聘请代课，恰巧是哥哥就读的高河中学。哥哥又和姑父住在了一起，再次得到姑父的关照，他们朝夕相处，结下了深厚的情义，成了忘年之交。姑父是哥哥人生路上的导师，两年后哥哥以优异的成绩考上南京大学，姑父是何等的欣慰！之后，哥哥又考研成功，去看望住在合肥的姑父姑妈时，两老开心无比，与侄儿亲密留影，姑父热情澎湃，赋诗两首：

其　一

书生慷慨图南去，破浪乘风泛九流。
尚有童真一片在，望门眷恋过庐州。

其　二

凯恩经济并西欧，学究天人第一流。
脱颖未忘磨砺意，雪泥鸿爪过庐州。

（注：届时哥哥正在攻读西方经济学，故姑父在诗作中写了“凯恩经济第一流”的诗句，以表达对哥哥的殷切希望与美好祝福）

姑父平反后，政府为他在省城安置了住房，他和姑妈住在了合肥。后来，由于身体不好，姑父很少回老家了，因此他留给我的印象都是儿时的记忆。改革的春风吹遍中华大地，到处已现生机，可姑父的身体却日渐衰弱，疾病缠身，没过几年好日子，舒心未足，却已去矣，痛哉痛哉！

姑父生前写有大量的诗篇，本是诗坛俊杰，多情善感，可惜命中多舛，家破流离，诗稿弃失，所剩不多。直到姑父去世后，家人整理，将遗稿结集出版，才让我们有幸保留一份姑父的精神瑰宝。姑父诗篇大气，多处表现了他坚持正义和追求光明的精神，而且诗的跨度大，自少年至暮年，所见不平，所遭不幸，之悲之愤，一一写入。人间沧桑，物是人非，悲凉之情，催人泪下……诗作有对国家前途民族命运之关注，有对壮志未酬悲情难抑之叹惋；有对经天纬地奇才之仰慕，有对功在社稷壮举之推崇；有对昔日挚友深沉怀念与安慰，有对年轻后代真诚勉励与祝福……每篇佳作，情真意切，发人深省，动人心弦。捧读姑父诗书，相知恨晚，才知道儿时印象中的姑父为什么那么严肃、那么忧郁。我慢慢地读懂了一代才子怀才不遇的落魄情怀，读懂了时代和历史投射给他的满心沧桑，读懂了他眼镜片后深邃双眸里透出来的忧郁之光……愈读，对姑父的景仰之情愈盛。

大表哥为姑父的诗集作跋，写道：“拜读遗诗，仍如亲见先生心如地火喷熔石，诗自天河飞瀑来。”诗集成书之日，表哥感慨万千，心潮难平，挥毫赋诗：

电劈苍岩一树新，千枝万叶向青云。
横空破雾人惊叹，疑是灵山物有神。

姑父杨老先生

姑父杨老离开我们已有两年了，但总觉得他老人家不曾离去，他慈爱的面容常常浮现在我的眼前，亲切爽朗的声音还响在耳畔。

姑父生前是他村里的长寿老人，虽九十高龄，仍鹤发童颜，身板硬朗，一副仙风道骨的样子。他总喜欢一大清早就在他居住的小区周围转悠，见谁都笑眯眯地打招呼，由于他曾经当过校长、教师，从事教育工作多年，方圆几里，大家都亲切地称呼他为“杨老先生”。

姑父是旧社会的知识分子，年经时曾经历于官场。听姑妈介绍说：“你姑父年轻时俊着呢，喜欢穿一身白衣，腰间配有枪支，骑在马上，派头十足！”姑妈没有刻意赞美，姑父老了都是一副俊朗模样，天庭饱满，身躯凛凛，相貌堂堂，气宇不凡，更何况风华正茂的年轻时候？我跟姑妈打趣说：“那您算是嫁给了白马王子！”玩笑间，姑妈饱经沧桑的脸上笑成了一朵花，可以想象她当年的幸福。

姑父一生几起几落，跌宕不平，充满坎坷。他生前长时间地从事教育工作，曾是出色的教师和校长，他执着于教育，育人育魂，足迹踏遍大江南北。可是，人生风云变幻，就在姑父有所作为的时候，姑父被打成了“反革命分子”，“文革”期间又被打为“右派”。从此，命运之舟把他抛向了痛苦的深渊，受了七年的牢狱之苦，遭尽非人的折磨和苦难。更不幸的是，她和姑妈的四个孩子都在他坐牢的灾难日子里先后夭折。可怜我的姑妈在痛失孩子后，受姑父的牵连也同样遭受着非人的折磨，身心都落下了疾病。有人劝我姑妈，干脆和姑父脱离关系改嫁算了，可我的姑妈是个忠诚专一的好女子，哪里舍得放弃姑父？她凭着柔弱的身躯支撑着那个风雨飘摇的家，历经磨难，依然苦苦等待着丈夫狱满归来。

姑父出狱后，已四十多岁，经历的苦太多了，他和姑妈再也没能生育孩子了。后来抱养了一个女儿，即我的表姐。表姐小时候瘦小虚弱，体质极差，姑父姑妈视她为掌上明珠，生怕再有半点闪失。好在老天有眼，保佑我的表姐健康地长大，且美丽聪慧。

姑父尽管一生命运坎坷，道路崎岖，但坚强的他硬是凭着一身朗朗正气、一身傲骨挺过来了，他从不为命运喊冤，从不在人前叫苦。他的嘴里说的都是乐观的话，他对生活依然充满着爱。他心地慷慨，为人宽厚，从不计较个人恩怨与得失。

姑父平反后，又适逢改革开放的好政策，凭着自己的智慧和能力，率先在村里办起了工厂，带动大家一起发财致富。谁都说他是个好人，他的心中没有仇恨，只有仁爱。谁家有什么喜事、乐事，姑父就像是自家的事一样高兴；谁要是遇到苦处、难处，善良的姑父总爱伸出援助之手，尽其所能地帮助别人。姑父因为自己曾是教育工作者，所以他对人才非常看重，亲戚、乡邻，无论谁家的孩子考上大学，他老人家都到处奔走相告，仿佛是他自己的孩子。大家笑说，正是有了姑父这样热心的长者，所以他的周围出了那么多优秀人才。

姑父比我的父亲大十几岁，年龄虽有相差，但他们至亲至爱，如同手足，也许是苦难凝结起来的深情，他们真正命运相连，甘苦与共。姑父对待我们兄妹几人也像自己的孩子一样疼爱有加。

记得那次，一场疾病突然袭击我，姑父姑妈听到后焦急万分，两个八十高龄的老人拄着拐杖来看我。由于我刚搬新家，他们不熟悉，到处询问人，直到蹒跚地上楼，我心疼地责备他们不该跑许多路来看我，姑父笑眯眯地说："那怎么行？看到了你，我们才踏实。"两位老人走那么多路很不容易，还拎来了许多补品什么的，其中一盒芝麻粉说是两位老人头天亲自磨的，磨了一下午，手上都磨起了泡。看着他们慈祥的面容，闻着芝麻的香味，我的病痛仿佛减轻了许多，心中涌动着一股股暖流……

姑父热情好客，每次去他家，我还未到他家门口，他远远就看见了，冲着里屋的姑妈喊道："老奶奶，张然来了！"仿佛我是多年未到的贵客，然后，他笑眯眯地，开心地为我泡茶，拿点心吃。我们坐下来聊天，从生活到工作，乃至家庭琐事，无所不谈。每每，我总能感受和享受着姑父的慈爱和关怀，他那博大的胸襟和乐天的人生态度总会带给我启迪和教育。他心态年轻，喜欢和后辈们在一起，喜欢找各种理由宴请我们去他家聚餐，电话一打来，不去都不行。餐桌上，只见这位耄耋老者，精神矍铄，谈笑风生，好不热闹！

姑父姑妈苦尽甘来，晚年生活非常幸福。他的家庭非常和睦，表姐和姐夫十分孝顺，令人称羡。左邻右舍也相处融洽，一片和谐。而且，两位老人身体健康，生活自立。大家都说是姑父姑妈两位好人修来的福气。姑父九十一岁辞世，寿终正寝，功德圆满，他是村里寿数最高的老人，大家说寿数也是姑父修的，他曾经历过那么多的坎坷和折磨，不是人好，心好，是活不到这个岁数的。

做好人，存好心，说好话，做好事——这正是姑父一生的真实写照。

我的四娘

我的四娘天生丽质，按旧式的审美标准，应是个标准的美人：油头小脚，脸庞精致，皮肤白皙，身材玲珑。常年梳一发髻，用一根银簪，别致地插在脑后，美观而利索。

据说，我四娘嫁给我四伯的时候，正是我们家族的盛景之时。在我爷爷一代，我们家是个大家族，人丁兴旺，家势也好。四伯与四娘的婚礼场面盛大，热闹非凡，吃的是“连水席”（即人客特多，一轮接一轮，连续不断）。不知怎的，每次听长辈描述当时的情景，我的脑子里就会不自觉地想到一句词——“遥想公瑾当年，小乔初嫁了，雄姿英发”。这本是描写赤壁英雄周瑜的，可我却爱联想并嫁接到四伯的身上——因为四伯高大英武，头脑聪明，能说会道，加上当时的家景，或许也有少年英雄的气魄；而初嫁的四娘，一定是温柔可人，娇美无比。才子佳人，良辰美景，哪个少年不是英姿勃发？

可惜世道难料，好景不长，我们家就因“成分”不好而遭殃，四伯家被打为“地主”而举家迁移，可以想象小脚四娘拖儿带女，跟在受到管制的四伯后面，一定没有什么好日子过的。在外辗转几年，才回故土落户。

四娘天生一副“菩萨”模样，慈眉善目，在她身上，看不出艰难岁月留下的戾气，她总是笑眯眯的。从我记事起，我从没见过四娘骂过人，也没听到她说过脏话，一个旧式女子，没读过书，不知哪里修得如此涵养，实在令人敬佩！在大家族中，我四娘是令大家尊重之人，以至于我的五伯和我的父亲到老了都亲切地唤四娘为“四嫂”。

别看四娘外表柔弱，实际上却非常聪明能干。在生活中，四娘仿佛是一本“百科全书”，懂得许多生活的知识和窍门。例如，四娘会接生，村庄的许多孩子都是四娘的双手安全接生的，无一例风险。夏天，谁中暑了，经四娘一刮痧，马上准好。哪家的孩子肚子疼，四娘在他的脊背骨上推捏几下，也会好的。

四娘成了乡邻们眼里的“郎中”。有一次，四伯被一头发怒的牛用牛角顶撞了，内疾成伤。那时医疗条件差，四娘自己便成了土医生。过去我们每家每户都是土坯房，房子潮湿的角落处总会爬一些油光发亮的土鳖虫，四娘便带着我们小孩子捕捉，然后用土鳖虫浸酒给四伯喝，说这种药酒能够消肿止痛，续筋接骨。久而久之，四娘的土方子果然见效，四伯的内伤竟慢慢地好了。

四娘除了是土郎中，还是会做饭的大厨。别看她身材娇小，干起活来却干净利索。村里老一代的红白喜事，必请四娘掌大厨，四娘心灵手巧，烧得一桌好饭菜，色香味俱全，令人称赞。她家的菜也做得好吃，在物质极为匮乏的日子里，四娘却能变戏法似的做出一点好吃的东西来，有时候去四娘家玩，就能品尝到。四娘家厨房后面有一竹林，我们小时候喜欢在那里玩，也许是喜欢四娘家屋顶飘出的袅袅炊烟，间或伴着香味。

四娘天性温厚，为人善良。我母亲在生我和妹妹的时候（我和妹妹是双胞胎），遭遇了一场人生的灾难，我们上面的姐姐不幸掉进我家门前冰冻的池塘里淹死了。姐姐才四岁，活泼可爱，可怜我的父母亲在这场突如其来的灾难里痛不欲生，母亲由于悲伤过度，月子里没了奶水，加上天寒地冻，还要照顾两个刚刚出世的幼儿，生活极为艰难。善良的四娘主动帮助我母亲排忧解难，其时四娘家盖房子搬了新址，离我家有一段路，可四娘每晚都来我家，一来劝慰母亲，二来帮母亲洗娃、打包，安顿好后才回家，而且不厌其烦，毫无报酬地做着这一切，直到满月。在母亲那个痛苦无比的月子里，四娘的温暖给了她莫大的慰藉。患难见真情，母亲每每给儿女们讲起这段往事，眼里都蓄着泪，说四娘是个好人，母亲对四娘的感激之情从心里溢到眼里……

“滴水之恩，当涌泉相报”，母亲总这样地教育我们。可惜我们却没能报答四娘的恩情，待我和妹妹长大成人，走上工作岗位，四娘却老了，永远地离开了我们。

现在，我的父母也去了。唯独值得安慰的是，他们与四娘安葬在一块，相知相惜的亲人又到了一起。过年、清明去祭拜父母时，我总会在四娘的坟前也烧几刀纸，虔诚地叩拜四娘，在心里默念着她老人家。我常常想：人生一世，还是善良为好！一个人离去了，他（她）的好却永远地留在了别人的心里，这也是做人的极致吧！

敬爱的四娘，您的“好”，我永远记在心中……

爱讲真话的五伯

我父亲兄弟六人，他属老小，紧挨他的便是五伯。在我的几位伯父中，只有五伯和我们相处的时间最长，因此对他的印象最深，了解也最多。

五伯中等身材，方形脸庞，皮肤黝黑，性格随和，说话幽默，为人正直。由于他说话、做事从来都是直性子，不喜欢拐弯抹角，是怎样就怎样，村里乡亲们给他取一绰号“老直”。

五伯曾是生产队里的会计，掌管全队的账务收支。队里选五伯为会计主要有两点理由：一是因为五伯打得一手好算盘，头脑清晰，思维敏捷，任何复杂的账目经他一整理都有头有绪，很难出错；更重要的是五伯为人处世光明磊落，一心为公，没有私欲，把集体的经济大权交给他掌管，大家既称心，又放心。

五伯除了管理账务公正，他在处理事情时也同样公正。记得乡村、邻里如果出现什么矛盾纠纷，必定喊五伯来处理。因为他处理事情公平、公正，又有方法，于情于理妥善解决，所以总能让人心悦诚服。

五伯不仅会处理事情，而且做事能力也强。哪家有红白喜事，必定喊五伯主持，他总能将事情办得周到全面，有条不紊。在农村，做大事时，座席安排是很讲究的，弄不好就会得罪人，安排不当甚至会出现吵架现象。但只要经我五伯一手安排，准会没错。每每做大事时，五伯总是站在人家堂厅中央，目光机智地环顾四周，他的思路清晰，一下子就会安排妥当，上下之分，前后之序，从不出错。直到五伯去世后，谁家一有大事，还会不自觉地想到五伯，都说："要是五爷在，就好了！"（五爷，即我的五伯）。

五伯很幽默，爱讲笑话。每年夏天，大家劳累一天后，晚上搬出凉床、睡凳出来纳凉。这时，五伯家大门外的晒稻场上是大家爱聚的地方，五伯和我的一个堂哥是一对黄金搭档，他们像唱双簧、演小品似的，配合默契，笑话段子一个接一个，引来的笑声一浪接一浪，好不热闹！讲到精彩处还做些滑稽的动作，惟妙惟肖，大家都捧腹大笑，一天的劳累也随着笑声而消散了。

五伯除了讲笑话，他身上最大的特点就是爱讲真话。童年一件趣事我至今记忆犹新。

邻村有一户人家孩子病重，总不见好转，无奈之下，不知从哪里请来一位巫师，说是能帮忙"请神祛病"。那晚，大家都很好奇，想看看巫师怎样"请神"，那家屋里聚集了很多人，只见巫师将一张白纸贴在他家的墙壁上，巫师的手上拿一小棒，嘴里念念有词。那一家人跪在地上，烧纸"求神"，巫师说一声"神来了"，那一家人便一起磕头。这时看热闹的人群中，有小孩嘀咕："哪里有神？"马上就被大人呵斥住了，说："小孩子，不许乱说，神在白纸上！"大家都屏气凝神，接着人群中有人接二连三地附和道："神来了！""神真的来了。""看，神在纸上"……当时我还是个小孩，非常好奇，却又十分不解，我使劲地在纸上找，除了煤油灯投在纸上晃动的影子，什么也没有呀！可我毕竟小，怕大人骂，也不敢乱说。等"请神"师傅折腾了一晚上结束后，得到一笔钱走了，大家还在虔诚地谈论着"神"，我五伯实在忍不住了，大声说："假的！明明是假的！哪有什么神？我绝对不相信！"许多人立马反驳五伯的观点："你不相信就算了，别玷污神！"除了五伯说不相信神以外，没有第二个人敢说。

令人啼笑皆非的是，就在那天晚上，五伯家意外地破财了，他家一头即将分娩的老母猪因为难受，被系在树柱上的绳索绞死了，一窝猪崽全胎死腹中，即将到手的财富就这样白白丢失了。这下可好，大家都纷纷指责五伯，说："不相信神，看，马上遭神报应了！"

有了这次教训，大家以为五伯不敢再说"不相信神"之类的话了，谁知他照说无误。他爱说真话的性格，一生改变不了。

沉默的公公

和夫君谈恋爱时，我被他带回家认识了公婆。婆婆给我的印象挺和善，对公公却没什么好印象：讷言少语，除了干活，就是默默地干坐着，从不主动说话。看着他漠然的样子，我也不愿主动找他说话。

婚后走进家门，由于母亲对我的教育是“对老人要尊重有礼”，我对公公也很客气，但也只是保持着一些礼貌性的交流，难以走进心灵。

随着接触的增多，公公给我的印象也慢慢变好，我发现沉默寡言的他其实是个实在厚道的人，且心灵手巧。一个炎热的午后，我准备去学校，却发现自行车的车胎破了，天很热，我不想推着车到几里外的店铺去修，又不想顶着烈日步行去学校，正在我着急时，公公默默地从屋里拿出一些工具，自己动手，只见他“乒乒乓乓”地使用着他手中的工具，忙得汗流浃背，不一会工夫，我的自行车就修好了，他打足车胎气让我骑。我骑着公公修好的车轻快如飞，心里十分感激公公。

还有一次，天空突然电闪雷鸣，接着下起了倾盆大雨，只见公公迅速穿起雨衣，二话没说便冲进了雨幕之中，原来，他是去给村子里许多人家的农田修田缺口，天干旱太久，好不容易下一场雨，他生怕田里贵如油的雨水白白地流掉，待他修补好每一家的田缺口回到家，已被雨淋成了落汤鸡，在婆婆的嗔怪声中，我对公公却心生出几分敬意。

尽管对公公有了好感，但公公毕竟是公公，在心里还是没法同自己的父亲一样亲热。

把公公真正视为生命中的另一个父亲，是在婆婆去世之后。

别看公公寡言木讷，但和婆婆一生都是相敬如宾，从不吵架。不幸的是，几年前，一场可恶的癌症夺走了正在劳作着的婆婆，公公悲痛不已，本来就沉默的他更加沉默了。我发现公公一下子变老了，常常坐在门前的一块石板上发呆，那是他和婆婆劳动时休息的地方。他哪儿也不去，执意留在老家，所以我们经常带着孩子回去看公公。一次，我听邻居说："你公公太孤独了，他太想念你婆婆啦！有好多回，他烧好饭菜，盛好两份，然后端到山上你婆婆的坟前，他要陪着老伴一道吃，其实，他哪里是在吃饭，手里端着饭碗，眼里却在流泪，望着另一个饭碗里的饭菜慢慢变冷……"

我听后，一向善良的我泪如雨下，我忽然觉得公公是那么的可怜，他在失去最亲的老伴后是多么的凄苦，我在心里发誓：一定要对公公好，就像对自己的父亲一样，用心，用情。

此后，我做到了一个儿媳应做的一切，好让公公在清冷的晚年感到温暖。每次回家，我都抢着干活，找着话题与他亲切地攀谈。有时周末，我就接公公来我家里，我忙活着烧一桌好饭菜，让他的孙女陪他看电视打牌，以享天伦之乐。几次公公生病住院，我无微不至地在病末前照顾公公，惹得同病室的病友非常羡慕。有一次，我刚转背，就听人问公公："那是您女儿还是儿媳？""是儿媳！"公公回答道，语气里分明有骄傲的成分。我也很高兴，并非乐于听到别人夸奖我，而是高兴于公公心中的满足。公公老了，图的是什么？不就是儿孙后代的孝顺嘛！

以心换心，在公公的心目中，我俨然成了他的女儿，公公也十分疼爱我。听说我患了风湿的毛病，公公到处打听偏方，想方设法弄到。他又听说艾叶蒸泡手脚对关节有好处，他马上将家里的一大片菜园种上了艾。当我的手脚浸泡在艾叶的水中，闻着艾的清香，心里便弥漫着公公给我的浓浓的爱……

“和尚”哥哥

“和尚”哥哥是我的表哥，他是我大姨的亲儿子，而我大姨是我外公外婆抱养的女儿，从血缘上说，我和他没有直接的联系，但从情感而言，不是血缘胜似血缘。

“和尚”哥哥并非光头，而是一头乌发，眼睛炯炯有神。他其实有大名，大家喊他“和尚”是有原因的：我大姨之前生的几个孩子都没养活，直到表哥出生，害怕再次难养，就取了“和尚”这个名字。以前农村有个迷信的说法，越是精贵的孩子，越要取个贱名，说是好养。

“和尚”哥哥虽是大姨的独子，但他从小吃苦耐劳，没有一丁点娇生惯养的痕迹。他性格乐观，遇事开朗，干活利索，乐于助人，深得大家的喜欢。

大姨家和我家同在一个村子，两家相距不过几百米，交往密切。小时候，妈妈总爱趁晚上清闲时，带着我们几个小孩去大姨家玩耍。记忆中，大姨家那时候很清贫，大姨夫已去世，只有大姨和表哥两人相依为命。三间土房，收拾得干净利索。堂厅的一旁是厨房。厨房里更有趣：厨房一角是鸡舍、鸭舍，鸡鸭在窝里安静地睡觉；灶门口，木柴码放整齐，柴堆边总躺着一头小猪，小猪身上的毛干净光亮，乖顺顺的；柴堆的另一旁间或躺着一只猫或一条狗，也安静乖巧，仿佛都是他们家的成员（人与动物的和谐相处，我儿时在大姨家最先看到）。虽是两个人的家，却一点也不冷清。家虽简陋，却非常温馨。大姨说，这都是勤劳的表哥的功劳，大姨在外做工，表哥总是把家打理得令人满意。待表哥逐渐长大，参加生产队的劳动，是队里的一名得力干将，他家的土墙上贴满了他的奖状，全是“劳动能手”“先进工作者”之类的光荣称号，红艳艳的，贴在墙上，煞是显眼、漂亮，为土墙增添了几分光彩。儿时，大姨的家就是我们的乐园。

“和尚”哥哥好热闹，也健谈，外面有什么新鲜事，他喜欢津津乐道地向大家描述，因此村里大人们为他取了个外号“喇叭”，他也不介意，任由大家喊着绰号。也奇怪，无论什么新闻，他总是第一时间捕获资料，他家的门口也总站着端着饭碗来听新闻的左邻右舍，大家都爱听他的“报道”。但他从不论人长短，揭人是非，说的无非是些新鲜好玩的事。他最大的长处是爱帮助别人，村里哪家有红白喜事，他总爱抢着帮忙，甚至当作自家的事一样尽心尽力。遇到一些公共的事，大家也爱想到他，只有他勇于担当，不计得失，不求回报。他不仅将事情做得好，而且总是乐呵呵的，仿佛他生来就是为人民服务的。正因为这样，所以他在村里的人缘极佳，口碑极好。

“和尚”哥哥在我的眼里，就像自己的亲哥哥一样，他年龄虽然比我们大许多，但关系融洽，从不生分。每年给外公外婆做清明、上腊坟，总是他带着我们一帮小孩，坟地很远，我们儿时没有车子，靠步行。他带着我们，一路走，一路讲各种关于长辈的奇闻轶事，路虽多，但我们一点也不觉得累，都沉浸在他讲的精彩的故事中，直到回来后还意犹未尽，等于一次愉快的郊游。现在回忆起来，还乐趣无穷。

我刚走上工作岗位，被分配到一所偏远的乡村学校教书，由于理想与现实的落差太大，我极不情愿。表哥看到我失落的情绪，他跟我母亲说，他送我去学校报到。他用一辆自行车载着我的物品和被褥，将我送到了离家二十几里的学校。到达后，又为我清扫房间，整理衣物，铺好被褥，然后逐一去跟校领导和同事打招呼，说些“我表妹小，多谢关照”之类的话，学校也热情地招待了他。午饭后，他跟我叮嘱一些话后离开学校，看着他熟悉而亲切的背影渐走渐远，我一个人坐在空荡荡的宿舍里，突然“哇”的一声哭了出来……

记得我怀孕分娩前，突然羊水破了，可能要早产，我又住在娘家，丈夫不在身边，没有心理准备的父母吓坏了，只得去喊来“和尚”哥哥。那时根本没有出租车，找车太难，天又快黑了，我的肚子疼得厉害，父母急得六神无主，只见“和尚”哥哥很镇定，他安慰我父母不要着急，说他有办法。他马上回家拖来了板车，铺好被褥，让我躺在上面，拉着我，匆匆赶到乡镇卫生院，谁知医生说胎位不正，很可能难产，建议赶快去县区医院，表哥听到后二话没说，又拉着板车继续赶路，硬是步走了十几里路才到达区医院，他的衣服被汗水湿透了，但没有耽搁我分娩的时间，母女平安。直到现在，我一想起那天的情景，想起他大汗淋漓的样子，我的泪便下来了……

天有不测风云，人有旦夕祸福。这么好的表哥，中年却得了风湿性心脏病，且非常厉害，关系性命。他的病犹如晴天霹雳，急坏了村里所有的人，大家想方设法地去帮他，帮助他的妻儿，从经济上到精神上，想极力挽救他的生命。医院下了几次病危通知书，在他病重的日子，善良的乡亲们轮流去看望他，陪伴他，照顾他。也许是爱的力量，也许是心情的作用，他的病竟然奇迹般地好了，身体慢慢地恢复过来。看到他的好转，大家感到由衷的欣慰！

然而，不幸还是来了。几年后，他因心脏病突然发作而猝死，谁也无法接受这不幸的事实！当我被人喊回，赶到他家时，只看到一向爱热闹、喜言笑语的表哥躺在冷冰冰的门板上，许多人在哭泣，我的母亲在一旁哭得死去活来，我再也无法抑制自己的悲伤，握着他冰冷的手，号啕痛哭……那段时间，我一直哭，一想到他，我就忍不住流泪，以至哭到眼疾。以后的好几年，每年的那个时候，眼疾就要发作，非得医治才行。

我的表哥，从小穷苦，但他像一株小草，热情蓬勃地生长，带给人无穷的快乐；令人痛惜的是，他的生命短促，匆匆而去，留给我们无穷的痛楚和遗憾……然而，他善良的品行和优良的美德将永远被大家铭记着……

永远怀念你，我亲爱的“和尚”哥哥！

第六辑　书评序跋

原文 137

让生命充满绿意

——读周国勋散文集《故园的篱笆》有感

周国勋校长，我原先并不认识他，只是常常听人提起，原因是他喜欢写文章且经常发表。对他和他的名字，我自然也充满着敬意——对我来说，一个用心灵乃至用灵魂来书写文字的人，我都是充满敬意的。

后来，周校长调到我丈夫的学校任教，我也因此认识了他，一个自然而朴实的人。但也仅仅是认识而已，并未交流过。直到有一次，我与一个久违的朋友见面，当我问她在异地他乡的北京业余时间如何度过，她惊喜地告诉我，忙完一天，沏一杯茶，坐在灯下，阅读和享受周国勋校长的博客。那时，周校长的博客刚刚开通，几乎每天都有新作。她还说，她既自己读，又读给正在京疗病的母亲听。我不禁好奇地问：“你的母亲也爱听，那写的是什么呢?”朋友说，周校长写的都是身边的人和事，通俗易懂，十分亲切又耐人寻味，每篇文章都让她和母亲既有回归故里的感觉，又能自我慰藉。

回家后，一向不爱上网的我，匆匆打开电脑，寻找周校长的博客，拜读他的一篇篇文章。果真如朋友所说，写的都是家乡的人、事、物，熟悉的风土人情，浓浓的生活气息，在他的笔下自然而亲切地流淌出来……从此，周校长的博客又多了一个忠实的读者，每篇新作出来，我都抢先拜读，细细品味，三百多篇文章一篇也没放过。

有时傍晚散步，路过周校长办公室的窗下，他屋里的灯光总是亮着，他又在灯下敲击着键盘写文章了，三百多篇文章都是这样一字一句用心用情而写出的。那些散发着泥土芳香的文字扣动着他的心弦，也温暖和浸润着多少故土人的心灵，一如我的那位漂泊他乡的朋友及她的母亲。每每此时，我总要向那束寂寞的灯光投去敬佩的目光，我想，一个人，愿意失去世间其他的娱乐和他人眼中的繁华，于孤灯清冷中整理思绪书写文字，只有内心真正淡定与坦然的人才能做到。

前不久的一天，我上完课回来，一本崭新的散发着油墨香味的新书——《故园的篱笆》放在我的桌上，扉页上有作者周国勋校长的亲笔签名。我激动极了，迫不及待地打开，先看序言。我看书总是先看序言，觉得它是一本书的精髓。读着钱续坤老师为《故园的篱笆》所作的精辟而又深邃的剖析，我对周校长的文字似乎有了更深的认识和理解。文集精选的近百篇文章，虽然都是我所熟悉的，但我还是读得津津有味。

像周国勋校长这般用文字辛勤耕耘的人，我身边还有两位长者，他们是汪臻老师和璩龙杰老师，每每接过他们赠予我的新书，我都惊喜有加，敬佩不已，对长者的辛勤劳作充满敬畏，对他们的文字心存感激！他们的年龄都比我大得多，但他们却如此地热爱生活，执着地追求；他们不为物质，不为功利，在这个纷繁的世界里拥有着心灵的独处与宁静，诚实地书写着至真至纯至美的文字。三位长者的每一个文字都是其心血凝聚而成，一本书对于其作者来说，就像自己生产的孩子一样珍贵，经过了漫长的孕育、分娩甚至难产的过程。我想，每一个有幸得到他们书的人，都要倍加呵护，好好珍藏！

比起他们，我想到了我自己，不禁惭愧汗颜。十几年来，活在固定的模式里，活在琐碎的事务中，思维枯萎，热情停滞；目光看外界太多，看内心太少；浮躁太多，宁静太少；常常忽视了内心的荒芜，生命的能量在日复一日的日子里无情地浪费。于丹在《〈论语〉心得》中写道：孔夫子告诉我们，要把有限的情感、有限的才华，留在最应该使用的地方。是啊，岁月带走光阴的故事改变了每个人，但无论怎么改变，我们的心还是自己的，把自己的心交给大自然，为心建一座干净宁静的“家”，才会找回最本真的快乐、最愉悦的充实。要让度过的日子有意义、有价值，只要生命里充满着绿意，又何必在意自己是一棵树还是一棵草呢？

贴着土地的温情

——读何宏彦散文集《敲着碗唱歌》

面前的这本《敲着碗唱歌》，我已是第二次读了，算是重温。单看书的封面，我就很喜欢，只有一个简单的壶，可以看成茶壶，亦可视为酒壶，反正里面装着很多故事，任你慢慢去品。书名《敲着碗唱歌》，本身就是书中的一个故事，作者取它为名，不难看出，这是他喜欢的一种洒脱的生活意境，一种随性的人生态度。

第一次读，那是今年元月，接何宏彦老师赠送的新书，十分欣喜，几天之内全部读完，是一本充满着乡土气息的散文集，印象较深，但那只是粗读。这个暑假，我又第二次捧起，一篇一篇地重温，读着读着，竟舍不得放下，这次比第一次更深入地走进了何老师的文字，更深刻地体会到了书中所描写的每一个人物、每一段故事，一桩桩陈年往事在我脑海浮现，故乡的人、故乡的情、故乡留下的童年的足迹，都是那么熟悉、亲切，耐人寻味，可见何老师对生活的体会至深，简直抓住了故土的根，只有身心紧贴着土地，才能诞生出一篇篇拥有土地温度和暖度的文字，读着它，就仿佛在他乡遇到了操着家乡口音的故知，坐下来一聊，话题没得完。

最喜爱读的是书的第一辑《回望家园》，我在文字里徜徉，细细咀嚼，仿佛也在寻找着自己的根。何老师是60后，我是70后，我们差不多算是同一时代，有许多经历是相同的，他文章中所描写的许多事情都是我所熟悉的，读起来特别亲切。然，何老师又比我幸运，他年长我几岁，阅历比我丰富，他所经历的某些事物又是我所不知或不曾见过的，所以倍感兴趣。如《远去的老堂轩》，是我最爱读的一文，且连续读了几遍，这岂止是一篇文章，简直是地方风俗人情的详细记载，我在其间了解到了我以前不知道的一些东西。我的老家也有老堂轩，遗憾的是在我出生的那年就已拆除，所以我从没见过，更无从谈起，但我的父母及长辈经常提起，那里留着他们的故事，在我的脑海里它只是个模糊的影子，读了何老师洋洋洒洒五大章节的描写，这个影子慢慢地清晰了，有模有样了。老堂轩代表着一种祖居文化，是上一代人生活的根基，那是一种古朴的村落建筑，房子围着中间的“天井”而做，叫作“四水归堂”，有上、下堂轩，木门，道槛，巷子，天井把上、下堂轩自然地连成一个整体，整个屋场又通过几条巷子全部串联起来，真正是原生态的和谐一家。作者不仅具体描写了老堂轩的构建，而且详细地介绍了老堂轩的人情风俗、和谐氛围以及留下的许多童年生活的快乐记忆。这种记忆是永恒的、终生难忘的，也可以说是一种有价值的传统文化。我同作者一道沉浸在老堂轩的时光里，回味着，幸福着，真想让这样的老堂轩完整地保存下来，好让后辈人尽情地观赏，只可惜早已没了踪影，留下的只是唏嘘和遗憾。

《深刻在灵魂里的脚印》也是一篇力作，朴素的文字像奶奶本身一样的朴素，然而却能给人留下难忘的印象和真实的启迪。奶奶只是一个普通的裹着“三寸金莲”的旧式妇女，她勤劳、节俭、坚韧、善良、乐于助人以及向困难抗争的品质给作者的影响是终生的，奶奶的形象在作者的笔下栩栩如生，连骂人都那么生动有趣，真实有味道。她极其疼爱长孙，以至于作者感慨：“奶奶的呵护为童年的幸福加了分，从邻里相处到劳动习惯与观念的培养，又为今后的幸福加了分。”可亲可敬的奶奶，她歪歪斜斜的脚步一直深刻地印在作者的灵魂深处。在作者的文字里，我仿佛也看到了我的奶奶、二奶奶、小奶奶，她们并未离去，一个个从书中走出来，再现在岁月红尘中，鲜活了。

在这本书里，还有老油坊，打粉丝，晒稻，抓阄，稻床上的聚会，粮荒岁月，下放学生，爷爷的水烟袋等，这些回忆性的文字里哪一件不是那个年代的我们童年生活的经历，哪一桩没给我们留下难忘的记忆？读着这些温情的文字，以至于让我觉得还是我们那一代人有福气，尽管物质生活极其贫乏，但精神生活里却有着许多现代孩子所没有的快乐与充裕，这也是一种莫大的精神财富，鼓舞着人们在困苦的日子里仍然寻找着生活的欢乐。这些真实的文字，仿佛帮着我把记忆从往日的岁月里捞出来，晾晒，发酵，像一壶茶，更像一壶酒，慢慢品尝。

在阅读中，我一直想，何老师将这些往事一点一滴地记载下来，真是冰冻三尺非一日之寒，如果没有一颗对故土、对生活的热爱之心，是断断不能的。何老师说，他的写作是不求功利的，这点我相信，他本身就是一个重情轻利的人，他爱生活，爱文字，爱朋友，游玩山水，忘情自然，活得极为洒脱，我们笑他有“太白遗风”，其实他比太白更快活。他有稳定的工作，幸福的家庭，妻贤子顺，玩玩写写，怡然自乐。嫂夫人向我们说了个趣事，说何老师喜欢玩，朋友来了就带去爬山，一次穿了一条新裤子去爬山，结果裤子破了无法下山，只好脱下褂子系上，方才回家。我们听了，忍不住哈哈大笑，顽童似的何老师，活脱脱的性情中人，何等的可爱又有趣啊！正是这样的性格，他的笔下才会孕育出那么多返璞归真的文字。

感谢何老师用朴实的文字将许多往事像珍珠一样串起来，带给我们以及后人丰厚的精神财富，这些弥漫着乡土气息的文字深深扎根于大地，记载着一个年代人的生活轨迹，让我们的子子孙孙在多年后阅读，才知道已经消失的中国乡村曾经的模样以及他们的长辈在这块土地上曾经怎样的生活。这本书，应该说是一本宝贵的历史资料，是一本紧贴着土地温情的著作，因此，我跟何老师开玩笑也是认真地说道：“这本书该当作文物珍藏才好！”

愉悦的邂逅

——走进作家钱红丽的博客

一次无意中浏览网页，我闯进了钱红丽的博客，一进去，便难以出来。

一开始，我并不知道她是个编辑，更不知她已是著名作家，只知道此博主是位女性，成了母亲，安徽的，在农村长大，也是20世纪70年代出生的，这些原因促使我读她的文字更多了一层兴趣和亲切感。

一篇一篇的博文读下去，感觉这个写字的女人很不凡啊，她的文字怎么这样犀利、干净、有思想？越读越让人沉迷其中，不能自拔。也许是相仿的年纪，相同的农村生活经历，以至于我在她的文字里流连忘返，她描述的许多生活情景和心路历程，我感同身受。

钱红丽的文字万般锤炼，已经达到炉火纯青的状态，没有任何修饰，更没有丝毫的装腔作势，赤裸得像刚落地的娃娃。运用文字，她有一个精辟的比喻：“形容词、副词都是些没用的东西，它好像是有钱人家挂的灯笼，只起到唤起小孩子好奇心的作用，不能有另外的意义。一个人太过炫富，反而有了寒酸之相。”正因为如此，她的文字是那么干净利索，没有任何牵牵绊绊，读之，感觉她好像不是在写文章，而是掏着心窝与你谈心，诉说那已被岁月掩盖的往事，一件一件，让你听着，那么兴奋又那么伤感，无可奈何自己的情绪。

她追求静心，并准备让人将“静心”二字写成大字贴在墙上自勉，也难怪，只有一颗安静的心才能去抵制尘世的枯燥与贫乏，静心享受着内心的蓬勃与丰富。她写的东西很轻松自然，她的写作观点很让我受益。她说：才华横溢的人，写起东西特别放得开，且表现出心不在焉的糊涂样子；才短的人，写起东西格外小心翼翼，自缚手脚，最后任自己淹没在文字的海洋，陷入灭顶之灾。这个世界上，许多人才华颇有，但最后都因把架子端得太正，从而淹没了自己。解读她的这些话，我忽有一种茅塞顿开之感，解释了内心的迷茫与困惑，也领教了“放开”是写作的重要技巧。

钱红丽从小跟随外婆，生长在一个叫作“稻圩”的村庄，因此她的文字里有许多乡村生活的再现，写得那么真实，那么淋漓尽致，那么有血有肉。我想，钱红丽真的应该感谢她的外婆，感谢那个叫作稻圩的村庄，既为她提供了成长的环境，更为她日后提供了丰富的写作之源，要不哪有那么多精妙文字的诞生？从某种意义上说，是稻圩村成就了钱红丽。她描写的关于农村生活的情景仿佛就在我们眼前，多么熟悉呀！从来不需要想起，永远也不会忘记，就在我们的心坎上，因为我们也是在这块土地上长大的呀！有时，感觉那文字里的小女孩仿佛就是自己，她的所看、所听、所思、所想都是我曾经历的。我甚至想：那个稻圩村就是我的村庄吧？甚至，它怎不和我的村庄在一起，那样的话我的童年或许就多了位敏感相似然而又很相投的伙伴呢？

钱红丽读的书一定很多，可她对读书这样见解：“人读书如蚕吃桑叶，不在乎书读得多少，而是看吐出的丝白不白、长不长。”说得多好！我为自己感到害臊！书零零散散地读得也不算少，可多是别人的思想，很少有自己的见地。思来想去，吐不出好质量的丝，也不能勉为其难。像钱红丽那样有才情的女子毕竟是少，既然自己的才气不够，就做一条健康的蚕，安静地吃着营养丰富的桑叶，消化，吸收，然后满足，肚里有东西，总比饿得慌好！

钱红丽是深思型的人，她借卡佛的话“越是阅读越是发现自己的生活不合身”来解释她自己，她说：“每个人的生活都不合身，除非放弃内心世界。”我非常赞同她的观点。其实，人活在世上不容易，有许多东西阻挡着我们内心真实的想法，入世越深，痛苦和困惑就越深，以至于有时找不到自己，心灵挂在身体的外面，苟且偷生。像钱红丽这样一个有才华的女子，她都承认自己没有俗世生活的本领，面对浮世的人和事，她倒也有不适从感。她读书到夜深，读着读着，跑到阳台上站一会，仰望苍天，简直伤恸。她说：永远这样一个人，越是没有俗世的本领，越爱读书，还读到失眠，空留一腹字尸，满腔抱负。好深刻的感伤啊！

读这样的心腹之言，简直落泪。岂止是她，这何尝不是许多读书人的心声？曾经满腹诗书，满腔抱负，在现实面前，却落得个失意情怀。我可以想象，阳台上站着的那个满腹诗书的女子的无奈，只想悄悄地走到她身边，不说话，陪她看一看星空，分享同一种心境，也好！就像她博客里的音乐，我爱听，似乎与她找到共鸣。平常我读文章是不听音乐的，嫌吵，唯看她的博文常开着音乐，用心聆听里面的歌曲《短暂的回家之旅》，大气、沉静，有回归佛性的感觉。

我所见到的吴忌先生其人其书

在不认识吴忌先生之前，我先有幸读了他的一本书《稀薄的秋凉》，而后知道宿松有这么一位作家，名叫“吴忌”。

那是一次文友间的聚餐，饭前，我见桌上摆着一本书，拿起来一看，书的题名《稀薄的秋凉》，作者“吴忌”，书名和人名都很独特。我不禁好奇，随手翻阅，前面的一两篇文章便将我吸引住了，爱不释手。饭后，我便索性向别人借阅，见犹豫，我立即承诺尽快看完并完整无损地归还。

真的是“书非借不能读也”，因为是借来的，又急着要还，所以回家后我将书放至案头，一有空闲就翻阅。正好暑假，时间充裕，我将整本书一篇不落地读完了。

这本文集大多是作者的随感偶得，有平实的记事，有酣畅的抒情，更有轻松幽默的调侃，篇篇读来，都是那么朴素、亲切，耐人寻味。似乎其人其事、其情其景都能从文章中走出来，出现在我的眼前，呈现在我的生活里，甚至好像是从我的生活里过滤而来的。我自知才疏学浅，一向不敢高谈阔论别人的文字，也不知道文章该怎样写才最好。但我始终觉得一个作者无论写的是哪种文体，只要他的文字能够让读者感同身受，产生心灵的共鸣，并能感知到生活的内容以及生命的痕迹，便是最好的文章了！

我觉得吴忌先生的文章对我而言就有这样的感受，无论人、事、景、物都在他的笔下栩栩如生，犹在眼前，落在心里，于“朴实”中现“真情”，从“小我”中见“众生”。他记录的许多生活场景无不是我们大家生活的参照物。例如他对故土的情结和老屋的描写，仿佛是我们那个年代农村孩子的共同记忆：土砖黑瓦的老屋，日渐残破的屋檐、斑驳乌黑的门窗，上绣的门上铁锁以及门前消瘦的竹子及曾亲手栽下的树等。这些文字无不透着岁月的沧桑，这些记忆在我们的心灵里怎么也抹不去！我读吴先生的这些文字是在一个雨夜，外面风吹雨打，突然想起我家的老屋，父母离世了，它如今也在风雨里“孤独着”，如同我此刻孤独的心，不禁潸然泪下……一个人无论离开故居多久，他灵魂的根始终扎在那里。

还有一文《画蝴蝶的舅妈》也令我过目不忘，有着艺术气息的舅妈在作者的笔下简直活色生香，舅妈是一个热爱生活、热爱绘画、端庄美丽的女人，更是人间一件珍贵的艺术品！从年轻到年老，舅妈都是那么高贵、典雅，她的身上有着不俗的艺术修养，她的胸中有着无限的富有美感的东西，她只是一个小学教师，然而舅妈的为人、教书、说话、写字、读书、喝茶、冥想等举手投足都给作者难忘的印象及美的熏陶。我甚至想：舅妈这般唯真唯美的高贵气质岂不是作者童年心灵美感的“源泉”，是作者成长为一个优秀作家最初的、最丰富的“酵母”！从舅妈的身上，可见生活处处是美，只要有一颗热爱的心！我在想，我也是尘世生活中的女人，何不效仿作者的舅妈，像她那样雍容华贵地活一次？书中像这样的好文章还有许多，读后都令我称快叫好，可惜不能一一叙述。

拜读完此书，似乎还不过瘾，又到网上搜索吴忌先生的其他文章，顺便闯进了他的博客，有趣的是，吴先生的博客图像和他的文字风格迥然不同，如果说“嬉笑怒骂皆成文章”，那吴先生的文字温情委婉，“嬉笑”的成分多；而看他的博客图像则像武侠小说里的侠义之士，又像是铁面无私的包青天，一脸的肃杀之气，“怒骂”的成分多。与他的照片相比，我似乎更欣赏吴先生文字中温和的风格。

这次，正好几个文友相邀去宿松一聚，见到了吴忌先生本人。原来，现实中的吴先生面相和善，温文尔雅，和博客上的图像风格迥然不同，很贴近他文章的“温度”。尽管也是光着头顶，胸前也是长须飘飘，但丝毫没有“怒视”的样子，相反透着孩子们般的单纯气息，他的样子让我想起白须飘飞的印度诗人泰戈尔。他总是笑，向每一位来客真诚谦和地笑着。他向我们介绍另一位宿松著名的诗人司舜先生时，不是直呼其名，而是说“我们司舜”，仿佛司舜先生是他们宿松朋友共同的骄傲，语气里饱含珍惜。这一细节，让我觉得吴忌先生是个宽厚仁爱之人，更让我觉得对待朋友都该像先生这样真诚友爱。

吴忌先生的语言风趣幽默，文章中许多地方都有所体现，读时令我忍俊不禁。这次游玩时，我领略了生活中的吴先生也很幽默。那天我们大家一起去石莲洞玩，我见没收门票，便问宿松的朋友：“这里不收费吗？”吴忌先生笑着说：“我们这里的风景区有个规矩，平时收费，只是贵客来了不收。”话音一落，大家都笑了起来，我才会意，也跟着笑。

那天回来，我们一行人分别得到了吴先生的两本散文著作《凝视一切》和《以痛止痒》，我如获至宝，回来后又贪婪地阅读完了，感受着吴先生一字一句所记载的所思、所见、所感，享受着文字和思想的意境，我非常赞同吴先生在一文中所言：“写作”应该写出这一个人活着的“意义”，而不要指望其他。我们活着，白驹过隙，一生何其渺小，那么文字的崇高也只好体现在一个人最卑微的情感上，一个人最起码的道德上。多么朴实而又深刻的话呀，正是这样本真、不矫揉造作的文字才让我们发现并体会到生活的天然、纯朴、智慧和可爱！

吴忌先生的四本著作我有幸拜读了三本，只差一本《雨的缝隙》了，我想以后会有机会与它相见的。这四本书每一本都凝聚着吴先生的心血，每一本都是他可爱的孩子，用心用情才能诞生。我想每一位得书人都如我一样珍惜才是。

读书真好，可以不出门而知人知事，就像我认识吴先生，相逢不过一天（严格地说只有几小时），而读他的书后，仿佛认识了很多年，神交已久。我想，这就是读书的乐趣，也是写书者的乐趣与意义所在吧！

最美不过夕阳红

——读李智海先生及其散文集《追光晚唱》

李智海先生，在十几年前就有一个愿望，即在他母亲一百岁时，写一本书献给老母。这是多么朴实、真挚、令人感动的愿望，饱含着一个孝子“报得三春晖”的拳拳之心。殊不知，这两个奇迹般的愿望都实现了：一是先生的老母亲真的活到了一百高龄；二是先生亦是年届八旬的老人，居然为母亲奉献出一本厚达近五百页的大著。可喜可贺！

书出版后，先生从别人那里打听到我的手机号码，打通电话说要赠书于我。我又惊又喜，没想到我和先生平时很少联系，他居然想到了我。同时又有点担忧，我们两家相距较远，书不方便去拿，总不能麻烦老人家亲自寄吧？谁知，我的操心是多余的，他老人家考虑得真周到，托人将书带到了县城一家电脑公司，然后逐个打电话让文友们分别去取。为此，他与我联系了好几次，直到我顺利地将书拿到手，方才放心。

拿到新书，我怀着崇敬的心情翻阅，拜读，首先映入眼帘的是封面上的书名“追光晚唱”，并配有一幅夕阳晚照的美景图——落日的余晖，铺洒在江面，水天相接，绚丽多彩，如诗如画。使人不禁联想到诗句“最美不过夕阳红”。想到先生年届八旬，还在勤勉著书，奋斗不止，又为家乡的“孔雀东南飞文化”做着不懈的努力，他不正是绚丽无比的夕阳？以他的光芒和温暖洒向大地、洒向他人吗？

在先生的这部大著里，洋洋洒洒汇集着百余篇文章，将近五百页，一个老人要花怎样的精力才能写下这些凝聚着心血的文字？赞叹之余，一篇篇读下去，我读懂了先生的许多人生经历和心路历程。他是个重情重义的君子，他爱国，爱家，爱亲，爱友。他的身上充满着仁爱和情义，博爱万物。他是良师，是益友，是慈父，是孝子，更是一位仁厚有加的作家，在这些诸多身份里，足可以看出一个博学、严谨、可爱、可敬的长者形象。

人各有志，每个人对生活的追求和理解各不相同。先生说他平时不爱舞、牌、烟、酒，又疏于官场逢迎，他的一生都在教学、交友、读书、读报中度过。这是许多文人追求的宁静致远的生活方式，虽收获不到什么功名利禄，收获不到什么大富大贵，但那种纯净淡泊的心境和乐观超拔的人生悟境又是一笔莫大的财富，是常人所不能拥有的难得的精神乐园。我非常赞同先生的观点："人的一生是有限的，要做的事很多很多，我们不能贪图享受，要勤奋励志，只争朝夕。既然来到这个世上走一程，就要留下自己的脚印。人是应该有点精神的！"读了先生这番振聋发聩的话语，我的精神为之一振，先生的这些肺腑之言正是我平时常常思索的问题，一席话仿佛在教育我不能虚度时光，人生要多做一些有意义的事，不枉自己，不枉来人间一趟。先生的人生观和价值观，我认同，欣赏，学习，思考，铭记。

在这部书里，最让我感动的是先生作为一个大孝子为老母亲所做的一切，他为了满足老母亲的愿望，与妻子迁住于多年未居住的老家的老房子，终日侍奉在老母身边，朝夕相伴整整八年，直到老母离世。正是因为有这样无微不至的爱心和孝心，老母才能创造一百高龄的奇迹。作为父亲，他又是一名可亲可敬的慈父，读他献给爱女李联的《花殇》，我的眼睛湿润了，鼻子酸酸的，泪在眼眶里打转，我读出了一个父亲在痛失爱女后的无限悲伤。人活在世间不容易，但再苦再累都远没有比白发人送黑发人更为残酷了！爱女走了，一向爱花草如命的慈父再也没有闲情去侍花弄草，伤心的泪流成无底的河，阳台上的花草也随之狼藉飘零……在无尽的哀痛中，先生化悲痛为力量，又为了爱女培植花草，他把花儿当成女儿，让爱女成为心中最美的花草，常开不败，唯有这样做才能抚平心中的忧伤。在这些文字里，我读懂了一个慈父心里的痛与泪……

先生是孔雀东南飞传说非遗代表性传承人，他为家乡的"孔雀东南飞"文化的传承和推广做出了重大的贡献。他学习研究了《孔雀东南飞》几十年，还根据故事传说编写了书。他还呼吁国外的文人学者参与其中，撰写文章弘扬祖国的文化，让更多的人了解，从而激起民族自尊心和自豪感，可见一颗赤子之心！

记得有一年，孔雀东南飞影视基地举行灯展文化节活动，先生真诚而热情地邀请各界人士，包括文朋诗友。那时，我与先生并不太熟悉，他却找到了我的联系方式，通过博客后的纸条留言，多次与我联系，并亲自安排好搭乘的车辆和住宿的地方，诚恳之心，令我感动。本来我答应先生一定去的，不巧的是我因一场严重感冒发烧卧床不起，没有去成，甚是遗憾，辜负了先生的一片好心和那么多天的精心安排。但这件事我一直记着，记着他老人家待人的厚道与真诚，先生是我学习的楷模！

我一一拜读先生的百篇文章后，百感交集，拙笔难叙。先生的为人处世令我敬佩，先生的为文治学令我学习，先生的博学多识令我敬仰，先生的乐观豪迈令我赞叹！

最美不过夕阳红，温馨又从容。但愿待我到先生那般年龄，也能像先生这样宁静达观，孜孜不倦，顶一头白发，还在写着心爱的文字，此生，我将是无憾的了！

后　记

我的文字，我的性情，我的生命，都在努力追求着三个字：真，善，美。

真，往大处说是“真理”，往小处讲是“真实”。人，真实地活着，如阳光下舒展的泥土，朴素而自然，还原生命的本真。说真话，做真事，为真人，让生活变得简单，让心灵变得轻盈，让生命变得通透，多好！倘若我们见到的多是趋炎附势的现象，说的多是人云亦云的话语，耳边尽是鹦鹉学舌的声音，那生活该是多么乏味无聊呵！

善，先天流淌在我的血液里。我的祖母，因家境比别人家殷实一点，年关时，常用粮米和豆腐来接济穷人家过年。我的外婆，因外公是裁缝，家里布料多，也常在过年时，拿出一些布匹，无偿地供给穷苦人家的孩子做衣做鞋，好让他们欢喜地过年。我的母亲，一生更是行善积德，她的许多言行在潜移默化中深深地影响并教导着我。善良的“种子”在我的生命里根深蒂固。也许，某些时候，善良之人可能会吃一点亏，但这丝毫不妨碍我依然感觉世界的美好。人与人之间，人与生存的空间之间，如果缺乏善意与温暖，那生活该是多么苍白无情呵！

美，应该说是人类社会的共同向往，是人类向前发展的最初动力，是人性追求的最佳境界，是文学的最高原则。文学对于美有着更为强烈的要求，缺乏美感的文字就像没有灵魂的人一样。大自然以它的美丽丰饶带给人源源不断的美的享受，从而激发人们热爱生活。人的内心，只有真正地感受到了美，才会学会爱上并改善这个千疮百孔的世界，使之日渐完美。如果缺乏美，那生活该是多么低级无趣呵！

培根的一句至理名言说得好：一个人的心智若在仁爱中行动，在天意中休息，在真理的地轴上旋转，那可谓已到了地上的天堂了。

庆幸自己，在琐碎的日常里，用笨拙之笔记录下一些生活的真、善、美，以慰沧桑易逝的岁月。待老了的时候，可以坐在阳光下的摇椅上慢慢翻阅。

在本书结集付梓之时，我怀着感恩之心，感恩生命中遇见的一切美好，感恩我的亲人、师者、朋友、同事。感恩之余，更是感谢，感谢李克明和朱移山两位社长对怀宁文学事业的大力支持，感谢怀宁文联主席钱续坤和何诚斌先生给予我的指导与鼓励，感谢程默先生不厌其烦地校对样稿，感谢读者您的用心阅读和中肯的批评。在此，一并致以我深深的谢意！

作　者

于2017年8月